THIEF

Samiah Stone

Die in diesem Buch dargestellten Figuren und Ereignisse sind fiktiv. Jegliche Ähnlichkeit mit lebenden oder toten realen Personen ist zufällig und nicht vom Autor beabsichtigt.

ISBN: 9798415593422

Coverdesign von: Olivia
Kontrollnummer der Kongressbibliothek: 2018675309
Gedruckt in den Vereinigte Staaten von Amerika
Korrektorat: Timo Amm

Für alle, die etwas Dunkelheit in sich tragen.

INHALT

TRIGGERWARNUNG

Wie schon im Klappentext erwähnt geht es in diesem Buch, um dunkle Abgründe, eine entführte Seele und deren "Gefangenschaft". An einigen Stellen handelt der Protagonist in seinem Ermessen und gegen den Willen der Protagonistin. Trotzdem sind alle expliziten Szenen in beiderseitigem Einverständnis. Solltest du dennoch mit den Themen Dominanz und Unterwerfung Probleme haben, leg das Buch bitte zur Seite.

Viel Spaß beim Lesen,
deine Samiah

KAPITEL 1

Es kribbelt in meinen Fingern, wenn ich daran denke, was gleich passiert. So lange habe ich mich auf diesen Tag vorbereitet und jetzt ist er endlich da. Aufregung pulsiert durch meine Adern, aber ich bin Profi genug, um das zu genießen, statt mich davon aus der Ruhe bringen zu lassen. Um diesen Coup durchziehen zu können, musste ich einiges an Zeit investieren und nicht nur das. Nein! Ein Haufen Asche ist dabei ebenfalls draufgegangen, genau wie einige Gefallen, die ich eingefordert habe. Seit Jahren bin ich besessen von dieser Idee und heute komme ich endlich meinem Ziel ein großes Stück näher. Es wird zwar noch etwas dauern, bis ich mein Ergebnis sehen kann, doch ich habe mich zehn Jahre auf diesen Tag vorbereitet. Was machen da ein paar Wochen?

Ich grinse, als endlich Stacy Cunningham das Gebäude verlässt und auf meinen Wagen zu schlendert. Sie ist verdammt hübsch und hoffentlich die Richtige für meine Bedürfnisse. Als sie auf die Rückbank klettert, geht ein Prickeln durch meinen Körper und ich fokussiere mich ganz auf mein Vorhaben. Showtime! Es ist alles bis ins kleinste Detail geplant. Sie wird sich setzen und wie immer ihren Eistee der Marke Fruity trinken. Ihre Lieblingssorte ist Erdbeere. Mich wird sie bitten, sie in die Mall zu fahren, und das werde ich auch tun. Vorerst! Das Pulver, was ich in den Eistee gemischt habe, wirkt innerhalb von Minuten. Sie wird gar nicht mitbekommen, wie ich sie niemals am Einkaufszentrum abliefern werde. Adrenalin rauscht durch meine Adern, als sich die

Wagentür mit einem Knall schließt. Durch die Gegensprechanlage nehme ich Kontakt nach hinten zu ihr auf. Auch diese ist manipuliert, damit sie später meine Stimme nicht erkennen wird. Das kleine Vögelchen ist geradewegs in ihren Käfig geflattert und ahnt es nicht einmal. »Ms. Cunningham, Willkommen. Ich bin William, ihr Fahrer.« Geduldig warte ich auf eine Antwort, sie ist alles nur nicht hochnäsig oder herablassend, nein. Stacy Cunningham ist zwar die Tochter des Präsidenten, trotzdem ist sie auf dem Boden geblieben. Auch dass sie fast nirgends in der Presse auftritt, beweist das. Ihr Vater Nigel Cunningham belegt inzwischen das dritte Jahr in Folge das Amt. Er macht seinen Job wirklich mehr als gut. Nach außen hin, denn wie es bei allen Menschen ist, kann man auch ihn mit Sicherheit manipulieren oder besser gesagt, kaufen. Es ist fast schon zu schade, dass ich ihm heute bei helllichtem Tag sein Töchterchen klauen werde. Seit er das Amt bekommen hat, habe ich sie auf meinem Radar, weil sie einfach perfekt ist. Stacy Cunningham ist die Unschuld in Person, sie geht weder auf Partys noch trinkt sie viel Alkohol oder nimmt Drogen. Jeden

Sonntag besucht sie brav die Kirche und da sie nur einmal wirklich in der Presse zu sehen war, kann sie sich fast frei bewegen. Damals war sie süße achtzehn und hatte straßenköterblonde Haare, mittlerweile ist sie hellblond und trägt rote Strähnchen, die alles etwas aufpeppen. Sie ist gepflegt, jung, gutaussehend und das Wichtigste sie ist unschuldig. Eine Frau, die ich nach meinen Vorstellungen brechen kann, um sie dann nur für mich zu besitzen. Das weiß sie nur noch nicht. Es knackt und dann kommt die Antwort von hinten. »Vielen Dank William. Ich würde gerne in die Mall.«

»Wie Sie wünschen, ihr Lieblingseistee steht bereit.«

»Danke.« Die Scheibe, die uns trennt, ist getönt, doch falls sich Stacy entscheidet sie herunterzufahren, bin ich gewappnet. Mein Outfit besteht aus einem Anzug, wie jeder Fahrer ihn trägt, meine Kontaktlinsen sind braun und meine Perücke ist blond. Niemand wird William dem Fahrer auf die Schliche kommen und schon gar nicht Thief dem Dieb. Mein Leben war bis vor ein paar Jahren nicht ganz so einfach. Auch wenn ich die Straße gewöhnt gewesen bin, so habe ich mir immer eine intakte Familie gewünscht. Schluss damit! Ich habe mich bewusst hierfür entschieden und bin glücklich, heute derjenige zu sein, der ich bin. Noch immer brauche ich den Nervenkitzel beim Stehlen, die Angst erwischt zu werden gepaart mit dem Adrenalin während eines Auftrages ist kaum zu überbieten. Mit fünfunddreißig Jahren bin ich der Beste auf meinem Gebiet, denn ich mache kaum vor irgendwas Halt. Was auch immer ich klauen kann, reiße ich mir unter den Nagel und mache es entweder zu Geld oder stecke es in meine Sammlung. Langsam fahre ich los und rolle von dem riesigen Grundstück auf dem das Weiße Haus steht. Natürlich ist mir bewusst, dass Stacy Cunningham nicht einfach so in die Mall zum Shoppen fährt, ohne dass ihr Daddy aufpasst. Auch wenn kaum jemand sie erkennt, ist er vorsichtig und wachsam, aber heute wird er es leider nicht genug sein.

Mit einem fetten Grinsen passiere ich die Tore und fahre in Richtung der Mall. Auf der Straße lernt man Leute kennen, die genauso sind wie du selbst. Einem Dieb vertraut man nicht, so will es das Gesetz da draußen und trotzdem habe ich ein kleines

Team zusammengestellt. Wir teilen dieselben Interessen und tragen die gleiche Dunkelheit in uns. Heute werden sie mir die Leibwächter der kleinen Prinzessin vom Leib halten, damit ich ungestört mit ihr in den Sonnenuntergang reiten kann. Wäre ich ein Prinz, würde es so enden, aber das bin ich nicht und das werde ich auch niemals sein. Um mich zu vergewissern, dass Stacy auch wirklich an ihrem Eistee trinkt, nehme ich erneut Kontakt zu ihr auf. »Ist alles in Ordnung mit ihrem Eistee Miss?« Sie ist es gewohnt, dass alles perfekt für sie organisiert ist, dabei ist sie so ganz anders als die Reichen und Schönen. Ihr Dossier sagt alles darüber. »Danke William, er ist perfekt und auch noch meine Lieblingssorte.« Grinsend fahre ich weiter, das hier ist mein heißer feuchter Traum und endlich wird er wahr.

Auf einem abgelegenen Parkplatz treffe ich meinen besten Freund Liam. Er mag diese ganze Idee nicht und glaubt, ich sei ein Spinner, aber er unterstützt mich trotzdem. Langsam öffne ich die hintere Tür und sehe die schlafende Stacy an. Ihr Kopf liegt im Nacken und ihre Brust hebt und senkt sich gleichmäßig. Ich weiß alles über sie, jedes kleine Detail und dabei war es nicht einfach, an diese Informationen zu gelangen. Vorsichtig löse ich ihren Gurt und hebe sie auf meine Arme. Liam hält mir die Tür von seinem Wagen auf und schüttelt fassungslos den Kopf.

Während ich grinse wie ein kleiner Junge an Weihnachten, lege ich meine Fracht auf dem Rücksitz ab. »Wenn das mal gut geht. Sie sieht aus, als ob sie zur Furie mutieren könnte.« Gemeinsam stehen wir an seinem Auto und beobachten die kleine junge Frau. »Ja, aber das wird sie rasch ablegen, glaube mir.« Schnell ziehe ich mich um und werfe die Verkleidung auf den Rücksitz des anderen Autos. »Ist alles glattgegangen?« Liam nickt und beginnt den Wagen, indem ich die Tochter des Präsidenten entführt habe, mit Benzin zu übergießen. »Roger sagte, es war nicht einfach, aber sie haben ihre Leute abgehängt. Niemand wird sie finden.« Er zündet ein Streichholz an und wirft es in das Auto. Meine Männer haben mit einer kleinen Schießerei zwar für Aufsehen gesorgt, aber mir auch die Bodyguards von Stacy vom Hals gehalten. Jetzt kann es endlich losgehen und das so richtig.

In unserem Reich angekommen, suche ich sofort die Ärztin, die für uns arbeitet. Meine kleine Organisation aus anderen Dieben und ich wohnen gemeinsam in einem riesigen Bunker, der halb unter der Erde verschwindet. Im oberen Bereich gehört mir ein ganzer Flügel, denn anders als die anderen, bevorzuge ich etwas Tageslicht. Liam und Tia hingegen, leben lieber quasi unter der Erde. Im Krankenzimmer angekommen, lege ich Stacy Cunningham auf eine der Liegen und streiche ihr sanft ein paar Strähnen aus dem Gesicht. Sie ist noch immer wahnsinnig hübsch, genau wie damals, als ich sie das erste und letzte Mal im Fernsehen sah. Sie hat deutlich abgenommen, was mich zugegeben etwas stört, aber daran werden wir arbeiten. »Hallo Thief, Liam sagt, du brauchst mich?« Ich drehe mich herum und entdecke Lisa in der Türe, sie ist die Ärztin hier und arbeitet schon lange für mich. Wie anderen Menschen ist sie für Geld bereit, alles zu tun, auch wenn es einer Verbrecherbande zugutekommt. Alle Menschen sind manipulierbar, alle haben ihren Preis und das wird sich auch niemals ändern. »Ja, ich möchte, dass du meinen Gast untersuchst.« Mit dem Finger deute ich auf Stacy, die noch immer von meinem Pulver schläft. Nickend kommt Lisa auf uns zu und fängt dann an den Puls zu messen. Mit überkreuzten Armen vor der Brust stehe ich daneben und grinse. »Das ist nicht ganz, was ich meinte.« Fragend mustert mich die kleine schwarzhaarige Ärztin und bleibt unsicher stehen. »Ich will wissen, ob sie wirklich unschuldig ist.« Zwar habe ich mich, was das betrifft, genaustens erkundigt, trotzdem will ich es mit eigenen Augen sehen.

Während Lisa sich Handschuhe überstreift, zerschneide ich das Höschen von meinem wunderschönen Besitz. Der schwarze enge Rock wandert nach oben und legt den Blick auf ihre cremigen Schenkel frei. Glatt und weich sehen sie aus und ich frage mich, wie sie sich anfühlen, wenn sie sich um mich schlingen. Mit gekonnten Griffen macht sich Lisa ans Werk und öffnet die Beine meiner kleinen Geisel. Stacy ist bis auf einen dünnen Streifen Haare glatt rasiert. Meine Fantasie geht mit mir durch, aber ich muss mich noch zusammenreißen.

Mit Daumen und Zeigefinger öffnet Lisa die Schamlippen und deutet dann auf ihren Eingang. »Siehst du? Sie ist intakt.« Mein Blick bleibt auf dem dünnen Häutchen hängen und lässt mich schmunzeln. »Danke Lisa, das war alles.« Nickend rollte sie die Handschuhe von ihren Händen und verlässt ohne ein Wort den Raum. Langsam beuge ich mich herunter zu Stacys Kopf. »Du wirst mich unglaublich glücklich machen, Prinzessin, du wirst sehen.« Zeit, meinen Besitz ins Bett zu bringen, es wird dauern, bis das Mittel abgebaut ist.

* * *

KAPITEL 2

Shit! In meinem Schädel hämmert es unglaublich doll und irgendwie fühlt es sich an, als ob ihn jemand in Watte gepackt hat. Meine Zunge klebt am Gaumen fest und mein Hals ist unglaublich trocken. Ein fremder Geruch steigt in meine Nase und lässt mich die Augen aufschlagen. Ich blicke auf ein großes Fenster, welches von schwarzes dicken Vorhängen umrahmt wird. Das hier ist nicht mein Zimmer! Verwirrt richte ich mich auf und merke wie mir kurz schwindelig wird. Krampfhaft halte ich mir die Stirn und atme durch. Genau aus diesem Grund trinke ich nichts, einmal und nie wieder. Der Morgen danach ist für den Arsch und das brauche ich nicht. Langsam lasse ich meine Beine über die Bettkante gleiten und steige aus dem mir fremden Bett, indem ich liege. An den Armen spüre ich weichen Stoff, der bei jeder Bewegung über mich gleitet. Als ich an mir runter schaue, sehe ich, dass ich einen hellrosa Kimono trage, der in der Mitte zugeknotet ist.

Panik macht sich in mir breit, denn so einen habe ich mit Sicherheit nicht. Bis eben habe ich geglaubt, in einem Raum des Weißen Hauses zu sein, welchen ich vielleicht noch nicht kenne. Das Anwesen ist einfach zu groß, um jeden Winkel zu kennen. Doch meine Theorie wird durch ein seidenes Kleidungsstück zerschlagen. Mit großen Augen versuche ich jedes Detail des Zimmers zu scannen und bleibe am Fenster hängen. Langsam laufe ich darauf zu und spüre den weichen Teppich überdeutlich an meinen nackten Füßen. Lauernd schaue ich nach draußen in einen wunderschönen und großen Garten. Den habe ich auch vor meinem

Zimmer im Weißen Haus, aber es ist nicht dieser hier. Nein, bestimmt nicht. Eine Hand fliegt an meinen Mund und Tränen bilden sich in meinen Augen, denn ich bin nicht zuhause, definitiv nicht. Was ist passiert? So richtig erinnern kann ich mich nicht, es sind eher Umrisse in meinem Kopf. Eine dunkle Stimme reißt mich plötzlich aus meiner Panik. »Aber, aber, du wirst doch nicht anfangen zu weinen. Oder kleine Stacy?« Gänsehaut rast über meinen Körper, denn ich drehe mich in die Richtung, aus der ich die Stimme vermute, doch der Raum liegt im Halbdunkeln. Ich kann niemanden entdecken. Dieser tiefe Ton gehört mit Sicherheit einem Mann. Panisch gehe ich rückwärts und sehe plötzlich eisblaue Augen aus der Dunkelheit stechen. Sie kommen direkt auf mich zu und fixieren mich. Gott, was passiert hier? Aus dem Schatten tritt ein Mann heraus, er ist groß, bestimmt größer als ich. Seine Haare sind rabenschwarz und auch der drei Tage Bart hat diese Farbe. Locker und weich fällt ihm sein Haar bis auf die Schultern, als er lächelt, kommen gerade weiße Zähne zum Vorschein. Er ist wirklich attraktiv. Shit! Sowas sollte ich jetzt bestimmt nicht denken. Schon gar nicht in dieser Situation. Immer weiter weiche ich zurück, bis ich die Wand im Rücken spüre. Zitternd bleibe ich stehen und beobachte den Kerl, der auf mich zukommt, wie der Löwe auf seine Beute. Er trägt eine dunkle Anzughose und dazu glänzende Schuhe, sein Hemd steckt in der Hose und die Ärmel hat er locker aufgerollt. Braun gebrannte Arme mit schwarzen Härchen kommen zum Vorschein. Er ist zwar schlank, aber auch kräftig, er hat Muskeln, das sieht man.

Diese Kleidung. Hektisch wühle ich in meinem Gehirn herum und überlege, ob er zum Team der Sicherheit gehören könnte. Dad überlässt nichts dem Zufall und hat eine ganze Armee an Männern, die ständig das Haus beschützen. Doch so sehr ich mich auch anstrenge, ich finde niemanden. Er wäre mir definitiv aufgefallen. Diese Augen. Endlich finde ich ein wenig meines Mutes wieder. »Wer sind Sie?« Sein Mundwinkel zuckt nach oben, auch wenn sein Blick wachsam über meinen Körper gleitet. Er ist jetzt ein ganzes Stück näher als noch vorhin und geht in kleinen Schritten weiter. »Du kannst mich Thief nennen, das tun alle.« Thief, was für ein merkwürdiger Name. Ermutigt von seiner Antwort, mache ich weiter. »Warum bin ich hier?« Er bleibt kurz stehen und unsere Blicke verhaken sich ineinander. Eisblau trifft auf Smaragdgrün. »Süße Prinzessin, das erfährst du noch früh genug.«

»Bitte, was immer Sie wollen, mein Dad hat Geld, viel Geld. Er wird ihnen eine Summe geben, alles, was sie wollen.« Meine Stimme bricht ein und das Zittern meines Körpers wird immer stärker. Schweiß rinnt meinen Rücken herunter. Doch der Kerl, dessen Name Thief ist, schüttelt den Kopf. »Ich besitze alles, was ich mir je erträumt habe.« Wenn er kein Geld will, was dann? Er setzt sich wieder in Bewegung, aber ich will nicht, dass er mir zu nahe kommt. »Bleiben Sie stehen.« Ich habe meinen Arm ausgestreckt und halte einen Finger nach oben. Als ob ihn das aufhalten könnte. Vielleicht hätte ich doch besser an einem Kurs für Kampfsport teilnehmen sollen. Jetzt ist es zu spät. Wie zu erwarten, hört der Fremde nicht auf mich, sondern setzt seinen Weg unbeirrt fort.

Weil ich mich vor lauter Schock kaum noch halten kann, gleite ich einfach an der Wand herunter und schlinge meine Arme um meine angewinkelten Beine. Tränen steigen auf und laufen mir über die Wangen. Meine Gedanken kreisen in meinem Kopf und spielen mir sämtliche Horrorszenarien vor. Töten wird er mich nicht, denn, wenn er es wollte, dann hätte er es längst getan. Aber was ist, wenn …? Was ist, wenn er …? Der Gedanke, der wie ein Blitz durch meinen Schädel schießt, ist so schrecklich, dass ich anfange zu schluchzen. Fuck! Nicht jetzt, so schwach sollte mich niemand sehen. Plötzlich werden meine Fußknöchel gepackt und ich lande kreischend mit dem Rücken auf dem Teppich. Sofort ist er über mir, nimmt meine Arme über meinem Kopf gefangen und legt die andere Hand auf meinen Hals. Weitere Tränen entkommen mir und ich fange an zu betteln. »Bitte, tun Sie mir das nicht an.« Stocksteif bleibe ich liegen, weil die Angst mich plötzlich lähmt. Nah kommt der fremde Mann an mein Gesicht heran.

Seine Worte sind ruhig und fast flüsternd. »Was soll ich dir nicht antun, Stacy Cunningham?« Meine Augen weiten sich, als er meinen ganzen Namen ausspricht. Er weiß, wer ich bin. Sein grausames Lächeln zeigt mir, welch Befriedigung er bei dieser

Offenbarung empfindet. Wer ist er? Er lehnt sich noch ein wenig weiter vor und dann spüre ich ihn auf meiner Mitte. Panik überkommt mich wieder und ich bocke gegen seinen Griff, versuche mich zu wehren und kreische letztendlich los. Grob schiebt er die Hand, die eben noch auf meinem Hals gelegen hat, auf meinen Mund und erstickt so jeden Laut. Sein Blick ist eiskalt, genau wie seine Aura, die ihn umgibt. Flüsternd kommen die nächsten Worte aus seinem Mund und machen mein Grauen perfekt. »Weißt du Prinzessin, es wäre so einfach, dich jetzt zu ficken.« Seine Hüften schiebt er vor und zurück und ich spüre seine Härte, die genau zwischen meinen Beinen liegt. »Aber eines Tages wirst du betteln, dass ich es tue und solange werde ich warten.« Meine Atmung kommt schnell aus meiner Nase und fegt über seine Hand. Aufgebracht durch seine Worte, bocke ich wieder mit der Hüfte, um ihn von mir runter zu schmeißen, doch er ist so viel stärker. Sein raues Stöhnen erschreckt mich und lässt mich wieder steif werden.

»Wir werden viel Spaß haben, Baby, das verspreche ich dir.« Ein weiteres Schluchzen will aus mir heraus, doch durch seine Hand, erklingt es nur gedämpft. »Schsch. Nicht weinen, dir wird es bei mir gut gehen, du wirst sehen.« Hektisch versuche ich, den Kopf zu schütteln, doch er grinst nur wieder. »Hast du Kopfschmerzen, Prinzessin?« Verwirrt durch seine Frage, sehe ich ihn einfach nur an. Dichte Wimpern umrahmen diese Eiseskälte. Seine Lippen sind voll und der Bart ist akkurat gestutzt. Seine Hand verschwindet von meinem Mund und ich antworte ihm. »Ja.« Er nickt, als ob er nichts anderes erwartet hätte, dann steigt er von mir herunter. Starke Hände greifen nach meinen und ziehen mich wieder auf die Füße. Mein Blick gleitet zu seiner Hose, die noch immer von seiner Erregung deutlich ausgebeult wird. Finger drücken mein Kinn nach oben, bis ich wieder in seine Augen sehe. »Wenn du ihn jetzt willst, dann sag es. Mit größtem Vergnügen ficke ich dir den Verstand aus deinem hübschen Köpfchen.« Entsetzt mache ich wieder ein paar Schritte rückwärts und stoße so ans Bett, dass ich das Gleichgewicht verliere. Der Kerl lacht. »Ein kleiner Tollpatsch? Gefällt mir, ist mal was Neues.« Dann wendet er sich zu einer Kommode um und kramt darin herum. Na los Stace, das ist deine Chance, die Zimmertür ist nur wenige Meter entfernt. Ohne zu überlegen, stürze ich los und erreiche ohne Probleme die Tür. Meine Hand legt sich um die Klinke und dann ertönt Thiefs dunkle Stimme wieder. »Mach dir keine Mühe, die ist abgeschlossen.«

Verzweifelt versuche ich es dennoch, aber er hat Recht, es gibt kein Entkommen, zumindest im Moment nicht. Mit der flachen Hand schlage ich immer wieder gegen das Türblatt und fange an zu weinen. Was soll das alles? Wo bin ich und wer ist er? Kraftlos sinke ich erneut zu Boden und lehne meinen Kopf an das kühle Holz. »Du solltest es nicht überstürzen, das Mittel, was noch immer durch deinen Kreislauf zieht, schwächt dich.« Mittel? Hat er mir etwa Drogen verabreicht? Dieser widerliche Kerl. Mit letzter Kraft rapple ich mich hoch und stürze auf den Mistkerl zu. Wenn er glaubt, dass er mich hier halten kann wie einen Köter, dann hat er sich aber geschnitten. Schreiend laufe ich ihm entgegen, doch er überwältigt mich mit Leichtigkeit. Rasend schnell dreht er mich in seine Arme ein und ich pralle mit dem Rücken gegen seine Brust. Ein schmerzhafter

Zug an meinen Haaren lässt mich aufbrüllen, er hält meine Nase zu und stopft mir einfach eine Tablette in den Mund. Ein Schwall Wasser folgt und ich schlucke instinktiv, um nicht zu ersticken. Hektisch sauge ich Luft in meine Lungen und fange an zu zappeln, doch er hält mich scheinbar ohne außer Atem zu sein in Schach. Mühelos schleift er mich zum Bett, setzt sich auf die Kante und drapiert mich mit dem Bauch über seine Beine. Ich gebe nicht auf, unter gar keinen Umständen will ich, dass er glaubt, ich bin ein zartes Pflänzchen. »Weißt du Prinzessin, eigentlich wollte ich dir Zeit geben, um dich an diese Sache hier zu gewöhnen. Doch du lässt mir keine andere Wahl.«

Seine Fingerspitzen streichen über meinen Oberschenkel und lösen eine Gänsehaut aus. Jetzt ist es so weit, er wird nicht warten, wie er gesagt hat, er wird sich nehmen, was er will. Kreischend vor Wut bäume ich mich auf, doch er drückt meinen Kopf ohne Mühe weiter herunter und klemmt mich mit einem Bein ein. Um mein Gleichgewicht zu halten, muss ich mich auf dem Boden abstützen, weil ich jetzt nur noch auf einem seiner Beine liege. Schnalzend kneift er mir in den Hintern und lässt mich aufjaulen. Gott, ich trage keine Unterwäsche, schießt es mir durch den Kopf. »Bitte. Bitte tun Sie das nicht.« Mein Betteln klingt jetzt noch verzweifelter, als eben, wo ich noch dachte, er würde mich das erste Mal vergewaltigen. »Hier kommt deine erste Lektion in diesem Haushalt. Ich hoffe, dass du mich nie wieder dazu bringen wirst.« Wozu? Die Antwort erfolgt durch ein heißes Stechen, was auf meinem Hintern explodiert. Mein Schrei kommt später, aber dafür sehr spitz. Das Gleiche tut er mit meiner anderen Seite und schlägt kräftig zu.

Vor Schreck zucke ich zusammen und hänge zuerst hilflos über seinem Bein, doch ich will mir das hier nicht gefallen lassen. Kurz atme ich den Schmerz weg und lehne mich dann gegen ihn auf, doch der Scheißkerl lacht nur. In schneller Reihenfolge sausen die nächsten Schläge auf meinen Hintern herunter und es tut scheiße weh. Fuck! Doch ich lehne mich erneut auf und schreie wie am Spieß. »Weißt du, was schön ist, Prinzessin?« Zur Antwort brülle ich nur. »Deine Haut ist so hell, man kann jeden Abdruck darauf erkennen.« Macht ihn das hier etwa an? Ist er so ein Wichser, der sich an hilflosen Frauen vergreift? Noch einmal lehne ich mich auf, doch seine Hand saust gefühlt immer härter auf mich nieder. Schluchzend breche ich zusammen, mein Hintern steht in Flammen und ich bin einfach fassungslos über das, was hier passiert. Ausgelaugt lasse ich mich hängen und ertrage die nächsten Schläge. Plötzlich werde ich nach oben gezogen und blicke direkt in ein Meer aus eisblau. »Jedes Handeln wird Konsequenzen haben, das war die Erste. Ich dulde keine Gewalt, weder gegen mich noch gegen andere Personen und schon gar nicht gegen dich. Du gehörst mir Stacy Cunningham und je eher du das begreifst, desto besser ist das für dich.«

Erschrocken über seine Worte hole ich Luft. Doch obwohl diese Situation so aufwühlend ist, merke ich, wie ich langsam müde werde. Ob das Mittel noch immer so stark wirkt? Er sagte, dass es mich noch schwächen kann. Hilflos hocke ich auf seinem Schoß und kann nicht glauben, was gerade passiert ist. Sanft wischt er mir die Tränen von den Wangen und hebt mich dann hoch. Wie ein Prinz trägt er mich auf eine Seite des Bettes und legt mich vorsichtig hin. »Dreh dich auf den Bauch.« Ohne zu zögern, tue ich, was er sagt, diese Erfahrung von eben, brauche ich nicht nochmal. »So ist es gut.« Plötzliche Kälte an meinem Hintern lässt mich auf quieken. »Schon gut, ich creme dich ein, damit die Rötung schnell weggeht.« Sanft massiert er die Salbe ein, wobei jede Berührung noch immer brennt und sticht. Als er fertig ist, legt er die Decke über mich. »Du solltest schlafen, Stacy.« Das ist noch so eine Frage, die ich mir stelle. Woher weiß er, wer ich bin? Dass ich nicht zufällig hier bin, kann ich mir wohl denken. Doch kaum jemand weiß, wie ich aussehe, denn ich wollte möglichst frei leben. Zärtlich streicht er mir über den Kopf. Ich bin plötzlich so müde, dass mir die Augen zufallen. Das Letzte, was ich denke, ist, wieso so ein attraktiver Mann solche Sachen nötig hat.

* * *

KAPITEL 3

Ich warte, bis die kleine Furie eingeschlafen ist und ihr gleichmäßiger Atem den Raum erfüllt. Erst dann erhebe ich mich vorsichtig und entriegle die Tür. Raus kommt sie hier nicht, denn mein Sicherheitssystem ist das beste und neuste auf dem Markt. Außerdem trägt sie ein schönes Armband, in dem ich einen Sender habe, integrieren lassen. Sie ist noch viel schöner als auf all den Fotos, die ich gesehen habe. Meine Leute haben sie lange beobachtet bis Tag X kam und ich zuschlagen konnte. Als sich damals die Idee von der perfekten Frau in mein Hirn brannte, war ich gerade mal fünfundzwanzig Jahre alt. Damals hatte ich keine Ahnung, dass es Stacy sein wird, die ich besitzen will.

Wie gut sie riecht und wie sie sich unter mir gewunden hat. Fuck! Sie hat es mir ganz schön schwer gemacht, doch ich halte mich an das, was ich gesagt habe. Sie wird betteln, damit ich sie ficke. Früher oder später tun sie das alle. Um nicht den Verstand zu verlieren, gehe ich runter in die Küche, um mir einen Scotch zu nehmen. Die Lust, die ich noch immer empfinde, muss verschwinden, ansonsten drehe ich noch durch. Wie sie sich unter mir angefühlt hat. Shit! Ich bin kein Teenager mehr, der sich einen runterholt, verdammt. Am Esstisch entdecke ich Liam und Tia, mit ihnen bin ich am engsten vertraut. Wir haben uns irgendwann zusammen auf der Straße durchgeschlagen. »Wow, schon fertig mit der Kleinen?« Augenrollend gieße ich mir meinen Drink ein und setze mich dann zu ihnen. »Sie schläft wieder.« Liam zwinkert mir zu und grinst wie ein kleiner Junge. Idiot! »Ich habe sie nicht angefasst, das werde ich auch nicht. Zumindest werde ich ihn noch nicht reinstecken.« Jetzt lacht mein Freund auch noch. Elender Bastard! Er kennt mich einfach zu gut, aber diesmal ist es anders. Stacy will ich auf ganz andere Weise, als die Frauen davor. Ich will, dass sie mir gehört, mit Haut und Haar. Meine eigene perfekte kleine Sklavin. Dass ich ihr eben schon die erste Lektion erteilen musste, war so nicht geplant, doch ich habe nicht mit so einem Feuer gerechnet.

Stacy wirkt klein, zerbrechlich und gefügig, aber das ist sie wohl nicht. Auch das werde ich in den Griff bekommen, denn mit solchen Frauen kenne ich mich aus. Zur Beruhigung nehme ich den ersten Schluck und lasse ihn durch meine Kehle rinnen, das Brennen ist mir willkommen, denn es lenkt mich von meinem körperlichen Bedürfnis ab. »Ich wette, dass du bis zum Ende der Woche die Geduld mit der Kleinen verlierst, und dann wirst du sie ficken.« Kopfschüttelnd schaue ich ihn an und dann rüber zu Tia, auch sie grinst wissend. Liam und seine dämlichen Wetten. »Du spinnst, ich werde es langsam angehen lassen.« Provozierend hält er mir die Hand hin. »Eine Flasche vom teuersten Scotch der Welt.« Hurensohn! Ich schlage ein, aber auch nur, weil ich mir sicher bin, dass Liam sich verzettelt. »Dann bedanke ich mich wohl besser jetzt schon.« Er klopft mir auf die Schulter, was ich knurrend hinnehme. Tia hat noch keinen Ton gesagt, aber sie ist immer sehr schweigsam. Ein Wunder, für eine Frau.

»Die Frage ist eher, wie lange ich es schaffe auszusetzen.« Eigentlich wollte ich Stacy erziehen lassen, sodass sie als perfekte kleine Sklavin bei mir einzieht, doch ich konnte mich nicht dazu durchringen. Nicht weil ich so ein gutes Herz habe, nein. Der Gedanke das irgendwer sie auch nur ansieht, hat mich wahnsinnig gemacht. Niemand wird sie je so anfassen, wie ich es tun werde. Aber auch diese Entscheidung hat Konsequenzen für mich. Ein Auftrag ist nämlich jetzt nicht möglich. Ich werde meine ganze Energie für sie brauchen und da ist es zu riskant, irgendwo einzusteigen. Zumal wir nicht mehr in Häuser einbrechen, wie es früher mal war. Mittlerweile sind es Museen und Antiquitätenhändler, bei denen die richtigen Schätze liegen. »Ich glaube, dein Drang wird schwierig zu kontrollieren sein.« Leider hat Liam da nicht Unrecht. Ich stehle schon lange nicht mehr, um zu überleben, sondern weil ich den Rausch, den Kick brauche und die Gefahr.

Das Gefühl, wenn dein Körper reines Adrenalin produziert und dich in einen völligen Rausch wirft. Ich liebe es, andere auszutricksen, mir zu nehmen, was ich will, und meine Dominanz zu demonstrieren. Ein weiterer Schluck von dem Scotch schafft es in meinen Magen und ich spüre schon die entspannende Wirkung, die das immer auf mich hat. Mein bester Freund erhebt sich und schreitet zur Tür. »Ich bin sicher, wenn es so weit ist, finden wir eine Lösung.« Noch einmal dreht er sich herum und blickt mir in die Augen. Ich nicke, denn Liam würde alles für mich tun, genau wie ich für ihn. Auch auf meinen Besitz achtgeben. »Gute Nacht.« Grinsend verschwindet er und lässt mich mit Tia alleine. Liam hat momentan sein eigenes kleines Spielzeug, doch im Gegensatz zu Stacy, wusste die Frau, worauf sie sich einlässt, und hatte eine Wahl. Tia erhebt sich ebenfalls und lächelt kokett. Innerlich seufzend nehme ich einen weiteren Schluck.

Sie und ich, das wäre nicht das erste

Mal, aber sie kann nicht mit meiner Dominanz umgehen, deshalb klappt es nicht. Außerdem ist sie nicht die Perfektion, die ich suche, nicht die Reinheit, die ich anstrebe. Tia ist wunderschön und trotzdem reicht mir das nicht. Langsam kommt sie um den Tisch herum und stellt sich hinter mich. Ihre Hände landen auf meinen Schultern und fangen an, mich sanft zu massieren. Mit einem Schnurren in der Stimme sagt sie zu mir, »Ich könnte dafür sorgen, dass du dich entspannst.« Ich schließe die Augen, antworte ihr aber nicht. Scheinbar ermutigt sie aber genau das, denn sie setzt sich einfach rittlings auf meinen Schoß. Ihre Muschi berührt genau meinen Schwanz und ich würde mein Leben darauf verwetten, dass sie keine Unterwäsche trägt. Mit ihren blutroten Krallen fährt sie über die Knopfleiste meines Hemdes. Wütend fange ich ihre Handgelenke ein und kneife meine Augen zu schmalen Schlitzen. Dann stehe ich mit ihr auf meinem Schoß auf und setze sie grob auf den Tisch, an dem wir meist alle zusammen essen.

»Du solltest aufhören, mich zu provozieren, Tia, denn du kommst nicht mit den Folgen zurecht, wie du weißt.« Ihre rot geschminkten Lippen verziehen sich erneut zu einem Lächeln. Ich mag es nicht, wenn Frauen die Initiative ergreifen und eigentlich weiß sie das. Trotzdem kann ich meine aufgestaute Lust genau fühlen und werde hart, aber nicht ihretwegen, sondern wegen Stacy. Ihr Betteln vorhin, war Musik in meinen Ohren und ich kann mir schon bildhaft vorstellen, wie sie bettelt, damit ich sie endlich rannehme. »Gut, dann hast du ja kein Problem damit auf die Knie zu gehen.« Stolz blitzt in ihren Augen auf, wahrscheinlich weil sie glaubt mich, um den Finger gewickelt zu haben. Feste greife ich in ihre Haare und ziehe sie vom Tisch, schon flackert der Widerstand in ihrem Blick auf. Genau das meine ich, sie wird nicht damit fertig, dass ich sage, wo es lang geht. Andauernd kommt sie trotzdem an und versucht es bei mir. Alleine wie sie da schon auf dem Boden vor mir kniet, hat nichts Anmutiges, im Gegenteil, sie wirkt verkrampft und steif. »Hände auf den Rücken und Mund auf.« Zwar tut Tia genau, was ich sage, aber ich fühle einfach keine Leidenschaft in ihr. Sie macht das, um mir zu gefallen, mehr nicht. Hoffentlich hat das kleine Flittchen sich nicht in mich verliebt, denn weder glaube ich an die Liebe, noch will ich, dass sie mir hinterherrennt. Langsam öffne ich meinen Gürtel, dann löse ich meinen Knopf und sehe ihren gierigen Blick, der genau auf meiner Mitte verweilt. Schon leckt sie sich die Lippen.

Grinsend hole ich meinen Schwanz heraus und Madame will sofort loslegen. Mit einem kräftigen Ruck an ihren Haaren halte ich sie gerade noch auf. »Ts, ts, ts. Du kennst die Regeln, Baby.« Hart schluckt sie und klimpert dann mit den Wimpern. »Bitte Sir, fick meinen Mund.« Vorerst zufrieden führe ich ihre saftigen Lippen an meine Spitze. »Sieh mich an Tia.« Sie schlägt die Augen auf und schaut mich an. In ihrem Blick liegt weiterhin die Kälte, die ich von ihr gewohnt bin, das hier macht sie nicht mal an. Eine gute Sub, befriedigt dich gerne mit ihrem Mund und zählt das zum Vorspiel, aber nicht Tia. Mit einem kräftigen Stoß dringe ich weiter in sie ein und komme schnell an ihre Grenze. Gelangweilt leite ich sie an. »Atme durch die Nase.« Bebend tut sie, was ich sage, aber ich kann genau die Wut in ihrem Blick erkennen, weil ich sie derart benutze. Was soll ich sagen? So bin ich nun mal, das ist meine Natur und dagegen werde ich mich ganz bestimmt nicht wehren. Ich kralle auch noch die andere Hand in ihr weiches langes Haar und ficke sie jetzt schnell und aggressiv in den Mund. Sofort fängt Tia an zu würgen und versucht sich aus meinem Griff zu winden, aber ich mache unbeirrt weiter, schließlich wollte sie doch, dass ich mich entspanne. Noch immer wütend lehne ich mich vor, stütze eine Hand auf den Tisch und drücke sie weiter auf meinen Schwanz. Gurgelnd versucht sie mich jetzt wegzudrücken, doch das lasse ich nicht zu.

Diese Lektion wird ihre letzte, auch wenn ich mich wie ein Arschloch aufführe. »Was ist Baby? Gefällt dir das etwa nicht?« Hustend versucht sie meinen Schwanz loszuwerden, doch mit dem nächsten Stoß in ihren weichen Mund komme ich. Stöhnend werfe ich meinen Kopf in den Nacken und genieße das Gefühl von meinem Orgasmus, was durch mich rauscht. Auch wenn ich nicht zu hundert Prozent befriedigt bin, schafft mir das hier etwas Abhilfe. Heiß spritze ich dem kleinen Miststück in den Rachen. Angepisst drückt die kleine Verführerin mich von sich und erhebt sich. Schwarze Schlieren laufen über ihr Gesicht und die aufgeklebten Wimpern hängen an ihren Wangen. »Du bist so ein Arschloch.« Aufgebracht gehe ich einen Schritt auf sie zu und fasse erneut grob in ihre Haare. »Spiel nicht mit dem Feuer, Tia, wenn du dir daran die Finger verbrennst.« Mit diesen Worten schließe ich meine Hose und verschwinde. Weiber!

Am nächsten Morgen gehe ich frisch geduscht und zufrieden meine kleine Gefangene besuchen. Die Nacht war ruhig, deshalb fühle ich mich voller Energie. Mit einem Tablett in der Hand schließe ich die Tür auf und betrete leise den Raum. Scheinbar schläft sie immer noch, dabei hat sie nichts mehr, zur Beruhigung bekommen. Besorgt stelle ich ihr Frühstück auf den kleinen Tisch, den ich extra für diesen Zweck habe herbringen lassen und gehe zu ihr herüber. Ohne sie aus dem Blick zu lassen, setze ich mich vorsichtig auf die Bettkante. Ich schnappe mir ihren dünnen Arm und taste nach ihrem Puls. Das stetige Puckern an meinen Fingern beruhigt mich und lässt mich aufatmen. Nicht auszumalen, wenn sie einfach abnippelt, denn dann wäre alles umsonst gewesen.

Ihre Lider fangen an zu flattern und ganz langsam öffnet sie ihre Augen. Das schöne Grün trifft auf mein eisblau und dann kreischt sie los. Schnell bin ich über ihr und halte ihr den Mund zu. »Scht! Dir passiert nichts, verdammt.« Mit großen Kulleraugen blickt sie in meine und sucht scheinbar die Lüge darin. »Kann ich loslassen? Du wirst nicht wieder schreien, Prinzessin?« Zu meiner Erleichterung nickt sie und ich löse meine Hand von ihrem hübschen Mund. Gott, wenn ihre Lippen irgendwann um meinen Schwanz liegen, dann werde ich jede verfickte Sekunde davon genießen, anders als bei Tia gestern. Noch immer kann ich nicht glauben, wie hübsch Stacy ist. Ihre Haare fallen ihr frech ins Gesicht, die roten Strähnen leuchten hell auf im milden Schein der Sonne, die einfällt. Ihre Haut ist ganz hell, aber ohne jegliche Unreinheit. Wenn sie schwarze Haare hätte, könnte man sie mit Schneewittchen vergleichen, nur dass dies hier kein Märchen ist. Zumindest wird es das für sie nicht. »Ich habe dir Frühstück mitgebracht.«

Wie auf Kommando rumpelt ihr Magen und meine süße Prinzessin senkt den Blick. Was? Das ist ihr unangenehm? Wenn sie wüsste, was ich mit ihr vorhabe. Ohne ein weiteres Wort rolle ich von ihr herunter und halte ihr meine ausgestreckte Hand hin. Beschämt schaut sie auf ihren Kimono herunter und ich weiß genau, was sie sagen will. »Kleidung musst du dir verdienen, meine Schöne, bis dahin solltest du dich an den Kimono gewöhnen. Wahlweise kannst du auch nackt herumlaufen.« Erschrocken schüttelt sie den Kopf, greift dann aber nach meiner Hand. Lauernd geht sie auf den Frühstückstisch zu und reißt die Augen auf, als sie all ihre Lieblingsdinge darauf entdeckt. Frisch gepresster Saft, Pancakes mit Ahornsirup und frische Erdbeeren mit einem Teelöffel Zucker. Ein Kakao steht neben ihrem Teller und sie nimmt ihn sofort in die Finger und trinkt einen großen Schluck. Genussvoll schließt sie die Augen. Lautlos gehe ich zu ihr herüber und ziehe ihr einen Stuhl heraus. Steif setzt sie sich und ich lasse mich ihr Gegenüber sinken. »Woher wusstest du, dass ich all das gerne zum Frühstück esse?« Ihre Stimme ist leicht rau, wahrscheinlich noch vom Schlafen. Meine Mundwinkel zucken nach oben, sie taut etwas auf, in ihren Augen liegt keine Panik mehr. Respekt, vielleicht etwas Angst, aber es ist nicht so wie gestern. »Ich kenne dich in- und auswendig, Stacy Cunningham.« Sie schluckt hart und blickt mich schockiert über den Tisch hinweg an. Die zweite Runde wird wahrscheinlich noch viel lustiger als die erste.

* * *

KAPITEL 4

»Ich kenne dich in- und auswendig, Stacy Cunningham.« Dieser Satz hallt unentwegt durch meinen Kopf und jagt Schauer über meinen Rücken. Seitdem mein Dad das Amt des Präsidenten übernommen hat, bin ich nur einmal vor den Kameras aufgetaucht. Ganz am Anfang, als er gewählt wurde. Danach habe ich mich komplett zurückgezogen, um so frei wie möglich zu leben. Was bis jetzt auch gut funktioniert hat, aber trotzdem erzählt der fremde dunkle Mann vor mir, er würde mich kennen. Ein Blick auf meinen Teller beweist mir, dass er keine Lüge erzählt haben kann. Gruselig ist dabei nur, dass ich dieses Frühstück erst angefangen habe zu essen, als wir ins Weiße Haus gezogen sind. Ich frage mich, wie er an diese Information gekommen ist. Schnaubend sehe ich ihm direkt in die Augen. »Hören Sie, wenn Sie wissen, wer ich bin, dann wissen Sie auch, dass nach mir gesucht werden wird.« Lässig zuckt er mit den Schultern und lehnt sich dann zurück.

»Das mag sein. Iss etwas, du bist viel zu dünn.« Wieder brummt mein Magen und ich tue, was er sagt, nicht aus Angst, sondern weil ich wirklich fast umkomme vor Hunger. Ob er mir auch den Hintern versohlen würde, wenn ich das Essen verweigere? Das von gestern möchte ich nicht noch einmal erleben, es war nicht nur eine unheimlich beschämende Situation, gleichzeitig habe ich mich so unwohl gefühlt wie noch nie in meinem Leben. Der Mann, den ich Thief nennen soll, wirkt kühl und abgeklärt, meine Ansage scheint ihm nicht einmal Sorgen zu bereiten. Trotz der Lage, in der ich mich befinde, fange ich an zu essen, denn wer weiß, wofür ich meine Kräfte brauchen werde. Unter seinem strengen Blick schiebe ich mir das erste Stück Pancake in den Mund und schließe genussvoll die Augen. Die sind besser als Zuhause. Der Teig ist wirklich fluffig und zergeht mir fast auf der Zunge. Als ich wieder die Lider öffne, begegne ich dem amüsierten Blick von Thief. »Schmeckt es dir?« Schnell nicke ich und merke, wie mein Gesicht heiß wird. »Das freut mich.« Irgendwie ist er schon merkwürdig, auf der einen Seite hat er mir gestern den Hintern versohlt, aber dann ist er auch gleichzeitig so fürsorglich. Ich esse weiter und beschließe, ihm dabei Fragen zu stellen, immerhin ist Wissen Macht, so sagt man doch. Vielleicht, wenn ich weiß, was er will, kann ich ihn um den Finger wickeln und früher oder später hier abhauen. Verträumt kaue ich auf meinem nächsten Stück herum, als mich seine Stimme in meinen Gedanken unterbricht. »Einen Penny für deine Gedanken.«

Meine Augen fliegen zu ihm und mustern sein markantes Gesicht. Er ist wirklich hübsch, das muss ich sagen, auch wenn ich seinetwegen hier bin. Meine Panik von gestern, wird mir dennoch nichts bringen, also spiele ich einfach mit, oder versuche es zumindest. Irgendwo habe ich mal gelesen, wenn man in so einer Situation steckt, dass man Ruhe bewahren soll und die Psyche des Entführers verstehen lernen sollte. »Ich frage mich immer noch, wenn Sie kein Geld wollen, was möchten Sie dann von mir.« Er lächelt mich an und beugt sich dann etwas über den Tisch. »Das wirst du noch früh genug erfahren. Zuerst solltest du meine Regeln kennen, dann wird sich alles mit der Zeit ergeben.« Nachdenklich schaue ich in das Eisblau und merke, wie meine Gedanken an einer Erinnerung kratzen. Plötzlich sehe ich eine Zeit vor mir, bevor mein Daddy Präsident wurde und wir noch in einem normalen Haus gewohnt haben.

»Komm schon, Stace, ich kann ja verstehen, dass du anders tickst, aber deshalb musst du doch mir nicht den Spaß verderben.« Geschockt sehe ich meine Freundin an und kann einfach nicht fassen, wie locker sie das Ganze nimmt. »Jill, du bist ihm total verfallen. Ich mache mir nur Sorgen um dich.« Genervt rollt sie mit den Augen und lächelt dann. »Rus ist perfekt, na und? Dann denkt er eben, ich bin schon volljährig, wo ist das Problem?« »Weil du es nicht bist.« Jill reißt mich in ihre Arme und drückt mich feste an sich. »Ich glaube, ich liebe ihn, er ist wirklich perfekt, bitte vertrau mir.« Mein Herz pocht schnell gegen meine Brust, denn ein komisches Gefühl macht sich in mir breit. »Du tanzt nach seiner Pfeife und das bist du einfach nicht.« Lachend löst sie sich von mir und blickt mir in die Augen. »Sowas nennt man unterwürfig sein, vielleicht wirst du es eines Tages verstehen können. Mach dir keine Sorgen.« Bevor ich etwas erwidern kann, klingelt ihr Handy und unterbricht uns. Strahlend geht sie ran und es ist kein Geringerer als dieser Typ. Kurz spricht sie mit ihm und legt dann auf. »Er will, dass ich zu ihm komme.« Fassungslos stehe ich in meinem Zimmer. »Siehst du, genau das meine ich, er will und du machst es.« Kichernd dreht sie sich zu mir um. »Es gibt nun mal Regeln in unserer Beziehung und eine ist, dass ich auf ihn höre. Machs gut meine Süße und zieh nicht so ein Gesicht.« Schnell gibt Jill mir einen Kuss auf die Wange und verschwindet dann einfach.

Ein Schnipsen bringt mich wieder ins hier

und jetzt zurück. Mein Magen knotet sich zu und macht mir einen weiteren Bissen unmöglich. Obwohl ich ruhig bleiben wollte, bekomme ich doch etwas Panik. Meine Stimme ist leise, als ich die nächste Frage stelle, zu sehr bin ich in dieser Erinnerung gefangen. »Was für Regeln?« Kurz scheint Thief zu überlegen, doch dann gibt er mir doch noch eine Antwort. »Wie du gestern erfahren hast, mag ich keine Gewalt, zumindest nicht auf diese Weise wie gestern.« Langsam nicke ich, denn mein Hintern fühlt sich noch immer etwas wund an. »Du solltest besser auf mich hören, Stacy Cunningham, denn ansonsten wird es hier nicht so einfach für dich.« Er grinst, fährt aber fort. »Du gehörst mir, je eher du das verstanden hast, desto leichter ist es für dich.«

Bei seinen Worten wird mir unglaublich schlecht. Zwar bin ich eine liebe Seele und will niemandem etwas Böses, doch ich bin kein Mensch, der sich so etwas gefallen lässt. Außerdem habe ich es Jill geschworen und mir selbst. Ob er von ihr weiß? Er sagt, er kennt mich in- und auswendig, aber kennt er auch dieses dunkle Kapitel? Die Panik, die schwappend in mir aufsteigt, lässt mich intuitiv handeln, selbst wenn das dumm ist, ich werde nicht seine kopflose Sklavin sein. Doch noch ehe ich etwas sagen kann, beginnt er wieder zu sprechen. »Wir sollten über Verhütung sprechen, denn um ehrlich zu sein, kann ich gut und gerne auf Kinder verzichten.« Der Klumpen in meinem Bauch wird übermächtig und ich muss mich zusammenreißen, nicht die paar Bissen, zu erbrechen. »Nein.« Angewidert sehe ich ihn an, denn ich werde mich sicherlich nicht von ihm anfassen lassen. »Wie bitte?« Sein Blick wird zornig, aber das ist mir egal. Sollte er von Jill wissen, dann müsste er auch wissen, was er da von mir verlangt. Vielleicht besitzt er aber gar keine Empathie für irgendjemanden. Von den ganzen Gedanken in meinem Kopf wird mir schwindelig. Anmutig steht er auf und kommt an die rechte Seite meines Stuhls. »Ich glaube, du verstehst den Ernst der Lage nicht, Prinzessin. Du hast keine Wahl.« Der plötzliche Griff um meinen Oberarm erschreckt mich und ich kann gar nicht so schnell reagieren, da stehe ich schon auf meinen Füßen. Wütend reißt er mich an sich, meine Brust prallt gegen ihn und ich spüre seinen Atem auf meinem Gesicht, als er mir tief in die Augen schaut und dann spricht. Seine Stimme erklingt leise, dafür aber umso bedrohlicher.

»Ich sage es nur einmal Stacy Cunningham. Du bist mein Besitz, niemand wird dir zur Hilfe eilen, also tu besser, was ich dir sage oder du endest wieder über meinen Knien.« Mit Tränen in den Augen schlucke ich, denn mir wird gerade bewusst, in was für einem Horror ich mich wirklich befinde. Das hier ist nicht real, ich muss das träumen, bitte lieber Gott, lass mich aufwachen. Aber der Griff um meinen Arm wird schmerzhaft und beweist mir, dass ich wach bin. »Wieso ich?« Die angestauten Tränen laufen über und rollen heiß über meine Wange. »Weil du perfekt bist, Prinzessin.« Nur sein fester Griff verhindert, dass ich auf den Boden gleite, so weich sind meine Beine. Ehe ich mich versehe, schleift er mich zum anderen Ende des Raums. Es ist der Teil, der gestern im Halbdunklen gelegen hat. Er öffnet eine Tür und schiebt mich in ein großes und wunderschönes Badezimmer. Vor dem Spiegel machen wir halt, sodass wir uns beide in dem Glas ansehen können. Mit geübten Griffen fasst er unter meinen Armen hindurch und macht sich an dem Gürtel des Kimonos zu schaffen. Weitere Tränen entkommen mir, denn ich will das hier nicht. Alles, was ich im Moment möchte, ist nach Hause, zurück zu meinen Eltern. Wahrscheinlich sind sie schon ganz krank vor Sorge. Dieser Gedanke lässt mich schluchzen, doch dann fällt mir plötzlich etwas ein. Was ist, wenn er so sadistisch ist, dass ihn selbst meine Tränen anmachen?

Durch Jill habe ich mich viel in das Thema eingelesen und die verschiedensten Beweggründe einer Dom und Sub Beziehung beleuchtet. Es gibt Menschen, die sich gerne erniedrigen lassen und diese, die es gerne tun. Es gibt Sadisten, die dir mit Leidenschaft körperlichen Schmerz zufügen, aber auch solche, die es seelisch tun. Wenn du es hier rausschaffen willst Stace, dann musst du tapfer sein. Meine Gedanken kreisen noch als Mister Eisklotz schon meine erste Schulter entblößt. Trotzig wische ich mir die Tränen weg und schwöre mir, dass ich nicht zerbrechen werde, egal was passiert. Der Kimono gleitet zu Boden und bauscht sich hinter meinen Füßen zusammen. Nackt stehe ich hier und versuche, meine innere Stärke zu finden. »Wie ich sehe, hast du dich schnell wieder beruhigt.« Seine Fingerspitzen streichen über meine Schultern und erzeugen dort Gänsehaut. »So gefällst du mir schon viel besser.« Zufrieden lächelt er, während ich mir auf die Zunge beiße. Ich gebe nicht auf, wegen Jill und meinetwegen. Am Handgelenk zieht er mich weiter in den Raum und bleibt vor einer riesigen Dusche stehen. Oh nein! Grinsend öffnet er seinen Gürtel und zieht in dann aus den Schlaufen.

Mit sicheren Griffen dreht er mir die Arme auf den Rücken und wickelt das glatte Leder um meine Gelenke. Ohne einen Ton lasse ich mir das gefallen, auch wenn ich ihm am liebsten die Augen auskratzen möchte. Dann schiebt er mich in die gläserne Dusche und stellt das Wasser an. Den Duschkopf hält er von sich weg und prüft mit dem Handgelenk die Temperatur. Da ist sie wieder, diese andere Seite an ihm. Er könnte mich quälen, könnte mich mit kaltem Wasser schocken oder es viel zu heiß aufdrehen. Stattdessen trifft mich der erste Strahl und prickelt angenehm über meine Haut. Das Wasser ist perfekt temperiert und als er damit über meine Brüste geht, bin ich mir mehr als bewusst, wie ich dastehe. Mit dem Rücken zur Wand, die Hände dahinter. Durch meine Haltung stehe ich gerade vor ihm, meine Brüste recken sich ihm quasi entgegen. Dieser Mistkerl! Seine eisblauen Augen tauen auf und fahren feurig über meinen Körper. »Du bist verdammt hübsch, Prinzessin.« Wie so oft erwidere ich darauf nichts, warum sollte ich auch. Mit dem Duschkopf in der Hand steht er vor mir und spritzt mich ab, sein Blick wandert über jeden Winkel meiner Haut. Unruhig trete ich von einem Bein aufs andere. So habe ich noch nie vor einem Mann gestanden und das hat einen Grund. Er nennt sich Jill. Die Erinnerung an sie tut verdammt weh und schneidet in mein Herz. Um Thief meine Emotionen nicht zu zeigen, schließe ich die Augen und atme durch. Als ich etwas Kaltes oberhalb meiner Brüste fühle, öffne ich sie wieder und versinke direkt im eisblau. Der Wasserstrahl trifft mich zwischen den Schenkeln, während Thief das Duschgel wegstellt und grinst.

»Machen wir dich sauber.« Mit seiner linken Hand fährt er zwischen meinen Brüsten durch und verteilt den Schaum auf meiner Haut. Pfirsichduft steigt in meine Nase und ich blicke zu dem Regal an der Wand.

Natürlich, es ist die Marke, die ich immer benutze. Es ist gruselig, was er alles weiß, und ich kann noch immer nicht sagen woher. Gründlich fährt seine Hand über meinen Bauch und dann an meinen Flanken entlang. Er wäscht mich unter den Armen und streicht über mein Schlüsselbein, runter zu meiner Brust. Zitternd begreife ich, dass er mich anfassen wird und ich nichts dagegen tun kann. Beiß die Zähne zusammen Stace. Solange ich nicht abschätzen kann, was ihn mehr reizt, werde ich alles über mich ergehen lassen. Vielleicht mag er, wenn ich mich wehre oder vor Verzweiflung weine. Fest presse ich den Kiefer aufeinander, als seine Finger meinen Nippel berühren. Mein Blick ist auf meine Füße gerichtet, während mein Entführer meine Brüste wäscht. Immer wieder reibt er über meine Spitzen und trifft damit einen Nerv in mir.

Zwar hatte ich noch nie Sex, aber ich weiß, dass meine Brüste sehr empfindlich reagieren. Wenn ich mich selbst gestreichelt habe, kam ich immer so zum Höhepunkt. »Öffne deine Beine für mich.« Geschockt sehe ich zu ihm auf, aber er glotzt mir immer noch auf die Brust. Langsam komme ich seinen Befehl nach und stelle meine Füße etwas auseinander. Die Hand, die eben noch über meine Nippel gefahren ist, wandert nach unten. Aufgeregt atme ich ein und aus und wappne mich für das, was kommt. Zärtlich teilen seine Finger meine Falten, mal wieder überrascht er mich damit. Sanft kreist sein Finger auf meiner Knospe und schickt ein Kribbeln durch meinen Unterleib. Noch nie hat mich jemand dort berührt, außer mir selbst. Ohne mein Zutun bocken meine Hüften nach vorne und ich will mehr. Ich sollte nicht so fühlen, im Gegenteil, das hier sollte mich anwidern, doch er spielt mit meinem Körper, wie auf einem Instrument. Immer wieder gleitet sein glitschiger Finger über einen Punkt, der mich wahnsinnig macht. Mit dem Duschkopf wäscht er mir den Schaum vom Körper und stellt dann das Wasser aus. Nackt, nass und völlig erhitzt von seinem Tun, stehe ich bebend vor ihm.

Seine Hand krallt sich in mein Haar und fixiert meinen Kopf. »Sieh an Prinzessin, du hast ja Feuer in dir.« Fest presst er seine Lippen auf meine und streichelt mich jetzt energischer. Hilflos schmelze ich, obwohl ich ihn hassen sollte. Stöhnend öffne ich den Mund für ihn und lasse seine Zunge um meine kreisen. Shit! Ich spüre, wie ich mich anspanne, in meinem Bauch bildet sich ein Ball und ich weiß, gleich ist es so weit, doch kurz vor dem Ziel stößt er sich von mir ab. Entrückt schaue ich ihn an, meine Beine zittern, mein Körper ist in Aufruhr und er grinst nur hämisch. Erneut nähert er sich mir und streichelt mich sanft, zu sanft, so werde ich auf keinen Fall kommen. Frustriert stöhne ich auf und ernte einen Schlag auf meine Brust. Ein Blitz schießt durch meine Wirbelsäule und verbreitet flüssige Lava in meinem Schritt. Thief lässt wieder von mir ab und greift um mich herum. Brust an Brust stehen wir da und schauen uns in die Augen. Verdammt ist er hübsch. Kann er nicht hässlich sein, dann würde ich wahrscheinlich gar nicht so auf ihn reagieren. Flink öffnen seine Hände den Gürtel und ich bin wieder frei. Klappernd fällt er zu Boden, während mein Entführer sich die Hose öffnet. Panisch stemme ich meine Hände gegen seine Brust, er will doch nicht etwas hier? »Schsch. Ich stehe zu meinem Wort Prinzessin. Wenn es so weit ist, wirst du betteln, erst dann werde ich dich nehmen.«

Seine Daumen haken sich in den Bund seiner Hose und schieben sie ein Stück herunter. Federnd kommt sein Schwanz zum Vorschein, er ist dick und lang. Seine Schamhaare sind gestutzt. Mit großen Augen blicke ich ihn an, doch Thief greift einfach nach dem Duschgel und verteilt eine große Menge auf seinem steifen Glied. »Weißt du Prinzessin, es ist an der Zeit, dass wir uns besser kennenlernen.« Er nimmt meine Hand und führt sie zu sich, feste greift er mit unseren Händen um seine Härte. Tief blickt er mir in die Augen, seine Mundwinkel zucken, als er sagt. »Ich weiß, dass du es noch nie gemacht hast, umso schöner, dass ich derjenige welcher bin.« Bevor ich etwas sagen kann, fängt er an, auf und abzupumpen. Fasziniert sehe ich zwischen uns, denn er fühlt sich nicht nur hart wie Stein an, seine Haut darum ist ganz weich. Das Gel macht das Ganze schmierig und so einfacher über seine Länge zu streichen. Erneut finden seine Finger meine Klit und kreisen wieder darauf. Schluckend schließe ich die Augen und stelle mir vor, dass der Kerl vor mir mein Liebhaber ist. Die Gefühle, die er in mir erzeugt sind, schön und ich will und darf sie eigentlich noch immer nicht zulassen. Shit!

»Wenn ich abgespritzt habe, Prinzessin, dann werde ich dich zum Schreien bringen.« Stöhnend öffne ich die Lider und schaue in sein schönes Gesicht. Wieso hat er so etwas nötig? Er könnte doch wie jeder andere Mann einfach eine Frau ganz normal kennenlernen. Meine Gedanken lösen sich auf, als ich erneut den Knoten in meinem Unterleib merke. Meine Hand um seinen Schwanz wird schneller, denn ich will jetzt unbedingt kommen. Thief krallt sich in meine Haare und zieht mich auf seine vollen Lippen, gierig küsse ich ihn. So habe ich noch nie gefühlt, auch nicht, wenn ich mich gestreichelt habe. Seine Hand landet um meinen Hals und drückt mich gegen die Fliesen. Stürmisch erwidert er meinen Kuss und stöhnt dann rau in meinen Mund. Ein warmer Strahl trifft mich an meinem Bauch und lässt mich zucken. »Du kannst so ein braves Mädchen sein, Stacy.« Ich schließe die Augen und spüre, wie er mir sanft in meine Knospe kneift. Alles in mir spannt sich an, meine Zehen rollen sich auf und dann springe ich über die Klippe. Lichter flackern hinter meinen Lidern und ich halte den Atem an, weil es zu viel ist, was ich fühle. Ein Zittern geht durch mich und ich spüre wie empfindlich ich mich außen, aber auch innen anfühle. Die Lust ist explodiert, was zurückbleibt, ist rohes Empfinden und unglaubliche Verletzlichkeit. Obwohl ich nicht mehr weinen wollte, breche ich an seiner Schulter zusammen und schluchze laut auf. Was sich eben noch gut angefühlt hat, fühlt sich nun wie Verrat an. Ich habe mir geschworen, nicht wie Jill zu enden, und nun bin ich dem näher gekommen als all die letzten Jahre.

* * *

KAPITEL 5

Stacys Reaktion ist völlig normal. Sie hat sich von ihren Gefühlen leiten lassen, dabei kämpft ihr Kopf dagegen an. Dieses Chaos ist für den unterwürfigen Part immer am schwierigsten. Zumal sie nicht weiß, dass sie es ist. Auch wenn ich sie nicht ganz dominiert habe, so hat sie doch auf mich reagiert und das kann sie schlecht leugnen. Beruhigend drücke ich sie an mich und küsse den Übergang zwischen Hals und Schulter. Sie ist so verdammt zart, was mir überhaupt nicht gefällt. Wir werden daran arbeiten, dass sie ordentlich isst. Langsam hebe ich sie hoch in meine Arme und trage sie aus der Dusche. Aus einem Regal nehme ich mir ein Handtuch und schlinge es um ihren Körper. »Schsch. Ruhig Prinzessin.« Eigentlich wollte ich ihr noch viel mehr Zeit geben, aber Liam hat recht, ich bin ein ungeduldiger Bastard. Mein Instinkt sagt mir, dass ich irgendwas trotz aller Gründlichkeit, übersehen habe, denn ihre Reaktion auf das Wort Regeln, war heftig.

Ob Daddy streng mit ihr war? Angeblich nicht, laut Aussagen und den Berichten, die mir vorliegen, sind sie bis heute eine Bilderbuchfamilie. Sanft rubble ich meine kleine Prinzessin trocken und schaffe sie aus dem Badezimmer. Meine teils nassen Klamotten ignoriere ich und setze mich mit ihr aufs Bett. Auf meinem Schoß rollt sie sich zusammen und drückt ihren Kopf unter mein Kinn. Genau deshalb halte ich sie noch hier oben isoliert, ohne dass sie ahnt, dass es noch weitere Menschen im Haus gibt. Denn auch wenn sie weiß, dass es falsch ist, sucht sie bei mir Trost. So wird unsere Bindung enger werden. Sanft massiere ich ihr den Nacken und halte sie bis sie sich beruhigt und nichts mehr von ihren Schluchzern zu hören ist. Irgendwann sagt sie dann mit erstickter Stimme. »Du musst mich gehen lassen, bitte.« Es ist das erste Mal, dass sie mich nicht mit Sie anspricht. »Das kann ich nicht tun.« Noch immer nackt springt sie von meinem Schoß herunter. Wütend steht sie vor mir. »Du bist ein krankes Schwein. Fick dich, ich scheiße auf dich und deine dämlichen Regeln. Niemals bekommst du mich klein.«

Ruhig erhebe ich mich vom Bett und gehe auf sie zu. Immer weiter weicht sie zurück. Ich mache einen Satz und packe grob ihre Oberarme. Erschrocken kreischt sie auf und sieht mich an, als ob ich sie geschlagen hätte. »Dafür, dass ich so krank bin, hat dir das eben aber gut gefallen.« Grinsend schaue ich ihr in die weit aufgerissenen Augen. »Du blödes Arschloch!« Zornig schreit sie mir entgegen, dann versucht sie sich aus meinem Griff zu wenden und sogar nach mir zu treten. Mit Leichtigkeit halte ich sie in Schach und wirble uns herum in Richtung Bett. Verbissen wehrt sie sich noch immer, als ich sie unter mir auf der Matratze begrabe. Ihre Handgelenke nehme ich über ihrem Kopf zusammen, dann ziehe ich die kleine Spritze mit einem Beruhigungsmittel aus der Hosentasche. Für Notfälle trage ich immer eine Ration bei mir. Stacy versucht, weiter gegen mich anzukommen und bemerkt gar nicht, wie ich die Schutzkappe, mit den Zähnen von der Nadel ziehe. »Du Schwein. Niemals werde ich dir hörig. Hast du das verstanden? Niemals.« Gelassen stecke ich die kurze Nadel in ihren Hals und drücke die Flüssigkeit in ihre Vene. Plötzlich wird sie ruhig und sieht mich mit weit aufgerissenen Augen an. »Was hast du getan?« Doch ich antworte nicht. Ich beobachte genau, wie ihre Lider schwer werden und sich ihre Gegenwehr in Luft auflöst. »Schlaf gut Prinzessin.«

Mit einem Scotch sitze ich in meiner Bibliothek und drücke einen Knopf, um den Fernseher aus der Wand zu fahren. Stacy ist schon etwas hier und ich will prüfen, ob nach ihr gesucht wird. Zwar habe ich keine Angst davor, aber es ist immer besser, zu wissen, was los ist. Gelangweilt zappe ich durch die Kanäle, bis ich endlich einen Nachrichtensender gefunden habe. Gebannt schaue ich auf den Bildschirm und nehme einen weiteren Schluck meines Scotchs. Stacys Handeln wird Konsequenzen haben, so wie ich es ihr angekündigt habe, alles andere wäre scheinheilig. Sie soll schnell lernen, wo ihr Platz ist, damit ich sie endlich ficken und zu der meinen machen kann. Nach einer halben Stunde mit sämtlichen Nachrichten der Welt ist mir klar, dass nicht nach ihr gesucht wird. Zumindest nicht offiziell. Merkwürdig! Dabei ist sie die Tochter, des mächtigen Mannes der Welt. Um auf Nummer sicherzugehen, kontaktiere ich Roger. Er war es auch, der mir mit ein paar anderen, die Bluthunde von Stacy vom Leib gehalten hat. Mit kurzen und knappen Worten sage ich ihm, was ich will, und er verspricht mir, sich zu melden, sobald es etwas Neues gibt. Es gibt nur wenige Menschen, denen ich blind vertraue, eigentlich zählen dazu nur Liam und Tia. Zusammen haben wir uns auf der Straße durchgeschlagen. Dabei ist Tia fünf Jahre jünger als wir, aber nicht weniger manipulierend.

Als sie zu uns gestoßen ist, war sie gerade einmal dreizehn, genauso alt, wie ich, als ich meiner persönlichen Hölle entflohen bin. Liam und ich haben sie sofort ohne Wenn und Aber unter unsere Fittiche genommen, damit sie überlebt. Zwei Jahre später sind wir dann von Taschendiebstahl zu Einbrüchen gewechselt und konnten uns bald eine Wohnung leisten. Niemals werde ich meine harte Zeit auf der Straße vergessen und auch nicht, was mir meine eigenen Eltern angetan haben. Ein Klopfen reißt mich aus meinen düsteren Gedanken und den Geistern der Vergangenheit. »Herein.« Liam kommt herein und sieht aus, als ob er frisch geduscht hätte. Seine braunen etwas längeren Locken, glänzen noch feucht und auch, dass er nur im weißen Shirt bekleidet rumläuft, sagt mir, dass er duschen gewesen sein muss. Er läuft sonst immer im Hemd gekleidet herum, selbst hier zuhause. Noch nie habe ich ihn in Jogginghose gesehen, das ist einfach nicht sein Stil. »Hast du mal die Nachrichten gecheckt?«

Ich nicke und deute auf den Platz vor meinem wuchtigen Schreibtisch. Der Gesichtsausdruck meines Freundes ist ernst, als er sich setzt. Seufzend gieße ich ihm einen Scotch ein und reiche Liam das Glas. »Ich habe Roger darauf angesetzt, ob sie inoffiziell nach ihr suchen.« Liam nickt und nimmt den ersten Schluck. »Gute Idee, aber es ist merkwürdig.« Recht hat er, da verschwindet die Tochter des Präsidenten und niemand sucht nach ihr, zumindest nicht offiziell. »Das weiß ich, aber ich habe jahrelang diese Familie studiert, dabei ist mir bestimmt nichts entgangen. Vielleicht ist es einfach Taktik, dass sie unter der Hand ermitteln lassen.« »Könnte sein, warten wir ab, was Roger sagt. Wie läuft es sonst?« Schadenfroh wackelt er mit den Augenbrauen. Motherfucker! »Es läuft gut.« Mehr sage ich nicht, doch leider kennt Liam mich eben zu gut. »Verarsch mich nicht.« Genervt stöhne ich auf und sehe in seine braunen Augen. Dann rücke ich mit der Wahrheit raus und erzähle, was passiert ist. Wie ich Stacy unter die Dusche geschafft habe und sie mich zum Orgasmus brachte und danach ich sie. Aber auch wie sie auf das Wort Regeln reagiert hat und dass ich glaube, da irgendwas übersehen zu haben. »Wenn du willst, setze ich nochmal meinen Hacker drauf an.« Nachdenklich nicke ich, denn vielleicht ist das gar keine schlechte Idee.

Nachdem Gespräch mit Liam beschließe ich,

Lisa einen Besuch abzustatten. Immerhin liegt meine kleine süße Prinzessin oben in einem Zimmer und hält wie im Märchen ihren Schönheitsschlaf. In der Zeit kann meine persönliche Ärztin ihr eine Spritze verpassen, damit ich sie auf keinen Fall schwängere. Kondome kommen für mich nicht infrage, Stacy hatte noch nie Sex und ich bin sauber. Das lasse ich jeden Monat testen. Nein, wenn ich sie endlich in Besitz nehme, soll nichts zwischen uns sein. Unten im Keller hat Lisa ihren eigenen Raum, um mein Team und mich im Notfall versorgen zu können. Soviel ich weiß, hat sie eine kleine Tochter, die sie durchbringen muss, und hat sich deshalb entschieden eine Verbrecherbande zu versorgen. Außerdem wurde sie von ihrem Ex bedroht und hatte Angst, in einem normalen Krankenhaus anzufangen.

Eigentlich sind mir die Gründe so ziemlich egal, solange sie ihren Mund hält und ihre Arbeit erledigt. Leise klopfe ich an ihre Tür und warte, dass sie mich hereinbittet. Erst als sie es tut, drücke ich die Klinke herunter und öffne. Mit einer schwarzen Brille sitzt sie an ihrem Schreibtisch und macht sich Notizen. »Eine Sekunde bitte.« Ich antworte ihr nicht, sondern stelle mich mit überkreuzten Armen genau vor ihren Tisch. Mit großen Augen sieht Lisa zu mir auf und ich grinse böse. »Thief, ich wusste nicht, dass ... entschuldige bitte. Was kann ich für dich tun?« Immerhin weiß sie, was zu tun ist, wenn ich hier aufschlage. Ich warte nicht gerne und wir alle zahlen ihr genug, dass wir es eigentlich auch nicht müssen. Wie immer komme ich direkt zum Punkt, denn in meiner Welt ist Zeit Geld.

»Du erinnerst dich an meine kleine Geisel?« Sie nickt und schluckt sichtlich. Ob ihr das gefällt oder nicht, könnte mir nicht gleichgültiger sein, sie soll sich verdammt nochmal um ihren Kram kümmern. »Sie schläft, hat ein starkes Beruhigungsmittel bekommen. Die perfekte Gelegenheit, ihr die Drei-Monatsspritze zu verpassen.« Mit zitternden Fingern legt sie den Kugelschreiber auf das glatte Holz und steht auf. Lisa fängt an, in ihrem Arztschrank zu kramen. »Bist du sicher, dass du es so machen willst? Ich meine, diese Spritze kann viele Nebenwirkungen haben.« Knurrend antworte ich ihr und stelle mit Genugtuung fest, wie sie kurz steif wird. »Das ist der sicherste Weg, oder soll ich ihr ständig die Pille ins Essen mischen?« Kopfschüttelnd nimmt Lisa eine Spritze aus ihrem Schrank und macht dann alles fertig. Gemeinsam verlassen wir das Verlies, wie ich es gerne nenne. Ich habe nichts gegen die Dunkelheit, im Gegenteil, sie macht mein Geschäft erst möglich, ohne sie würde ich ständig erwischt werden. Trotzdem kann ich nicht verstehen, weshalb Liam und Tia hier unten hausen. In meinem Flügel angekommen schließe ich die Tür auf und lasse Lisa zuerst eintreten. Aufmerksam beobachte ich sie, denn ich will nicht, dass ein Fehler passiert. Irgendwie scheint meine leibeigene Ärztin hiermit ein Problem zu haben und deshalb lasse ich sie nicht aus den Augen, als sie Stacy die Spritze gibt. Ein kleiner Stich, der so viel verhindern wird. Mit einem »Danke« entlasse ich Lisa und schaue meine zierliche Prinzessin an. Grinsend überlege ich mir die nächste Bestrafung, denn es wird mit Sicherheit eine geben.

Um mir die Zeit zu vertreiben, gehe ich in den Trainingsraum. Etwas Bewegung, um den Kopf freizubekommen, hat immerhin noch nie jemandem geschadet. Seit Jahren trainiere ich Krav Maga und das nicht nur zur Verteidigung, es hält einen fit. Mein Trainer Akeno ist auch schon hier, ihn habe ich angefunkt, ob er mit mir trainiert. Da er ebenfalls im Haus lebt, brauche ich nicht mal auf ihn zu warten. »Hallo Thief. Wie gehts dir?« Mit zusammen gefalteten Händen, vor der Brust, begrüßt er mich. Ich bleibe vor ihm stehen und mache das Gleiche, für mich eine Form des Respekts. »Danke, mir geht es gut und dir?« Akeno nickt und dann legen wir auch schon los. Krav Maga ist eine israelische Kampfsportart und dient eigentlich der Armee dazu, sich zu verteidigen. Doch mein Trainer beherrscht diese Art in reiner Perfektion. Akeno kommt ursprünglich aus Japan und er spricht unsere Sprache mit reichlich Akzent. Im Dunkeln will ich ihm nicht begegnen, dafür ist er einfach zu flink.

Nach zwei Stunden steige ich verschwitzt unter die Dusche und denke an mein kleines Vögelchen. Wenn sie wach wird, werde ich bereits da sein und dann wird sie merken, dass Schluss mit lustig ist. Ich wollte es langsam angehen, sie dran gewöhnen, dass sie nicht mehr das machen kann, was sie will, aber Stacy braucht, glaube ich, die harte Tour, anders wird sie es nicht kapieren. Sie ständig mit Beruhigungsmittel zuzudröhnen, ist keine Option. Wer nicht hören will, muss fühlen.

Die Dusche hat mich erfrischt und ich fühle mich voller Energie. Mit Hemd, Anzughose und glänzenden Schuhen, betrete ich das Zimmer meiner Geisel. Noch immer liegt sie schlafend da, doch das Mittel wird bald nachlassen. Kurz aber heftig wirkt es. Böse grinsend stelle ich mich vor das Fenster. Erwähnte ich, dass ich Spiele liebe?

* * *

KAPITEL 6

Langsam öffne ich die Augen und versuche, einigermaßen klarzukommen. Ruhig bleibe ich liegen und grüble nach, wie ich überhaupt hierhergekommen bin. Wie so oft wollte ich in die Mall zum Einkaufen fahren, dafür habe ich immer einen Fahrer, die zwar wechseln, aber alle werden überprüft. Um nicht aufzufallen und in Ruhe leben zu können, fährt ein zweiter Wagen hinter mir her, mit zwei Personenschützern. Thea ist mein fester Bodyguard und folgt mir auf Schritt und Tritt, auch wenn mich kaum jemand erkennt. Ob ihr etwas passiert ist? Bei der Vorstellung dreht sich mein Magen um, aber wie sonst sollte ich hierhergekommen sein? Niemals hätte man mich einfach so hierher karren können, ohne dass mich keiner von den Personenschützern verfolgt hätte. Langsam atme ich durch, um mich selbst zu beruhigen und mich zu stärken. Niemals wird Thief mich klein bekommen, das werde ich nicht zulassen. Auch wenn er mich unter der Dusche manipuliert hat, das wird nicht noch einmal geschehen. Denk an Jill Stace, sie ist genau so einem Typen verfallen und der Preis, den sie gezahlt hat, war verdammt hoch.

»Du bist endlich wieder wach, das freut mich.« Erschrocken zucke ich zusammen und schaue in Richtung Fenster. Da steht er, groß und dunkel, genau wie seine Aura. Zu gerne würde ich wissen, was ihn so werden ließ, aber das werde ich vermutlich niemals herausfinden. Doch vielleicht ist es gar nicht mal so verkehrt viele Informationen über ihn zu sammeln. Er sagte, er will mich besitzen, also sucht er scheinbar eine kleine Sklavin. Ich werde, so weit es geht, mitspielen und versuchen, zu tun, was er sagt, aber nur um hier letzten Endes herauszukommen. »Dann können wir ja endlich zu deiner Bestrafung kommen.« Langsam dreht er sich zu mir um, in seinen Augen liegt diese unberechenbare Eiseskälte. Wollte ich tun, was er sagt? Gerade habe ich es mir anders überlegt. Noch einmal werde ich unter keinen Umständen über seinen Knien hängen und heulen. Niemals! Schnell steige ich aus dem Bett und renne zur Tür. Eigentlich weiß ich das es keinen Zweck hat, aber er ist auch nur ein Mensch und macht bestimmt Fehler. Tja leider nicht diesen, denn die Tür ist zu. Wütend hämmere ich mit den Fäusten dagegen und sinke zu Boden. Ich will doch nur frei sein und wieder nach Hause. Grob wird mein Haar gepackt und ich nach oben gezogen. Wimmernd lande ich in seinen Armen und will am liebsten kotzen. Seine geflüsterten Worte lösen Panik in mir aus. »Weißt du Prinzessin, heute werde ich dich ficken.« Mit aufgerissenen Augen schaue ich in sein Gesicht, aber ich kann keine Lüge darin erkennen. Wieso tut er mir das an? Wieso? Er sagte, ich sei perfekt, aber das bin ich nicht, das ist niemand. Perfekt gibt es nicht und das ist auch gut so. Er könnte doch jede andere Frau besitzen, wieso will er dafür ausgerechnet mich? Angeekelt drücke ich ihn von mir weg, doch er lächelt nur falsch.

»Du kannst mir nicht entkommen, Stacy, das musst du langsam anfangen zu begreifen.« Aber das will ich nicht und ich kann es auch nicht. Nach allem, was ich gesehen habe, dreht die bloße Vorstellung, jemandem blind zu gehorchen, mir den Magen herum. »Zwing mich nicht, dir wehzutun. Ich tue es, wenn es sein muss, denk dran, jedes Handeln wird Konsequenzen für dich haben. Das letztens war nur eine winzige Spitze des Eisbergs.« Womit zur Hölle habe ich das verdient? Als Thief eine Augenbinde aus seiner Tasche holt, steigt kurz Panik in mir auf, aber ich kämpfe sie tapfer herunter. Er darf niemals meine Schwächen sehen, nur meine Stärken, damit er irgendwann vielleicht aufgibt. Tapfer recke ich mein Kinn nach oben und funkle ihn an. »So gefällst du mir schon besser, Prinzessin, ich mag gehorsame Frauen. Keine wild gewordenen Furien.« Dann zieht er mir das schwarze Ding über den Kopf und meine Welt vor mir verschwindet in einer einzigen Wolke aus vollkommener Schwärze. Mein Herz pocht so laut, dass ich es in meinen Ohren hören kann und überdeutlich in meiner Brust spüre. Aufregung flutet meine Bahnen, aber es ist nicht die Gute, die man verspürt, wenn man Achterbahn fährt. Nein! Diese hier fühlt sich schrecklich an und lässt mich am ganzen Leib erzittern. Fest presse ich meine Lippen aufeinander, als dieser miese Bastard mich herumdreht und mir die Hände auf den Rücken bindet. Ein fester Zug an meinen Haaren lässt mich vor Schmerz aufstöhnen. Seine Lippen liegen direkt an meinem Ohr und verursachen eine ekelige Gänsehaut.

»Eine falsche Bewegung, Stacy und ich schwöre bei Gott, du wünschtest, nie geboren worden zu sein.« Schluckend nicke ich. Wenn ich jemals meine Eltern wiedersehen will, dann muss ich mich hier durchbeißen. Die Schwärze macht mir zusätzlich zu schaffen, weil sie mich an die dunkelsten Stunden in meinem jungen Leben erinnert. Fuck! Auch wenn Licht deine Welt flutet, so kann es in deinem Inneren jederzeit anders aussehen und dich in einen Abgrund reißen, dem du nicht entkommst. Ein Klimpern zu meiner rechten Seite erfordert meine

Aufmerksamkeit und dann höre ich, wie Thief scheinbar einen Schlüssel ins Schloss rammt. Angespannt bleibe ich stehen. Er will mich rauslassen? Nach ein paar Tagen in diesem Zimmer wäre das mehr als schön, aber ich fürchte, dass er mir niemals die Augenbinde absetzen wird. Knarrend öffnet sich die Tür und ein kühler Luftzug trifft meinen fast nackten Körper. Dieser blöde Kimono, ich verfluche das Teil seit dem ersten Tag, denn er bietet kaum Schutz. Auch meine Füße sind noch nackt und selbst wenn ich es raus schaffe, wie lange dauert es bis man sich ohne Schuhe verletzt? Wortlos lasse ich mich von Thief führen, der mich an einem Oberarm gepackt hält. Ich kann deutlich spüren, wie sich der Boden hier ändert, denn der Teppich in meinem Zimmer ist weich und flauschig, während dieser hier sich anfühlt wie Schmirgelpapier. Schritt für Schritt gehen wir weiter und leider muss ich diesem Ekel an meiner Seite vertrauen, weil ich keine andere Möglichkeit habe. Blind und mit gefesselten Händen wäre alles andere dumm.

»Weißt du Prinzessin, heute werde ich dich ficken.« Das hat er eben gesagt. Zitternd atme ich ein und versuche, nicht darüber nachzudenken, was das bedeutet. Er weiß, dass ich unschuldig bin, das hat er in der Dusche betont, wie viel er weiß schockiert mich immer wieder. »Achtung Treppe!« Seine Stimme ist sanft, dennoch ist er bestimmt. Vorsichtig taste ich mit dem Fuß nach der ersten Stufe, um nicht zu fallen. Im Kopf zähle ich die Stufen, wer weiß, wann ich das brauchen werde oder nutzen kann. Es ist schlauer, sich alles einzuprägen, wenn es etwas gibt und wenn es sowas Dämliches wie Treppen sind. Unten angekommen habe ich im Kopf fünfzehn Stufen gezählt. »Jetzt gleich kommen nochmal Stufen.« Wenigstens warnt er mich vor. Diese Mischung aus Drohung und Fürsorge bekomme ich ganz schlecht verpackt. Wie auch, wenn es mal hü und mal hott geht. Auch hier ist der Boden sehr kratzig unter meinen Füßen, aber als Thief mir ansagt, dass die nächste Treppe kommt, erschrecke ich fast über die Kühle, des Bodens. Stein, schießt es mir durch den Kopf und ich meine nicht die Art von Fliesen, die manche in ihrem Haus haben. Nein, es ist wirklich Steinboden, wie aus einem Keller, so fühlt sich das ungefähr an. Okay, nicht daran denken, woher du das weißt. Mach weiter Stace. Er wird nichts von Jill wissen, deshalb musst du das geheim halten. Zumindest gehe ich davon aus, dass er es nicht weiß, weil es weit in der Vergangenheit liegt. Magensäure steigt in mir hoch und ich habe Angst mich übergeben zu müssen, doch dann besinne ich mich auf die Stufen und zähle. Hier sind es nur zehn und als wir ankommen, bleibt Thief kurz stehen. Licht flutet plötzlich meine Augen und lässt mich blinzeln. Nur langsam gewöhnen sie sich an die Helligkeit und machen es mir schwer, irgendwas zu erkennen. Als ich es dann endlich kann, traue ich meinen Augen nicht. Die Wände sind aus dunklem Stein, genau wie der Boden, an den Seiten hängen Fackeln und erhellen den düsteren Bereich, indem wir stehen. Das hier sieht aus wie in einem abgedrehten Horrorfilm.

Wenn ich nicht wüsste, dass Thief mich besitzen will, dann würde ich jetzt denken, mein letztes Stündlein hätte geschlagen. Sein Lächeln, welches mich trifft, ist kalt und absolut berechnend. »Kommen wir zu deiner Bestrafung.« Wieder greift er sich meinen Oberarm und schleift mich diesmal mehr hinter sich her, als dass er auf mich wartet. Ich brauche alle Sinne, um nicht hemmungslos zu kreischen, das würde ihm wahrscheinlich sogar noch Spaß machen. Den Teufel werde ich tun. Ich darf einfach nicht dran denken, was er vorhat, dann bekomme ich auch keine Panik. Langsam atme ich immer wieder ein und aus und beruhige so etwas meine angespannten Nerven. Wir gehen einen langen Bereich entlang und biegen dann um die Ecke, hier befinden sich schwarze Türen. Gott ist es hier ätzend, ich hasse es jetzt schon, dabei weiß ich gar nicht richtig, was auf mich zukommt. Vor einer der vielen dunklen Türen hier unten stellt er mich ab und tritt hinter mich. »Mach den Mund auf Prinzessin.«

Ich sollte es nicht tun, aber er sagte, dass dies hier, meine Bestrafung ist, auf noch eine kann ich gerne verzichten. Gewinn sein Vertrauen Stace, denn nur so kannst du entkommen. Widerwillig tue ich, was er sagt, und bekomme einen verfickten Ballknebel in den Mund geschoben. Meine Hände sind noch immer auf meinen Rücken gefesselt, zwar kann ich jetzt etwas sehen, aber ob das von Vorteil ist, weiß ich nicht. »Keinen

Mucks, wenn wir darein gehen, verstanden?« Da ich nicht viel sagen kann, nicke ich. Aufregung flutet meine Bahnen und sie ist leider auch gemischt mit Angst, die ich verspüre, weil ich nicht weiß, was mich erwartet. Dafür, dass dieser Mistkerl mich einfach entführt hat und zu seinem Haustier machen will, schlage ich mich wirklich gut, wie ich selbst finde. Er wird mich so schnell nicht klein bekommen, ich bin fest entschlossen einen Weg hieraus zu finden. Zittrig atme ich durch und dann betreten wir einen großen Raum. Ein Kamin spendet sanftes Licht, hier drin ist es viel wärmer als auf dem Flur. Das Feuer knistert und hat irgendwie eine beruhigende Wirkung auf mich, schon immer habe ich es im Winter geliebt vor den Flammen zu sitzen und ihnen gerne beim Tanzen zugesehen. In einer dunklen Ecke nehmen wir Platz und ich frage mich, was er mit mir vorhat. Ein kleiner Spot geht plötzlich neben dem Kamin an und lässt mich erschrocken zucken. Sanft streicht Thief über meinen Arm, aber ich ignoriere ihn. Der Mistkerl wird noch sehen, was er von alldem hier hat. Konzentriert blicke ich auf die Stelle unter dem kleinen Lichtkegel und schlucke, als ich erkenne, was sich im Schein des Lichts befindet. Panik steigt in mir hoch und lässt Bilder hochkommen, die ich bis heute tief in meiner Seele verschlossen halte. Eine Faust krallt sich in mein Haar und dann kann ich seinen ekelhaften Atem an meinem Ohr spüren.

»Sieh hin! Falls du die Augen schließt, finde ich eine andere Lösung, wie du hinschauen musst.« Wieder nicke ich, denn mir wird wohl nichts anderes übrig bleiben, auch wenn mir das hier schwer im Magen liegt. Unter dem Schein kniet eine junge Frau, ihre Haut glänzt dunkel, als ob sie sich gerade noch eingecremt hat. Sie trägt knappe Dessous, die sich perfekt von ihrer dunklen Haut abheben. Die Hände hat sie auf die Knie gelegt, allerdings in Richtung nach oben, so dass man ihre Handflächen sehen kann. Die langen schwarzen Haare sehen aus wie Seide und fallen lang und flüssig über ihre Schultern. Ihren Rücken hat sie durchgestreckt, in ihrem Mund hat sie einen Knebel, genau so einen wie ich. Sie scheint zu warten und ihre Atmung beschleunigt sich dabei. Ist sie erregt? Eine Tür geht auf, es ist eine andere, als wir sie genommen haben und ein großer

Kerl kommt hindurch. Ebenfalls wie Thief ist er in Hemd und schicker Hose gekleidet, die Lackschuhe glänzen bei jeden Schritt. Er ist groß und wirkt breiter als mein Entführer es tut. Selbstbewusst schreitet er durch den Raum auf die am Boden kniende Frau zu. Langsam geht er vor ihr in die Hocke und fasst nach ihrem Kinn, um es nach oben zu drücken. Strahlend blaue Augen kommen zum Vorschein und rauben mir den Atem, wow ist sie schön. Zärtlich küsst der große Mann sie auf die Stirn.

Ob sie ein Liebespaar sind? Kaum habe ich diesen Gedanken, beantwortet Thief mir diese Frage. Gruselig. »Sie sind kein Paar, es geht nur ums Ficken Prinzessin, so wie es das bei uns tun wird.« Gierig wandert seine Hand über meinen Körper und drückt meine Brust zusammen. Doch auch diese Berührung ignoriere ich und konzentriere mich auf das Pärchen vor mir. »Steh auf meine Hübsche.« Anmutig steht die schöne junge Frau auf und folgt dem Typen in die Mitte des Raumes. Dann erlischt der Spot und der Raum wird nur noch durch das Feuer erhellt. Trotzdem kann man die beiden noch gut erkennen und das, was sie tun. »Hände nach oben, Amber!« Die Stimme des Mannes lässt keinen Widerspruch zu und die Frau, deren Name scheinbar Amber ist, gehorcht blind und tut, was er sagt. Ihr Blick ist dabei auf den Boden gerichtet, doch ihre Haltung ist voller Stolz. Über ihren Köpfen hängen Ketten von der Decke, an denen Handschellen befestigt sind, damit wird sie fixiert und kann nichts mehr tun. Scheinbar zufrieden brummt der Kerl, entfernt ihr den Knebel und küsst seine Sklavin auf den Mund, bevor er hinter sie tritt. Mit einigen Schritten Entfernung betrachtet er gierig ihre prallen Kurven und leckt sich die Lippen. Wie alt sie wohl ist? Genauso alt wie ich? Ein Sausen in der Luft, lässt mich meine Fragen vergessen und ich sehe erschrocken, dass der Kerl einen Rohrstock benutzt, um damit auf ihren Hintern zu schlagen.

Der Knebel in meinem Mund hindert mich daran scharf, die Luft einzuziehen und am liebsten würde ich jetzt schon aufspringen, um dazwischenzugehen, aber Thief klettert hinter mich und schneidet meine Fesseln durch, nur um mich im nächsten Moment an seine Brust zu drücken. Jeder Aufschrei von Amber geht mir durch Mark und

Bein und lässt mich vor Wut zittern. Niemals werde ich so von einer Decke hängen und das mit mir machen lassen. Mit jedem Zischen zucke ich zusammen und will eigentlich nur noch hier weg. Doch so plötzlich wie alles angefangen hat, beendet der Mann sein Spiel mit seiner Sklavin. Der Rohrstock landet neben ihm auf dem Boden. »Ich liebe es, wenn du für mich schreist, meine Hübsche.« Gott, mir wird schlecht. Kurz schließe ich die Augen, ernte aber ein genervtes Schnalzen mit der Zunge dafür und erinnere mich an seine Drohung von vorhin. Als ich die Augen wieder öffne, bekommt Amber ein paar Nippelklemmen verpasst. Stöhnend reckt sie sich dem Kerl entgegen, der nur lächelt und sie wieder sanft küsst. »Du weißt, was du tun muss, damit ich dich anfasse.« Hektisch leckt sie sich über die Lippen und dann fängt sie an zu betteln. »Bitte Liam, lass mich deinen Schwanz lutschen.« Ich will flüchten, denn das hier will und werde ich niemals sein, aber dann macht er sie los und sie sinkt auf den Boden, als ob sie nie etwas anderes gemacht hätte. Geduldig wartet sie, bis er seine Hose geöffnet hat, und legt dann die Lippen um seine pralle Eichel. Mit einer

Hand in ihrem Haar bestimmt er die Tiefe und das Tempo und auch das scheint Amber mehr, als zu mögen.

Ihr gedämpftes Stöhnen ist nicht gespielt, das kann man eindeutig hören. Ich bin so gefesselt von dieser Szene, dass ich erst gar nicht bemerke, wie Thief meinen Kimono öffnet. Sanft streichen seine Fingerspitzen über meine aufgerichteten Nippel und lösen ein Prickeln in mir aus, doch er wird mich damit kein zweites Mal kriegen, auf keinen Fall. Das unter der Dusche wird sich nicht wiederholen. Leises Schmatzen ist aus der Mitte des Raumes zu hören und ich sehe, dass er bis zum Anschlag in ihrem Rachen steckt. Stöhnend blickt er auf sie herunter und hält sie fest auf sich gedrückt, bevor er sich aus ihr herauszieht. An der Schulter drückt er Amber zurück auf einen weichen Teppich, der ausliegt, wie in solchen Skihütten, wenn man Urlaub macht. Schnell hat er ihr Höschen die Beine herabgestreift und spreizt sie weit auf, um sie mit dem Mund zu befriedigen. Von meinem Platz aus kann ich genau sehen, wie er mit der Zunge um ihre Perle kreist und sie damit reizt. Amber sieht wunderschön in ihrer Lust aus und streckt den Rücken durch, ihre Geräusche fahren durch meinen Körper und landen direkt in meiner Mitte. Zu meiner Schande spüre ich, wie ich feucht werde, und versuche, ruhig zu bleiben. Jeder Laut macht mich unheimlich an, auch wenn es das nicht sollte.

»Sie ist hübsch, nicht wahr?« Thiefs raues Flüstern bereitet mir eine Gänsehaut und lässt mich alles vergessen. Der Kerl, der Liam zu sein scheint, setzt sich auf und zieht sich in Seelenruhe sein Hemd aus. Er ist wahnsinnig gut trainiert und in einer anderen Situation würde ich ihn wahrscheinlich attraktiv finden. Fingerspitzen finden meine Perle und kreisen sachte darum, während das Paar vor uns anfängt, Sex zu haben. Mit einem Ruck nimmt er sie in Besitz und bewegt sich dann sanft auf ihr. »Du bist verdammt nass, Prinzessin. Gefällt dir das etwa?« Ich gebe keinen Ton von mir, so wie er es von mir verlangt hat, und nicke auch nicht. Soll er doch zur Hölle fahren. Liam und Amber küssen sich immer wieder und schauen sich unentwegt in die Augen, als ob sie ein ganz normales Paar wären, aber angeblich sind sie das nicht. Trotzdem macht es den Anschein und dann schießt mir ein

Gedanke durch den Kopf. Sie tut das hier freiwillig, er hat sie nicht dazu gezwungen. Zumindest jetzt nicht, aber wahrscheinlich weiß er, dass wir hier sind. Doch alles, was ich sehe, ist, dass Amber diese Art von Behandlung zu genießen scheint. Thiefs Finger, werden immer schneller und der vertraute Knoten bildet sich in meinem Bauch, wie immer, wenn ich kurz davor stehe.

Doch dann hört er einfach auf und bringt mich damit zum Wimmern. Verdammt! Wenn er glaubt, dass ich betteln werde, so wie Amber vorhin, dann hat er sich aber geschnitten. Mit Knebel im Mund ist das auch kaum möglich. Gott sei Dank. Tief atme ich ein und aus und versuche meine Geilheit in den Griff zu bekommen, aber das ist schwerer als gedacht. In meiner Mitte pulsiert es wahnsinnig doll und ich will einen Orgasmus haben. Doch statt mich weiter zu reizen, steht er leise auf und zieht mich hoch. Wir gehen auf die Tür zu, durch die wir gekommen sind, und ich werfe einen letzten Blick auf Liam und Amber, die noch immer dabei sind zu vögeln. Heiß! Das ist es wirklich, auch wenn ich auf die ganze SM-Nummer verzichten kann. Ruckzuck stehen wir wieder in dem Flur und mir ist jetzt eindeutig kalt. Thief öffnet meinen Knebel und nimmt mir das Ding endlich aus dem Mund. Er verstaut ihn in seiner Hosentasche und schnürt meinen Kimono vorne wieder zusammen. Dann überrascht er mich, als er sein Jackett auszieht und es mir über die Schultern legt. Ohne ein weiteres Wort bekomme ich die Augenbinde an und ich folge meinem Entführer mal wieder blind.

* * *

KAPITEL 7

Ein paar Tage nachdem wir Liam und Amber bei ihrer Nummer beobachtet haben, entschließe ich mich, Stacy mit Sport zu quälen. Sie hasst es, das weiß ich, aber um etwas zuzunehmen, ist das genau richtig. Natürlich habe ich sie an dem Abend nicht gefickt, das sollte sie einfach denken. Was sie nicht weiß, ist, dass ich mit ihrem Kopf ficke und ihrem Körper. Wann immer ich kann, reize ich sie, verwehre ihr aber dann die Erlösung. Sogar gefesselt schläft sie jetzt, damit sie mich irgendwann anbettelt und sich nicht selbst anfassen kann. Das wird sie und solange werde ich sie provozieren. Liams Idee, es so zu machen, fand ich mehr als gut, denn so wird sie schneller einknicken, als wenn ich sie ständig richtig bestrafe. Die Nummer von den beiden ließ auch Stacy nicht kalt, denn sie war unglaublich feucht, das kann sie einfach nicht leugnen. Nur das Schlagen hat ihr nicht gefallen, das habe ich deutlich an ihrer Körperhaltung gespürt. Umgezogen und in Sportklamotten schließe ich das Zimmer meiner Prinzessin auf.

Wunderschön und scheinbar verdammt wütend sitzt sie auf dem Bett, doch als sie meinen Aufzug sieht, entgleisen ihr die Gesichtszüge deutlich. Noch nie hat sie mich in solchen Klamotten gesehen, bis heute eben. Verpufft ist ihre Wut, zurückbleibt nur ein ungläubiges Gesicht. Fest beiße ich mir auf die Lippe, um nicht laut loszulachen. Manchmal amüsiert sie mich regelrecht, aber davon soll sie nichts wissen. Auch ihr Widerstand macht mich mittlerweile mehr als scharf. Ich habe schon viele Frauen hier gehabt, doch keine ist so wie sie gewesen. Noch ein Zeichen, dass sie die Richtige ist, auch wenn sie sich gegen mich wehrt. Ruhig gehe ich auf das Bett zu und löse ihre Fesseln. »Das ist wirklich nicht nötig, verdammt, als ob ich mich anfassen würde.« Grinsend schaue ich auf sie hinab. Da ist aber jemand frustriert und das bereits nach wenigen Tagen. »Komm schon, ich zeige dir eine andere Art, wie man sich auspowern kann.« Motzend folgt sie mir, aber sie hinterfragt nicht mehr so viel wie am Anfang. So langsam scheint sie zu wissen, dass ich ihr nichts tun werde, solange sie hört. Zu zweit treten wir auf den Flur hinaus, weshalb Stacy mich überrascht mustert. Kein Wunder, wenn man bedenkt, dass sie diesen Raum, seit ihrer Ankunft erst einmal verlassen hat. Trotzdem bin ich nicht dumm und packe mir zur Vorsicht ihren Oberarm. Zwar würde sie kaum den Ausgang finden und gleichzeitig an meinen Leuten vorbeikommen, aber Vorsicht ist eben besser als Nachsicht. »Wo gehen wir hin?«

»Das siehst du gleich.« Zielsicher führe ich sie durch das große Gebäude, in den oberen Fitnessbereich. Zwar gibt es auch einen im Keller unten, aber ich möchte, dass sie rausschauen kann, wenn sie trainiert. Auf den letzten Metern lasse ich ihren Oberarm los und laufe vor. Mal sehen, inwieweit ich ihr vertrauen kann. Besser wir testen es früher als später, oder? Sie kommt so oder so nicht weit, aber die kleine Prinzessin folgt mir brav. Auch wenn ihre letzte Strafe nicht aus einer Züchtigung bestand, sie scheint dazugelernt zu haben. Plötzlich bleibt sie stehen und schaut mit großen Augen auf den Schrank, der hier steht. Als ob sie es nicht glauben könnte, geht sie vorsichtig näher und betrachtet das teure Kunstwerk, welches dort steht. Gebannt bleibe ich stehen und beobachte sie genau. Eine ganz andere Art von Frau bekomme ich hier zu sehen, eine, die fasziniert wirkt und auch ehrfürchtig. Mit einem kleinen Lächeln lehne ich mich ans Geländer und schaue mir das Schauspiel an. Sanft fahren Stacys Fingerspitzen über den goldenen Rand und dann über die Malerei selbst. Sofort wünschte ich mir, sie auf mir spüren zu können, noch nie wollte ich eine Frau so sehr wie sie.

Verdutzt blickt sie mich an. »Ist das eine Fälschung?« Dass sie von sowas Ahnung hat beeindruckt mich irgendwie. »Nein, sie ist echt.« Ihre Augen werden groß und sehen mich verwundert an. »Aber, die ist geklaut worden.« Mit dem Finger deutet sie auf die teuerste Vase, die ich besitze. Sie ist mehrere Millionen Dollar wert und ein absoluter Schatz. »Ach was.« Lachend streiche ich mir durch die Haare. »Ich meine ja nur, wenn du sie gekauft hast, dann hat man dir Diebesgut vertickt.« Jetzt platzt ein richtiges Lachen aus mir heraus, sie ist wirklich göttlich, meine Prinzessin. »Ist das so?« Ernst nickt sie, scheinbar versteht sie es noch immer nicht. »Das ist doch die Vase von dem berühmten Maler, Álvaro Suarez, oder nicht?« Ich nicke und höre, wie sie scharf die Luft einzieht. »Wie viel hast du dafür bezahlt?« Nichts, aber das sage ich ihr nicht, stattdessen lasse ich sie weiterreden. »Hast du denn keine Nachrichten gesehen? Die wurde vor vier Jahren dem Museum entwendet, als sie eine Gastausstellung gemacht haben.«

Und nicht nur die. Erneut streicht sie über den Rand und dann kann man genau sehen, wie der Groschen fällt. »Du hast die gestohlen?« Wieder nicke ich nur. Was soll ich auch groß sagen? Stotternd steht sie da und bekommt kaum ein Wort heraus, bis sie wieder Luft holt und sich beruhigt. Immer wieder huscht ihr Blick zu der Vase rüber, als sie endlich sprechen kann. »Das war … das war der größte Coup, in der Geschichte unseres Museums.« Anscheinend hat Stacy die Nachrichten damals aktiv verfolgt. »Ja.« Ihre nächsten Worte sind ein Flüstern. »Sie ist wunderschön.« Deshalb habe ich sie nicht mitgenommen, aber verkaufen konnte ich sie bisher nicht. Es gibt Dinge, die stehen hier und warten darauf, verscheuert zu werden, doch die Vase ist noch zu auffällig und ich gehe ganz bestimmt nicht in den Knast deswegen. »Wie hast du … ich meine … wie hast du das angestellt?« Lauernd gehe ich auf sie zu. Denn gerade wird mir mein Fehler erst bewusst. In Stacys Stimme ist zwar keinerlei Verurteilung herauszuhören, trotzdem weiß sie nun, dass diese Vase bei mir steht.

Sie weiß, dass ich sie gestohlen habe und dabei Menschen verletzt habe. Niemand ist zu Tode gekommen, aber in jener Nacht verschwand nicht nur dieses hässliche Teil. Außerdem ist dieser Bunker voll von Diebesgut, um mich und meine Crew, die nächsten Jahre einzubuchten. Stocksteif bleibt Stacy stehen und sieht mich an wie Bambi, dem man ein Gewehr vor die Nase hält. Drohend baue ich mich vor ihr auf und lasse den nächsten Satz zischend über meine Lippen gleiten. »Du hast gerade dein Todesurteil unterschrieben, Prinzessin. Mit dem, was du weißt, kann ich dich nie mehr gehen lassen, selbst wenn ich deiner überdrüssig werde.« Zitternd steht sie vor mir, öffnet und schließt den Mund immer wieder. Dann senkt sie ihren Blick. »Ich wollte es nicht wissen, um dich zu verraten.« Erstaunt mustere ich sie und ziehe eine Braue in die Höhe. »Ich ... ich. Damals als es in den Nachrichten kam, sprachen sie vom größten Raub in der Geschichte des Museums. Niemand kam zu Tode, es gab keine Schwerverletzten, was einem Wunder glich, doch die halbe Sammlung war verschwunden. Diesen Fall habe ich interessiert verfolgt und weiß, bis heute kann niemand genau sagen, wie es passiert ist.«

Angestrengt schluckt sie und sieht dann zu mir auf. Ist das Bewunderung in ihrem Blick? Meine Menschenkenntnis ist eigentlich hervorragend, ein Muss für meinen Job als Dieb. Bei Stacy jedoch ist es gerade ganz schwer, hinter die Fassade zu blicken. »Komm, ich habe nicht den ganzen Tag Zeit.«

Knurrend drehe ich mich um und gehe weiter. Sie muss nicht nur lernen, wo ihr Platz ist, sondern auch ihre Neugierde zügeln. Das hier wird keine Liebesgeschichte mit zuckersüßem Happy End. Nein! Das hier wird die perfekte Ausbildung meiner eigenen persönlichen Sklavin, die mir blind gehorcht und die ich entweihen kann, ganz so wie es mir passt.

Zehn Minuten später ist von Stacys Bewunderung für meine Tat, nur noch Wut übrig. Grinsend schaue ich sie an und genieße mal wieder ihren kleinen Dickkopf. Dass mir mal sowas gefallen würde, damit hätte ich niemals gerechnet, aber ihre feurige Art ist eine willkommene Abwechslung. Sie hasst Sport und unnötige Bewegung, auch wenn sie so schlank ist. Wenn man wie ein Spatz isst, kann man auch nicht kurviger werden. Schwitzend laufe ich neben ihr her und beobachte den Gärtner draußen, wie er seine Arbeit erledigt. Akkurat schneidet er einen Busch in Form. Die Laufbänder benutze ich am liebsten, denn wenn es mal brenzlich wird bei einem Diebstahl, brauche ich genügend Kondition um das Weite zu suchen.

Anders als Stacy kann ich aber meins verlassen, wenn ich keine Lust mehr habe. Das kann sie nun einmal nicht. Ich habe ihr Band auf zwei Kilometer gestellt, erst wenn sie die gelaufen ist, kann sie runter. Ein Halsband verhindert, dass sie vorher herunterkommt.

Eine Spezialanfertigung, weil es viele Frauen gibt, die Sport hassen. Doch für unsere Aktivitäten im Bett, sollte man fit bleiben und dafür sorge nicht nur ich, sondern auch Liam, wenn er Gespielinnen hat. Locker grinse ich Stacy zu, die mich mit ihren Blicken ermordet. Bereits nach wenigen Minuten ist sie ganz außer Atem. So geht das auf keinen Fall. Wenn sie mithalten will, dann muss sie dadurch, ansonsten wird jeder Fick für sie zu einem Marathon. »Komm schon Prinzessin, du wirst doch wohl zwei Kilometer schaffen.« Wie eine kleine Göre streckt sie mir die Zunge raus und hebt dann stolz ihren Kopf. Ohne ein Murren reißt sie die zwei Kilometer ab und steigt dann erhobenen Hauptes vom Laufband herunter. Sie ist stark, mental ist sie verdammt stark und das gefällt mir gut, auch wenn das heißt, dass alles länger dauern wird, als gedacht. Doch sie wird nicht wahnsinnig werden, sondern mir immer die Stirn bieten. Wenn sie sich einmal damit abgefunden hat, hier zu sein, dann wird ihr Dickkopf dafür sorgen, dass ich ihr öfter den Hintern versohlen kann. Verschwitzt steige auch ich vom Laufband und reiche ihr eine Flasche Wasser. Sie ist ganz außer Puste und trinkt so gierig, dass ich Angst habe, sie könnte sich verschlucken. Ihr Kimono ist verrutscht und entblößt einen rosafarbenen Nippel von ihr.

Sofort ist mein Kopfkino aktiv und lässt mich Bilder sehen, wie ich sie hier auf der Hantelbank flachlege. Langsam trinke auch ich etwas und schaue wieder aus dem Fenster. Der Tag ist schön und wenn Stacy endlich so weit ist, kann sie auch den Garten nutzen. Aber bevor das möglich ist, wird sie sich noch mehr zusammen nehmen müssen, ehe ich sie rauslassen kann. Zwar ist das Grundstück gut gesichert, aber dennoch will ich kein Risiko eingehen. Natürlich würde ich sie mir erneut zurückholen, aber jeder der sich mir dabei in den Weg stellt, muss sterben. Ich will sie um jeden Preis, dafür würde ich sogar über Leichen gehen.

Zusammen stehen wir unter der Dusche

und waschen uns den Schweiß vom Körper. Da Stacy ohne Widerworte und Gemecker gelaufen ist, beschließe ich, ihr etwas zurückzugeben. Ich habe ihr bereits deutlich gemacht, dass wenn sie kooperiert, es viel angenehmer für sie sein kann. »Da du so tapfer gelaufen bist, darfst du mir drei Fragen stellen, die dir unter den Nägeln brennen. Ich werde sie ehrlich beantworten.« Erstaunt mustert sie mich und schluckt dann hart. Man kann richtig beobachten, wie sie überlegt, und damit amüsiert sie mich schon wieder.

Ich könnte sie im Keller anketten, sie brechen, bis sie tut, was ich sage, so wie ich es mit den Frauen davor auch getan habe. Aber irgendwas sagt mir, dass dies bei Stacy der falsche Weg wäre. Sie würde sich so nicht mental brechen lassen, niemals, dafür ist sie zu stark, aber mit Zuckerbrot und Peitsche wird es, denke ich kein Problem werden. Sie ist jetzt schon viel zugänglicher als noch am Anfang. »Wie hast du es geschafft, mich zu entführen?« Grinsend schaue ich auf die zierliche Frau herunter. Ihre milchige Haut schimmert nass von dem Wasser. Ehrlich gesagt, habe ich mit einer anderen Frage gerechnet, aber sie hat ja noch zwei übrig. »Durch Kontakte und Geld. Jeder ist manipulierbar Prinzessin und jeder hat seinen Preis. Das solltest du dir gut merken.« Entsetzt schaut sie mich an. »Du hast einfach die Leute meines Vaters bestochen?« Ihre Augen sind riesig, als sie ungläubig in meine blickt. »Nicht alle, aber die meisten.« Sie schlägt sich die Hand vor den Mund und scheint es nicht fassen zu können. Wenn man behütet aufgewachsen ist, muss das einem wirklich den Boden unter den Füßen wegziehen. Stacy musste nicht auf die harte Tour lernen, wie hinterhältig die Menschheit sein kann. »Eine Frage hast du noch.« Wütend funkelt sie mich an, da ist er wieder, ihr Dickkopf, doch was immer sie auch sagen wollte, behält sie für sich. Kluges Mädchen. »Warum ich? Du sagtest, ich sei perfekt, aber das bin ich nicht. Also warum ausgerechnet ich?«

Zärtlich streiche ich mit meinem Zeigefinger über ihr Schlüsselbein und beobachte, wie sie nervös auf ihrer Lippe kaut. Die Antwort auf diese Frage wird ihr nicht gefallen, deshalb wappne ich mich innerlich bereits für den nächsten Ausbruch. Näher trete ich an sie heran und kessle sie zwischen der Wand und mir ein, so wie schon einmal, als sie zitternd hier drin gekommen ist. Manipulierend fahren meine Hände über ihre weiche Haut und reizen sie mal wieder. Seit Tagen halte ich sie auf diesem Level, nur um an mein Ziel zu kommen. Gänsehaut rast über ihren Körper und als ich ihre dunklen Nippel berühre, saugt sie scharf die Luft ein. Mein Schwanz stellt sich auf und will Aufmerksamkeit, doch er muss warten. »Du bist süß, perfekt und was am wichtigsten ist, du bist rein Prinzessin.« Mit gerunzelter Stirn sieht sie mich fragend an. Da ich noch nicht fertig bin mit meiner Antwort, mache ich weiter. »Du bist jung und unschuldig, also ein perfektes Wesen, was ich nach meinen Wünschen formen kann.«

Ich spüre genau, wie sich die Stimmung ändert und Stacy wütend wird. Irgendwas muss in ihrer Vergangenheit passiert sein, dass sie so auf meine Besitzansprüche reagiert. Ihre kleinen Hände stemmen sich gegen meine Brust und versuchen, mich wegzudrücken. »Du elender Mistkerl.« Vorerst lasse ich von ihr ab und rücke etwas zurück. »Niemals werde ich dir gehören. Ich bin nicht wie Amber und das werde ich auch nie sein. Du bist krank.« Jetzt reicht es! Angepisst mache ich wieder ein paar Schritte auf sie zu. Ohne ein Wort reiße ich an ihren Haaren, drehe sie um und fixiere sie an den Fliesen. Zuerst kreischt sie erschrocken auf, dann vor Wut, doch das ist mir egal. Locker halte ich sie in Schach und warte, bis sie sich ausgepowert hat. Dann erst schlage ich ein paarmal auf ihr Hinterteil ein. Das Klatschen ist im ganzen Badezimmer zu hören und hallt von den Wänden wieder. Nach ein paar Schlägen fängt sie an zu schluchzen, bettelt aber nicht darum, dass ich aufhören soll. Vielleicht weiß sie, dass es nichts bringen würde, weil ich noch lange nicht mit ihr fertig bin. Grob zwänge ich ein Bein zwischen ihre und schiebe ihre Hüfte zurück, sodass sie mir ihren Hintern nicht nur präsentiert, sondern auch entgegenstreckt. Meine Finger finden ihre Pussy und stoßen auf ihre Nässe. Ihr Kopf wehrt sich eindeutig gegen ihren Körper, das habe ich jetzt des Öfteren mitbekommen. Sie reagiert auf meine Dominanz, auch wenn ihr scheinbar die Schläge nicht gefallen. Aber weshalb ist sie dann feucht?

Langsam ziehe ich Kreise auf ihrer Perle, verteile weiter ihre Nässe und streichle sie, bis sie zittert. Abrupt höre ich auf und schlage wieder zu. »Bitte. Bitte lass mich endlich kommen. Ich kann nicht mehr.« Das glaube ich ihr sogar, aber sie wird erst kommen, wenn ich in ihr stecke. »Du weißt, was du fragen musst, damit du kommen darfst.« Wieder schluchzend schüttelt sie den Kopf. »Dann kann ich dir leider nicht helfen.« Wütend stoße ich mich ab und schalte das Wasser aus und verlasse die Duschkabine. »Komm raus da. Sofort!« Den Blick auf den Boden gerichtet, tut sie, was ich sage. Zufrieden schlinge ich ein Handtuch um ihre Schultern, bevor ich mir eins um die Hüften wickle. Sie wird betteln und es wird bestimmt nicht mehr lange dauern.

* * *

KAPITEL 8

Ich liege wach in meinem Bett und frage mich, wen Thief alles manipuliert hat. Doch wichtig waren zuerst die anderen Fragen, für mich. Seufzend schaue ich in Richtung Fenster, durch einen Spalt kann ich erkennen, das es schon hell draußen wird. Nur ein paar Stunden bin ich zur Ruhe gekommen, leider. Meine Hände sind gefesselt, damit ich mich nicht selbst anfassen kann. Mein Körper reagiert auf ihn und das, obwohl mein Kopf sich heftig wehrt. Aufgeben werde ich nicht und ihn weiter um den Finger winkeln, damit ich schnell verschwinden kann. Die Erinnerung an seine Hände auf mir, jagen Schauer über meinen Rücken und ich presse fest meine Schenkel aneinander, um mir etwas Druck auf meine Mitte zu geben. Denk an Jill Stace, wegen ihr hattest du noch nicht mal Sex und das in deinem Alter. Du kannst nicht nachgeben und ihm geben, was er will. Nein, das sollte ich wirklich nicht tun, auch wenn die Nummer zwischen Liam und seiner Amber mehr als heiß gewesen ist. Keinesfalls will ich so geschlagen werden, schon gar nicht mit einem Rohrstock. Ich werde ihm nicht geben, was er will, aber täuschen, das muss ich ihn. Ob meine Eltern sich schon große Sorgen machen? Bestimmt wird nach mir gesucht und ich hoffe, dass mich irgendwer findet. Wobei ich Angst habe, dass Thief noch mehr Leute besticht, damit sie wegsehen. Ob Thea es weiß und sie mit drin hängt? Das würde mich mehr als enttäuschen, weil sie immer für mich da gewesen ist. Sie weiß Dinge über mich, die kaum einer weiß. Schluckend versuche ich den Kloß in meinem Hals loszuwerden, denn auch Thief weiß vieles über mich. Mach dich nicht verrückt Stacy, das kannst du gar nicht gebrauchen.

Mir fällt plötzlich wieder die Vase ein, die ich oben auf dem Flur entdeckt habe. Sie ist wunderschön und scheinbar hat er sie entwendet. Jetzt macht auch sein Name Sinn für mich. Dass es sich höchstwahrscheinlich um einen Spitznamen handelt, ist mir klar. Doch um ehrlich zu sein, hat mich sein Geständnis fasziniert. Damals habe ich die Nachrichten ständig verfolgt und ich weiß noch, wie ich mich gefragt habe, wie dreist man sein muss, um in so ein gut gesichertes Museum einzubrechen. Dabei hatte er noch Erfolg und hat scheinbar die halbe Sammlung seltener Objekte geklaut. Aber was für mich eine große Rolle spielt, ist, dass niemand dabei großartigen Schaden genommen hat. Klar die Kunst ist weg gewesen, aber es gab keine schlimmen Verletzungen. Die Wachen wurden mit Gas betäubt und ruhig gestellt, da man die Dosen hinterher gefunden hat, konnte man sich wenigstens das erklären. Nur zwei Wachmänner wurden K.O. geschlagen. Sie kamen mit einer Beule am Kopf davon. Bis heute kann sich niemand erklären, warum der Alarm nicht ausgelöst wurde oder das es auf den Bändern keine Spur von einem oder mehrern Dieben gibt. Wahnsinn finde ich, dass er das gewesen ist. Aber das erklärt diese Dunkelheit, die ihn immer zu umgeben scheint. Er lächelt kaum oder strahlt mal, wie es normale Menschen tun. Ein paar Mal habe ich ihn dabei erwischt, wie seine Mundwinkel gezuckt haben, aber er grinst eigentlich nur, wenn er sich schon wieder was Teuflisches überlegt hat.

Ein Geräusch an der Tür lässt mich aufsehen, der Schlüssel wird ins Schloss gerammt und dann umgedreht. Laut hallt es in meinem Zimmer nach. Groß und dunkel betritt der Mann, den ich Thief nenne den Raum. Er ist heute ganz in Schwarz gekleidet und sieht damit wirklich gut aus. Stop! Solche Gedanken solltest du streichen, aber ganz schnell. Er hat dich entführt und will dich abrichten zu einer gehirnlosen Sklavin, die ihm blind gehorcht. »Guten Morgen Prinzessin. Ich hoffe, du hast gut geschlafen.« Ich nicke nur, weil ich keine Lust habe, mit ihm zu sprechen. »Oh, bist du etwa so frustriert? Wenn du einen Fick brauchst, musst du es nur sagen.« Auf diese Spitze reagiere ich gar nicht erst, dafür ist mir meine Kraft zu wertvoll. »Hast du dich etwa entschieden, nicht mehr mit mir zu sprechen?« Vor meinem Bett bleibt er stehen und blickt fragend auf mich herunter. »Deine Entscheidung Stacy, dabei wollte ich heute mal netter zu dir sein.«

Netter! Zugeben er ist nicht unfreundlich zu mir, aber er will mich zu etwas machen, das ich einfach nicht bin. Irgendwas murmelt er, was ich nicht verstehen kann, dann macht er mich vom Bett los. Noch immer habe ich diesen blöden Kimono an, wie gerne würde ich endlich normale Klamotten tragen und vor allem Unterwäsche. »Na komm schon, heute frühstücken wir unten.« Überrascht sehe ich ihn an, denn bisher hat er mich mit allen Mahlzeiten in diesem Zimmer versorgt. Schnell stehe ich aus dem Bett auf und stehe vor ihm. Ein seltenes Lächeln ist auf seinen Lippen zu erkennen und wenn er das tut, ist er wirklich schön. Es wirkt ehrlich und nicht heimtückisch oder gemein so wie sonst. »Keine Dummheiten Prinzessin.« Ich nicke, denn je mehr Chancen ich bekomme, mich umzusehen, desto einfacher wird es, raus zu kommen. »Sag es!« Mit klimpernden Wimpern sehe ich in sein Gesicht. »Ich mache keine Dummheiten, versprochen.« Er nickt und geht dann vor zur Türe, gespannt folge ich ihm. Ob Liam und Amber auch hier sind? Denn schließlich haben sie eine Nummer im Keller geschoben, also leben sie vielleicht auch hier? Der kratzige Teppich auf dem Flur empfängt mich, doch ich beschwere mich nicht darüber. Das kann ich mir nicht leisten.

Zu einmalig ist diese Chance hier. Gemeinsam nehmen wir die Treppen nach unten, zu meiner Überraschung, gehen wir auf der unteren Etage einen dunklen Gang entlang. Fast so wie der Keller indem wir vor ein paar Tagen gestanden haben. Gänsehaut bildet sich auf meinen Armen, denn es gibt weder Fenster noch sonstiges Tageslicht. Spots in der Decke leuchten uns einen düsteren Weg. Bevor ich fragen kann, beantwortet Thief meine stumme Frage. »Wir befinden uns unter der Erde.« Noch immer schaue ich mich um. »Du isst im Keller?« Meine Stimme besteht aus einem nervösen Piepton, denn das hier ist mir alles andere als geheuer. Das erste Mal, seitdem ich hier bin, höre ich diesen Mann laut auflachen. »Nein Prinzessin, dass hier ist ein Bunker, aber der obere Teil ist wie ein ganz normales Haus.« Ein Bunker? Welcher klar denkende Mensch würde in einem Bunker leben? Aber das Thief nicht wie andere ist, weiß ich bereits. Sonst würde er mir wohl kaum das hier zumuten. Ohne ein weiteres Wort gehen wir den schummrigeren Gang entlang. Bis ich irgendwann Stimmen höre und stocke. Es gibt hier andere Menschen? Die ganze Zeit über war ich in diesem Zimmer gefangen, dabei gibt es hier andere Menschen? Natürlich habe ich schon Liam und Amber gesehen, unten im Keller, der eher einer Folterkammer gleicht, aber es hört sich fröhlich an, als ob es hier ganz normal zuginge. »Komm schon Prinzessin. Oder willst du lieber wieder nach oben?« Er deutet zur Decke und grinst schon wieder gemein. Stur schüttle ich den Kopf. Nein! Wer weiß, wie oft er mich von da oben runterholt und ich die Möglichkeit bekomme mit anderen zu sprechen. Ob mir einer von ihnen helfen wird? Wir werden es sehen. Angespannt gehe ich weiter, bis Thief in einem Türrahmen stehen bleibt. Zittrig gehe ich auf ihn zu und stelle mich neben ihn.

Mein Blick huscht durch den Raum,

der Küche und Esszimmer in einem ist. Am Herd steht eine Köchin, zumindest sieht sie aus wie eine. Ihre Haare stecken unter einem Netz und sie trägt eine Schürze. Fleißig hantiert sie an dem Herd vor sich und beachtet ihre Umgebung nicht weiter. An dem großen Tisch sitzt eine wunderschöne Frau, sie muss so um die dreißig sein. Giftig schaut sie in meine Richtung und dreht dann ohne ein Wort ihren Kopf weg. Sie isst einfach weiter. Nett. Gegenüber von ihr finde ich Liam, den ich schon kenne, und das ganz genau. Hitze schießt in meine Wangen, bei dem Gedanken daran, was ich von ihm schon alles gesehen habe. Dabei haben wir uns nicht einmal vorgestellt. Doch dann fällt mein Blick runter und was ich sehe, verknotet mir heftig den Magen. Amber hockt auf dem Boden unter dem Tisch, ihr Blick ist gesenkt, doch die Haltung ist wie unten im Keller, voller Stolz. Ein heftiger Schock fährt durch meine Glieder, Bilder, die ich längst verdrängt habe, kommen wieder nach oben und machen mich nicht nur fassungslos, sondern auch traurig. Wut rast in der nächsten Sekunde durch meinen Körper und frisst sich heiß durch meine Adern. Wenn er glaubt, ich würde auch so dasitzen, dann hat er sich aber geschnitten. Mit riesigen Augen schaue ich den dunklen Mann neben mir an und schüttle den Kopf.

Dann mache ich auf dem Absatz kehrt und renne. »Stacy!« Seine Rufe ignoriere ich gekonnt, denn die Panik hat mich ganz fest im Griff. Ein Regenbogen voller Emotionen rast durch meinen Körper. Hass, Wut, Trauer und Panik. Mein Puls bollert laut in meinen Ohren, mir ist unglaublich schlecht und ich weiß mit Sicherheit eins. Ich will das hier nicht und wenn es sein muss, dann bringe ich ihn um. Du hast es Jill versprochen Stace. Bittere Tränen entkommen mir und laufen über meine Wangen. Als ich den Gang verlasse, sehe ich mich hektisch um. Wohin soll ich verdammt? Doch dann entdecke ich sowas wie eine Eingangstür, zumindest halte ich es für eine. Ohne nachzudenken, laufe ich darauf zu, ich muss hier dringend raus. Es sind nur noch ein paar Meter, die zwischen mir und der Tür liegen, ich kann es schaffen. Noch einmal lege ich an Tempo zu, meine Hände berühren den Griff und Hoffnung strömt durch mich hindurch.

In der nächsten Sekunde spüre ich

einen stechenden Schmerz an meinem Kopf. Mit voller Wucht werde ich umgerissen und lande auf dem Rücken. Luft wird aus meinen Lungen gepresst und mein Hirn versucht, die Situation zu begreifen. Er muss an meinen Haaren gezogen haben, denn meine Kopfhaut pocht schmerzhaft. Verwirrt schlage ich die Augen auf und blicke in zwei Eiskristalle. Seine Gesichtszüge sind so finster, wie ich sie in all der Zeit hier nicht gesehen habe. »Jedes Handeln wird Konsequenzen haben.« Ich schließe die Augen und atme durch. Mir ist gerade scheißegal, was auf mich wartet, denn lieber sterbe ich, als so zu enden wie Amber. Sie hat dort wie ein Haustier gesessen. Galle steigt in mir auf, doch ich schlucke sie tapfer herunter. »Was hast du an keine Dummheiten, nicht verstanden Stacy?« Seine ruhige, aber angepisste Stimme, macht mir Angst, aber davon darf ich mich keinesfalls lähmen lassen.

»Steh auf!« Grob packt er meinen Oberarm und hievt mich mit Leichtigkeit hoch. Mir wird schwindelig, aber das wird mich nicht hindern, mich gegen ihn zu behaupten. »Jedes Handeln hat Konsequenzen für dich. Wann begreifst du das endlich?«

Wütend schreie ich auf, ignoriere alles und jeden um mich herum und hole aus. Mein Schlag sitzt und landet auf seiner Wange, doch er rührt sich keinen Zentimeter. Wie eine wild gewordene Furie schlage, und trete ich um mich. Starke Arme schlingen sich um mich und halten mich fest, das macht mich noch wütender. Wie in einem Actionfilm trete ich mich von der Wand ab und hoffe so, meinen Gegner loszuwerden. Krachend fällt irgendwas um und ich höre ein lautes Klirren. Dann gehen wir erneut zu Boden. Sein Gesicht schwebt über mir und er sieht mehr als wütend aus. »Das hättest du nicht tun sollen.« Panisch sehe ich mich nach einer Waffe um, irgendwas, womit ich ihn überwältigen kann. Da auf dem Boden neben mir liegt ein zerbrochener Bilderrahmen. Er muss mit dem kleinen Tisch umgefallen sein. Erneut mobilisiere ich meine Kräfte und wehre mich gegen meinen Entführer. Dann greife ich nach einem Stück Glas. Wenn ich es richtig anstelle, kann ich ihm das Ding in den Hals rammen. Meine Finger berühren die glatte kalte Oberfläche und nehmen den Splitter auf. Fest umschließe ich das Glas mit meiner Hand und ignoriere dabei den scharfen Schmerz. »Beruhig dich endlich verdammt!« Wütend drückt er mich runter und umschließt meinen Hals mit einer Hand. Ich hole aus, doch das muss er kommen gesehen haben. Diesmal blockt er meinen Schlag ab und die Scherbe fliegt klirrend zu Boden. »Liam!«

Laut brüllt er nach diesem schrecklichen Typen. Fast bin ich am Ende meiner Kräfte, aber eben auch nur fast. Als der Kerl angerannt kommt, bocke ich noch einmal auf und kreische wie eine Irre. »Bring sie zu Lisa, lass den Schnitt an ihrer Hand behandeln. Ich muss hier weg, sonst kann ich für nichts mehr garantieren.« Ich werde losgelassen, nur um im nächsten Augenblick erneut gepackt und grob auf die Füße gestellt zu werden. Braune Augen blicken wütend in meine, dann werde ich einfach mitgeschliffen. Warmes Blut fließt über meine Hand und tropft auf den Boden, doch das könnte mir nicht egaler sein. Mein Kimono klafft auf, weil sich bei unserem Kampf der Gürtel gelöst hat, auch das geht mir am Hintern vorbei. Doch dann schleift der Klotz mich wieder auf den dunklen Gang und lässt Panik in mir hochschießen. Mit einem Ruck versuche ich mich zu lösen und wieder zu entkommen, doch der Kerl wirft mich einfach über seine Schulter und schlägt mir dreimal kräftig auf den Hintern. Fassungslos hänge ich hier und weine weitere dicke Tränen.

Ich sitze gefesselt auf einem Stuhl in einer Art Krankenzimmer. Auch hier haben die Wände glänzende schwarze Fliesen, aber die Einrichtung ist hell. Wütend steht der breite Mann neben mir. Wir beide sagen keinen Ton, aber das könnte mir nicht gleichgültiger sein. Bevor er mich hier festgeschnallt hat, wurde zumindest mein Kimono geschlossen und der Gürtel zugezogen. Weiteres Blut quillt aus meiner Hand und läuft den Stuhl herunter. Dann kommt eine kleine gutaussehende Frau ins Zimmer. »Hallo Liam, was kann ich für dich tun?« Die schwarzhaarige Schönheit mustert ihn freundlich und wartet geduldig auf seine Antwort. »Stacy hat sich geschnitten, mit einer Glasscherbe.« Sein Kopf nickt in meine Richtung und dann trifft mich ihr Blick. Entsetzt schaut sie mich an und kommt langsam auf mich zu. Vorsichtig begutachtet sie meine Hand und schaut mir fest in die Augen. »Wie ist das passiert?« Schnell holt sie Handschuhe und anderen Kram aus ihren Schubladen und setzt sich dann auf einen Rollhocker vor mich. »Ich habe eine Scherbe aufgehoben.« Sie nickt und legt alles fachmännisch zurecht. »Das Säubern wird wehtun und es muss genäht werden. Der Schnitt ist tief. Du hast Glück gehabt, denn du hättest dich wirklich schlimm verletzten können. Noch tiefer und du könntest die Hand nicht mehr bewegen.« Auch diese Tatsache ist mir sowas von egal. »Hast du versucht dich umzubringen?«

Schnell schüttle ich den Kopf und schlucke hart. Sie nickt und legt dann los. Liam lehnt die ganze Zeit über an der Wand und mustert uns. Hier drin gibt es eine Ärztin. Vielleicht kann sie mir helfen. Sind nicht alle davon auf der Seite des Gesetzes? Mein Körper ist noch vollgepumpt mit Adrenalin, deshalb merke ich kaum, wie meine Hand gesäubert wird. Alles, woran ich denken kann, ist, dass ich hier raus muss. Ein Handy klingelt und lässt mich überrascht zu Liam sehen. Dass man überhaupt hier unten Empfang hat, wundert mich. Nachdem er sein Telefon aus der Hosentasche gezogen hat, sieht er uns streng an. »Du machst sie nicht los. Hast du verstanden Lisa? Ich bin gleich zurück.« Pfeifend verlässt er den Raum und ich sehe meine Chance, um offen mit der jungen Frau sprechen zu können. Sie scheint nett zu sein und so ganz anders, als die anderen Irren hier drin. Doch wie fange ich am besten an? Vorsichtig räuspere ich mich. »Bitte, sie müssen mir helfen.« Traurig blickt sie mir in die Augen und schüttelt langsam den Kopf. »Ich kann nicht, es tut mir leid.« Nervös lecke ich mir die Lippen. »Hören Sie, ich bin nicht freiwillig hier. Dieser andere Kerl hat mich entführt und hält mich hier fest.« Sie sagt keinen Ton und macht einfach weiter mit ihrer Arbeit. Aber ich darf und kann nicht einfach aufgeben. Klar, Amber sah nicht aus, als wenn sie das nicht freiwillig macht, doch das hat Jill damals auch, bis es zu spät gewesen ist.

»Mein Name ist Stacy Cunningham.« Kurz stockt die Ärztin in ihrer Bewegung und sieht mir dann wieder ungläubig in die Augen. »Die Tochter des Präsidenten?« Ich nicke und spüre deutlich eine Veränderung durch sie gehen. Sie denkt nach, während sie mich Stich für Stich näht. Doch bevor ich erneut mit ihr sprechen kann, kommt Liam wieder. Bedeutungsvoll schaue ich sie nochmal an, als ich aus dem Raum geschliffen werde. Vielleicht kann ich so ihr Gewissen beeinflussen.

Den ganzen Weg in mein Zimmer spricht der Klotz neben mir keinen Ton. Er hält mich am Oberarm fest und guckt angepisst nach vorne. Oben angekommen schließt er mir die Tür auf, doch statt mich einfach einzusperren, folgt er mir. »Aufs Bett.« Erschrocken sehe ich ihn an und schüttle heftig den Kopf. Auf keinen Fall. Knurrend kommt er auf mich zu und packt mich an den Schultern. Ich schreie auf, aber das hält ihn nicht davon ab, mich in Richtung Bett zu drücken. Panik macht sich in mir breit. Was ist, wenn er einfach über mich herfällt? Doch mit meiner kaputten Hand, die in einen dicken Verband gewickelt ist, werde ich mich kaum verteidigen können. Wie ein Fels in der Brandung hält er meiner Auflehnung stand.

Meine Unterschenkel berühren die Matratze und dann schlage ich wie vorhin schon einfach wild um mich. Er schüttelt mich und scheint endgültig die Geduld zu verlieren. »Hör auf verfickt nochmal. Keiner wird dir etwas tun verdammt, also lass den Scheiß.« Schnell hat er mich auf die Matratze gedrückt und macht mich fest, so wie ich immer von Thief fixiert werde. Wütend schmeißt er die Decke über mich und dreht sich herum. Bevor er verschwindet, dreht er sich noch einmal zu mir um. »Denk darüber nach, was du getan hast.« Mit einem Krachen landet die Tür im Schloss und ich höre das bekannte Klicken, wenn auf oder eben abgeschlossen wird. Heulend breche ich zusammen.

* * *

KAPITEL 9

Heiße Wut lodert durch meine Adern und lässt mich fast vergessen, dass ich mich in meiner Bibliothek befinde. Am liebsten würde ich etwas gegen die Wand schleudern und alles kurz und klein schlagen, aber dieser Raum hier ist mein Zufluchtsort. Ich liebe es, hier drin zu sein und das mache ich mir auch nicht wegen der kleinen Göre kaputt. Durch meinen Missmut hindurch versuche ich, noch immer zu verstehen, was sie so aufgewühlt hat. Liam hatte Amber dabei, die wie jedes Mal unter dem Tisch gehockt hat. Wahrscheinlich ist das der Auslöser gewesen, doch mit Sicherheit kann ich es nicht sagen. Dafür müsste ich mit ihr sprechen, aber hierzu bin ich gerade nicht bereit. Es klopft und ich weiß, dass es nur Liam sein kann, sonst stört mich kaum einer hier drin. »Ja?«

Kurz bleibe ich stehen und tigere nicht mehr so unruhig durch den Raum, um zu sehen, ob es sich wirklich um Liam handelt. Mit düsterem Blick betritt er mein Reich. Sein Hemd ist voller roter Flecken, Blut, welches von Stacy sein muss. Seufzend hole ich zwei Gläser aus meinem Schreibtisch und meinen besten Scotch. Vielleicht kann der Alkohol meine aufgebrachten Nerven beruhigen. Ohne ein Wort reiche ich ihm ein Glas und wir nehmen den ersten Schluck. »Ich weiß, dass du es anders mit ihr angehen willst, aber ich denke, so kommst du nicht weiter. Sie wird sich immer auflehnen, wenn du sie nicht auf ihren Platz verweist.« Ich nicke und weiß, wie recht er damit hat. Diesmal ist sie eindeutig zu weit gegangen. Nicht nur das sie versucht hat einfach abzuhauen, nein, sie hat sich auch verletzt, wollte mich abstechen und hat mich geschlagen. »Ihre Strafe wird anders als sonst, vor allem weil sie in Kauf genommen hat, sich zu verletzen.« Auch er nickt und jeder hängt kurz seinen eigenen Gedanken nach.

»Hat sich dein Hacker gemeldet?« Liam wollte nochmal jemanden beauftragen, der mehr über Stacy herausfindet, weil ich glaube, irgendwas übersehen zu haben. Natürlich habe ich sie entführt und nehme ihr die Freiheit, aber sie könnte es schon so viel einfacher hier haben und das weiß sie auch. Trotzdem zieht sie sich immer wieder zurück, wenn ich gerade denke, dass sie sich öffnet. »Nein, ich kontaktiere ihn gleich.« »Danke. Ist sie schwer an der Hand verletzt?« Mein bester Freund schüttelt den Kopf. »Es musste wohl genäht werden und ist verbunden, den Rest solltest du mit Lisa klären.« Dankbar klopfe ich ihm auf die Schulter. Ich vertraue ihm blind und weiß ganz genau, dass ich die kleine Prinzessin gut in seine Hände geben kann. Gemeinsam haben wir uns auf der Straße durchgeschlagen und das wird uns auch immer miteinander verbinden. Jahrelang sah es nicht gut für uns aus, doch wir haben es geschafft, weil wir uns hatten. Das hat uns nicht nur zu besten Freunden, sondern zu sowas wie Brüdern gemacht. Auf ihn kann ich mich immer verlassen. Erneut klopft es, was mich sehr wundert, da dies hier mein Rückzugsort ist. »Herein.«

Roger steckt seinen Kopf, durch einen kleinen Spalt. »Tut mir leid für die Störung, aber ich habe die Antworten, die sie wollten.« Nickend winke ich ihn rein. Er wollte sich umhören, ob leise, still und heimlich nach Stacy gesucht wird. Denn immerhin ist noch niemand Offizielles daran beteiligt. Jeden Tag schaue ich mir die verfickten Nachrichten an, nur um festzustellen, dass niemand nach ihr sucht. Für mich ist wichtig, zu wissen, womit ich es zu tun habe. Sie werden Stacy nicht finden, aber trotzdem bin ich lieber gewappnet, als hinterher den Kürzeren zu ziehen. »Auch inoffiziell wird nicht nach Ms. Cunningham gesucht.« Roger übergibt mir eine dünne Akte. »Mehr konnte ich nicht finden Thief, dabei habe ich wirklich gegraben.« Ich nicke und bedanke mich, bevor ich ihn wegschicke. Langsam schlage ich die Akte auf. Scheinbar hat Roger mit vielen Leuten gesprochen und sie geschmiert.

Aber was viel wichtiger ist, der Satz, der ganz am Ende steht. Es wird weder öffentlich, noch verdeckt nach Stacy gesucht, weil ihre Mutter das nicht möchte. Kopfschüttelnd lese ich noch einmal den Satz, aber er will nicht in mein Hirn. Welche Mutter würde nicht nach ihrem Kind suchen lassen, wenn es verschwunden ist? Mein Gefühl sagt mir, dass irgendwas nicht stimmen kann. Ich schiebe Liam die Akte rüber und rufe Roger an. »Ja, Sir?« »Finde alles über Rebecca Cunningham heraus, jedes kleine Detail. Ich will wissen, wann sie aufs Klo geht und was sie am liebsten trinkt, einfach alles.« Überrascht sieht Liam mich an.

»Alles klar, wird erledigt.« Ohne ein weiteres Wort lege ich auf. »Bist du sicher, dass das etwas bringt?« Er schließt die Akte wieder und lässt sie auf meinen Schreibtisch liegen. »Ich weiß es nicht, aber welche Mutter würde nicht nach ihrem Kind suchen lassen?« Nachdenklich nickt auch Liam, dann steht er auf. »Wenn ich meinen Mann kontaktiert habe, dann sage ich dir Bescheid. Überleg du so lange, wie du der Göre am besten Manieren, beibringst.« Er grinst, als er meine Bibliothek verlässt. Tja, ich werde wohl noch härter durchgreifen müssen, ganz einfach.

Bei der Bilderbuchfamilie Cunningham wundert mich schon, dass keiner Interesse zu haben scheint, wo die Tochter des Hauses ist. Stacy und ich sind von Grund auf verschieden aufgewachsen, uns trennen quasi Welten. Ich musste auf die harte Tour lernen, was Geld aus Menschen macht und dass jeder Ficker da draußen käuflich ist. Die Frage ist nur immer der Preis. So ist es eben und ich glaube kaum, dass nicht auch das Präsidentenpaar, Dreck am Stecken hat. Jeden Winkel habe ich eigentlich beleuchtet, schließlich hatte ich dafür drei Jahre Zeit. Doch scheinbar habe ich mehr übersehen, als ich sollte. Hoffentlich beeilt Roger sich mit den Infos, je früher ich Bescheid weiß, desto besser. Mein Weg führt mich zu Lisa, ich möchte mit ihr sprechen wegen Stacys Verletzung und sie um Schmerzmittel bitten. Die kleine schmale Ärztin sitzt konzentriert an ihrem Schreibtisch und macht sich Notizen. Ich klopfe an den Türrahmen, bis sie aufsieht.

»Hallo Thief, was kann ich für dich

tun?« Sofort steht sie auf und stellt sich vor ihren großen Tisch. Na immerhin muss ich ihr keine Manieren beibringen. Sie weiß, dass sie mich besser nicht warten lässt. Langsam gehe ich in den Raum hinein und schaue mich um. Sie kann hier unten wirklich Gott spielen. »Ich will über Stacy reden. Wegen ihrer Hand.« Schluckend nickt Lisa und beginnt dann. »Der Schnitt musste gesäubert werden, ich habe noch Glas aus ihrer Hand gefischt und dann alles genäht. Ein Stück tiefer und ihre Hand wäre dauerhaft geschädigt gewesen.« Ich nicke. Na warte Prinzessin, niemand außer mir tut dir weh, auch du selbst nicht. »Danke, ich brauche noch Schmerzmittel für sie.« Nickend geht Lisa an ihren Schrank und holt ein Blister mit Tabletten hervor. »Sie sollte vorher was essen.« Die Pillen landen in meiner Tasche, dann drehe ich mich herum und gehe. »Ähm, Thief?« Ich bleibe stehen, schaue Lisa aber nicht mehr an. »Stimmt es, dass es sich bei dem Mädchen um Stacy Cunningham, handelt?«

Was zum Teufel? Angepisst drehe ich mich doch noch einmal herum und gehe wieder auf Lisa zu. Erschrocken weicht sie zurück und stößt mit ihrem Hintern an den Schreibtisch. »Und wenn dem so wäre? Nehmen wir an, es würde sich genau um diese Person handeln, Lisa. Was dann?« Hektisch schüttelt sie den Kopf. »So war das nicht gemeint, ich ... ich war nur neugierig ... das ist alles.« Knurrend beuge ich mich etwas zu ihr runter und flüster. »Du hast hier einen guten Job, Lisa. Alles andere geht dich einen Scheiß an. Verstanden?« »Ja, Thief Sir.« Quietschend entkommen ihr diese drei Wörter, zufrieden wende ich mich ab. Lisa ist nicht dumm, aber wenn sie besonders schlau ist, dann vergisst sie besser ganz schnell, was sie glaubt zu wissen. Zeit, Stacy einen Besuch abzustatten.

Meine Wut auf die kleine Prinzessin hat sich etwas gelegt, trotzdem darf ich ihr diesen Fehler nicht durchgehen lassen. Denn sonst wird hier niemals Ruhe einkehren. Ich wollte sie mit Samthandschuhen anfassen, doch jetzt werde ich ganz anders handeln, als bisher. Ich schließe wie immer die Tür auf und trete ins Zimmer ein. Stacy liegt angekettet auf dem Bett und bewegt sich nicht. Ob sie schläft? In Seelenruhe gehe ich weiter auf sie zu und bleibe nah vor dem Bett stehen.

Sie hat die Augen zwar geschlossen, aber ihr Atem ist nicht regelmäßig. Schauspieler! Aber was mich noch aufregt, ist, dass sie mich keines Blickes würdigt.

»Zeit für deine Lektion, Stacy.« Dunkel und gefährlich lasse ich meine Stimme klingen, damit sie ganz genau weiß, es ist Schluss mit lustig, endgültig. Um ihre kleine Hand liegt dieser weiße Verband herum und macht mich schon wieder wütend. Sie hat in Kauf genommen sich zu verletzen, um gegen mich anzukommen, so geht das nicht. Das werde ich ihr klarmachen. Langsam öffne ich ihre Fixierung, als ich fertig bin, trifft mich ihr smaragdgrüner Blick. Gänsehaut rast über meinen Körper hinweg und verwirrt mich innerlich. Gebannt kleben unsere Blicke aneinander, keiner von uns blinzelt auch nur oder schaut weg. Bis ihre Stimme mich aus meiner Starre reißt. »Was hast du jetzt vor?« Nervös leckt sie sich über die Lippen und reizt mich damit ungemein. Ich will diese Lippen schmecken, ich will sie fühlen und ich will, dass sie mich damit an Stellen verwöhnt, die in letzter Zeit viel zu kurz gekommen sind. Aber bevor ich mich in meinen Tagträumen verlieren kann, denke ich an ihre Bestrafung zurück.

»Das wirst du schon sehen, Prinzessin. Steh auf!« Ohne ein Widerwort rappelt sie sich hoch, doch ich bleibe auf der Hut. Sie ist weder dumm noch zurückgeblieben, Stacy ist eher gerissen und unglaublich selbstbewusst. Das will ich ihr auch nicht nehmen, denn sie soll sich in ihrem Körper wohlfühlen, sonst wird sie beim Ficken Schwierigkeiten haben. Baby, am liebsten würde ich dir diesen Fetzen Stoff vom Körper reißen und mich tief in dir versenken. Fuck! Aber ich halte mein Wort, sie wird um meinen Schwanz betteln, eines Tages. Unsicher und klein steht sie vor dem Bett und blickt auf den Boden. »Komm hierher.« Mit dem Finger deute ich vor mich und warte, dass sie sich in Bewegung setzt. Zögerlich geht sie einen Schritt nach dem anderen, bis sie bei mir ankommt. Ihr Duft trifft mich und raubt mir kurz die Sinne. So sehr wie sie habe ich eine Frau noch nie gewollt, deshalb ist sie ja auch hier. »Sieh mich an, Stacy.« Langsam hebt sie den Blick und schaut mir genau in die Augen. Ich nehme vorsichtig ihre verletzte Hand am Gelenk und deute darauf. »Heute bist du eindeutig zu weit gegangen.«

Zaghaft nickt sie, als ob sie das wirklich bereuen würde. Doch jetzt weiß ich, es ist Vorsicht geboten bei ihr. Mit einem Schritt schließe ich die kleine Distanz zwischen uns und presse mich an sie. Dann senke ich meinen Kopf etwas und flüster leise. »Niemand außer mir tut dir weh, Prinzessin, das muss endlich in deinen hübschen Kopf rein.« Geräuschvoll atmet sie ein und als ich ihr wieder in die Augen blicke, ist da der altbekannte Widerstand zu erkennen. Ganze fünf Minuten hat sie es geschafft, ihr Spiel aufrechtzuerhalten, ehe sie erneut wütend wird. Ich spüre ganz genau, wie sehr sie lodert und innerlich brennt. Aber darauf werde ich keine Rücksicht nehmen. Noch immer halte ich ihr Handgelenk fest und ziehe sie daran rüber zu dem kleinen Esstisch. Verwundert blickt sie mich an. »Beug dich darüber.« Ihre weit aufgerissenen Augen lassen mich ihre Panik erkennen, doch das hier hat sie sich selbst eingebrockt. Ich bin ehrlich zu ihr gewesen, habe ihr direkt klargemacht, dass jedes Handeln Konsequenzen hat. Nun lernt sie, was es heißt, mir ans Bein zu pissen. »Tu lieber was ich sage Prinzessin oder die Nummer wird noch hässlicher.« Wie erstarrt steht sie da und bewegt sich keinen Millimeter. Mit meiner Hand auf ihrem Nacken helfe ich nach und schiebe sie auf den Tisch. Der Kimono ist so kurz, dass man direkt ihren cremig weißen Hintern sehen kann. Langsam lasse ich meine Fingerspitzen über ihre Haut gleiten und genieße, wie Stacy dabei zusammenzuckt. Das dünne Seil, was ich bei mir habe, ziehe ich aus der Hosentasche und trete damit vor sie.

Ohne ein Wort nehme ich mir ihre Hände und binde ihre Gelenke zusammen, dabei achte ich darauf ihr nicht wehzutun. Den Rest wickle ich an ein Tischbein und prüfe, ob alles richtig sitzt. Ein Blick auf die Prinzessin sagt mir, dass sie stoisch alles über sich ergehen lässt. Sie will das hier zwar nicht, aber sie wird auch nicht betteln. Ihr Dickkopf ist viel zu groß und Stacy viel zu stolz für sowas. Ich würde lügen, wenn ich behaupten würde, ihr Verhalten würde mich nicht beeindrucken, denn das tut es. Sehr sogar! An ihre Fußgelenke kommen Kabelbinder, die ich ebenfalls an jeweils einem Tischbein festmache. Wehrlos liegt sie nun vor mir und ich könnte alles mit ihr tun. Wie gerne würde ich mich jetzt von hinten in sie rammen und ihre Enge um mich herum spüren, doch dafür sind wir nicht hier. Wir sind hier, damit sie lernt, was es heißt, zu gehorchen und keine Dummheiten mehr zu machen. In aller Ruhe ziehe ich meinen Gürtel aus den Schlaufen und stelle mich mit etwas Abstand genau hinter sie. »Ich habe dich gewarnt, Prinzessin, jetzt musst du mit den Konsequenzen leben.« Zischend hole ich zum ersten Schlag aus und höre Stacys erschrockenes Quieken. Durch jahrelange Erfahrung weiß ich genau, wie ich zuschlagen muss, ohne sie wirklich zu verletzen.

Es soll wehtun, es soll eine Warnung sein, aber ich will nicht ihre Haut dabei aufreißen. Dieser Hieb hat ihr auch wahrscheinlich nicht richtig wehgetan, sondern sie eher erschrocken. Auch wenn ich ihre Grenzen jetzt verschiebe und sie spüren soll, dass Schluss mit lustig ist, werde ich dabei nicht brutal vorgehen. Kurz lasse ich sie durchatmen, nur um dann erneut auszuholen. Ich habe zwanzig Schläge vorgesehen und hoffe, dass Stacy danach kapiert, wie sie sich zu verhalten hat.

Als der letzte Schlag auf ihren Arsch prasselt,

schluchzt sie laut auf. Sie hat es geschafft, ohne zu betteln oder mich anzuschreien. Natürlich war mir irgendwo klar, dass sie alles über sich ergehen lassen würde, aber ohne einen Ton, das erfüllt mich irgendwie mit Stolz. So komisch das auch klingt. Ich schneide sie vorsichtig los und verstaue mein Taschenmesser wieder gut in der Innentasche meines Jacketts. Nicht, dass sie noch auf dumme Ideen kommt. Wobei sie flach auf dem Tisch liegt und deutlich hörbar Tränen vergießt. Langsam hebe ich sie hoch, auf meine Arme und genieße gleichzeitig wie sie sich weich und warm an mich schmiegt. Obwohl ich in ihrer Welt das Arschloch bin, was ihr wehgetan hat, sucht sie bei mir Trost, weil ich der einzige Mensch um sie herum bin. Das wollte ich heute Morgen ändern, aber sie hat mich nicht gelassen und sich wie eine Furie benommen. Am Bett angekommen lege ich sie auf dem Bauch ab und betrachte die roten Striemen, die sie durch meine Hand auf ihrem Arsch hat. Ihre Haut ist so hell, dass manche von ihnen ganz dunkel sind. Aus ihrem Nachtschrank nehme ich eine Salbe, die ihr bei der Heilung helfen wird, und schmiere damit ihren kompletten

Hintern ein.

Stacy hat sich bereits beruhigt, doch ihr Kopf ist noch in den Kissen vergraben. »Du solltest etwas essen und dann ein Schmerzmittel zu dir nehmen.« Sie hebt den Kopf und schaut mich aus roten Augen an, ihre Stimme klingt kratzig und rau, wahrscheinlich vom Weinen. »Gerne.« »Ich besorg dir etwas. Rühr dich nicht vom Fleck, verstanden?« Zwar nickt sie, aber ich hoffe, sie weiß, dass ich ihr einen Befehl gegeben habe. Wenn sie sich mir widersetzt, bedeutet das erneute Konsequenzen für sie. Ohne sie anzuketten, mache ich mich auf den Weg nach unten. Hoffentlich werde ich das nicht bereuen. Aber ich will wissen, ob sie nach dieser Lektion bereits einknickt.

Zusammen mit Stacy sitze ich an dem kleinen Tisch in ihrem Zimmer. Natalia, die Köchin hat ihr all das zubereitet, was sie gerne isst. Auf einem dicken Kissen sitzt sie mit ihrem wunden Hintern und zwängt Bissen um Bissen in sich hinein. »Schmeckt es dir nicht?« Sie hebt den Blick und trifft mich genau damit in meinem Inneren. Ihre Augen wirken traurig und leer, dafür bin ich verantwortlich und ich weiß es. Bereuen tue ich es nicht, weil ich erreichen will, dass sie mir gehorcht und blindlings folgt. Seufzend nehme ich ihr die Gabel aus der Hand und trenne das nächste Stück Pancake ab, ehe ich es an ihren Mund führe. Brav schließt sie ihre vollen Lippen darum und heizt meinem Kopfkino mal wieder ordentlich ein. Fuck!

»Erzähl mir, was heute Morgen passiert ist, da oben.« Ich tippe mit dem Zeigefinger auf ihre Schläfe und beobachte, wie sie aufhört zu kauen. Ihre wunderschönen Augen füllen sich mit Tränen und sie schüttelt hektisch den Kopf. Mit noch vollem Mund nuschelt sie. »Ich kann nicht.« Irgendwas versteckt sie, nur weiß ich nicht, was es ist. Doch vorerst lasse ich sie in Ruhe, damit sie weiter isst und endlich etwas zunimmt.

Nachdem ich die kleine Prinzessin mit allem versorgt habe, gehe ich zurück in meine Bibliothek. Der nächste Scotch findet seinen Weg ins Glas und schenkt mir Beruhigung, als er meine Kehle herunterfließt. Leise klopft es und ich rufe genervt »Herein«, damit die Person direkt weiß, dass mit mir gerade kein gut Kirschen essen ist.

Die dunklen Locken von Liam kommen zum Vorschein, bevor er ganz den Raum betritt. In der Hand hält er mehrere Blätter. »Der Typ hat herausgefunden, was du übersehen haben musst, dabei ist er weit abgetaucht und musste sich sogar bei den Bullen rein klemmen.« Neugierig greife ich nach dem Stapel und überfliege die ersten Seiten. »Ungefähr in der Mitte wird es interessant.« Ich blättere so weit durch und lese eine Stelle, an der es um einen Mord geht. Immer tiefer ziehen mich die Sätze in den Bann und ich kann kaum glauben, was hier alles über Stacy geschrieben steht. Plötzlich ergibt ihre vehemente Gegenwehr völligen Sinn. Ungläubig schaue ich zu Liam, der auch nicht ganz anwesend wirkt. »Ich will dir deinen Traum nicht ausreden, aber ich glaube nicht, nachdem, was sie durchgemacht hat, dass du sie umgepolt bekommst.«

Nachdenklich greife ich in meinen drei Tage Bart und streiche über die Stoppeln. Klar, jetzt nachdem ich weiß, was los ist, sollte ich sie gehen lassen, aber ich will es nicht. Noch nie habe ich darauf geachtet, was für andere das Beste ist, sondern immer meine Scheiße durchgezogen. »Nein, ich lasse sie auf keinen Fall gehen. Ich werde mit ihr reden. Darüber.« Mit dem Finger deute ich auf den Text vor mir. »Wenn du meinst, ich will nur verhindern, dass sie sich dir aus Angst unterwirft, damit wärst du auch nicht glücklich.« Plötzlich klopft es erneut und ich verdrehe genervt die Augen. »Thief, entschuldige die Störung, aber der Scheich ist am Telefon.« Nervös hält Tia das Telefon hoch. Auch das noch. Momentan will ich mich eher auf meine Geisel konzentrieren als auf mein Geschäft. Trotz meines Unmuts winke ich sie herein und nehme ihr das nervige Ding ab, bevor ich sie wegschicke. »Hallo?« Meine Stimme ist nicht freundlich, selbst wenn der Kaiser von China dran wäre, würde mich das nicht jucken.

»Hallo Thief. Ich hoffe, es geht dir gut.« »Hmmmhmmm.« Rau lacht der Scheich auf und lässt dann direkt die Bombe platzen. »Gut, ich merke, du bist nicht zum Smalltalk aufgelegt. Kommen wir also direkt zur Sache. Ich habe einen Auftrag für dich, der sehr heikel ist, du bist der Einzige, der ihn durchziehen kann.« Ich kneife in meine Nasenwurzel und schüttle mit dem Kopf. Doch dann wird es plötzlich interessant für mich. Vergessen ist meine Prinzessin in ihrem Bett.

* * *

KAPITEL 10

Mal wieder liege ich in diesem blöden Zimmer, fixiert auf dem Bett. Meine Hand pocht und mein Hintern brennt. Na herzlichen Glückwunsch. Dabei wollte ich jede noch so kleine Gelegenheit nutzen, um mehr herauszufinden, damit ich hier schnellstens abhauen kann. Doch als ich Amber unter dem Tisch hocken sah, sind meine Sicherungen durchgeflogen. Nicht nur, weil ich keinesfalls möchte, dass ich so behandelt werde, sondern wegen meiner besten Freundin Jill. Erneut spüre ich den Stich, wenn ich an sie denke, dabei sagt man doch immer, Zeit heilt alle Wunden, aber diese hier scheint niemals zu verschwinden. Wann immer ich an sie denke, ob jetzt oder vor ein paar Wochen noch Zuhause, es tut verdammt weh. Zischend verlagere ich mein Gewicht auf die Seite, damit mein Hintern so wenig wie möglich Kontakt zur Matratze hat. Die Schmerzmittel hier sind ein Witz. Ich ärgere mich so sehr über mich selber.

Natürlich nicht, dass ich Thief die Stirn geboten habe, obwohl damit mein Plan, ihm ein Schauspiel zu liefern, gescheitert ist. Trotzdem bin ich stark geblieben und habe mich nicht kleinkriegen lassen. Doch meine Chancen mehr herauszufinden, sind deutlich geschrumpft. Ganz toll, wirklich. Tapfer habe ich meine Bestrafung über mich ergehen lassen, obwohl mir das mehr als zuwider gewesen ist. Schwäche werde ich ihm nicht zeigen, auf keinen Fall. Dass ich hinterher ein paar Tränen vergossen habe, dafür schäme ich mich nicht. Immerhin ist das alles gegen meinen Willen passiert. Viel schlimmer ist, dass ich mich danach, fest an ihn gedrückt habe, um Trost zu suchen. Ob Jill auch so gelitten hat, bevor sie starb? Mein Magen verknotet sich bei diesem Gedanken und Tränen sammeln sich in meinen Augen. Wie oft habe ich sie gewarnt? Aber sie wollte einfach nicht auf mich hören. Jetzt ist sie tot und hat ein riesiges Loch in meinem Leben hinterlassen.

Keine Ahnung, wie viel Zeit vergangen ist, denn ich habe alles in diesem Zimmer, außer einer Uhr. Jedoch bezweifle ich, dass ich Thief in der jetzigen Situation, darum bitten kann. Das Klappern eines Schlüssels ist auf dem Flur zu hören, also wappne ich mich für die nächste Runde mit ihm. Kurze Zeit später höre ich das bekannte Geräusch, wenn aufgeschlossen wird. Die Tür geht auf und da steht er. Groß, dunkel und leider, wie mein Körper meint, heiß. In einem anderen Leben hätte er mich vielleicht nur zu einem Kaffee einladen müssen und wir hätten uns ganz normal kennenlernen können. Doch hier und jetzt will ich einfach nur weg. »Wie geht es dir?« Mit gerunzelter Stirn kommt er auf mein Bett zu und sieht mich fragend an. »Es könnte besser sein, die Schmerzmittel helfen nicht.«

Seine Hände landen locker in seinen Hosentaschen, er wirkt so noch attraktiver. »Dabei hat Lisa gesagt, dass es starke Pillen sind.« Er zuckt mit den Schultern, beugt sich dann über mich und macht mich los. Überrascht sehe ich ihn an. »Ich bin hier, um zu reden, Prinzessin.« Langsam setze ich mich auf und lehne mich an das breite Kopfteil. Thief setzt sich an meine Seite, damit wir uns ansehen können. »Worüber?« Er wiegt sich zwar in Sicherheit, aber auch nur, weil ich gerade genug von Bestrafungen habe. Noch mehr ertrage ich momentan nicht. »Über deine Freundin Jill.« Mit aufgerissenen Augen schaue ich ihn an, aber statt grausam zu lächeln, wie ich es erwartet hatte, wirkt er einfach ehrlich interessiert. Woher weiß er es plötzlich? Warum kommt er jetzt damit an? Mein Magen dreht sich herum und mir wird unglaublich schlecht. »Erzähl mir, was passiert ist.« Panisch schüttle ich den Kopf, denn selbst wenn ich ihm davon erzählen könnte, weil ich ihm vertrauen würde, selbst dann wäre es noch zu schwierig für mich. Das Thema Jill begleitet mich nicht nur seit Jahren, es ist gleichzeitig der dunkelste Abgrund in meiner Seele. Ein Schnippen holt mich ins Hier und Jetzt zurück und sieht diesem blauäugigen Monster direkt in die Augen. Als er damals meinen vollen Namen ausgesprochen hat, da habe ich genau erkennen können, wie sehr er seine Überlegenheit genießt. Aber hier und jetzt? Ist da etwa Sorge in seinem Blick? Ob er mich gehen lässt, wenn er weiß, was ich durchgemacht habe?

Er scheint nur von ihrer Person zu wissen, aber ob er alles weiß? Schluckend blicke ich ihn an und traue mich endlich, eine Frage zu stellen. »Lässt du mich gehen, wenn ich dir alles erzähle?« Ein kleines Lächeln zuckt an seinen Mundwinkeln, aber er schüttelt mit dem Kopf. »Das geht nicht Prinzessin. Du weißt quasi, wer ich bin. Schon vergessen? Die Vase oben im Flur?« Stimmt, nachdem ich dafür meine Begeisterung gezeigt habe, hat er mir gedroht, dass er mich nun nie mehr gehen lassen kann. Tränen brennen in meinen Augen, dabei wollte ich stark sein, verdammt. »Ich sag dir was. Du erzählst mir von Jill und du darfst mir wieder Fragen stellen.« Kurz überlege ich, doch der Deal ist nicht schlecht, wenn ich an mehr

Infos kommen möchte. Aber ich bin auf der Hut, denn der Mann vor mir ist gerissen, immerhin hat er die Tochter des Präsidenten in seiner Gewalt. »Ich darf alles fragen?« Er denkt über meine Frage nach und wiegt den Kopf hin und her. In solchen Momenten wirkt er fast wie ein normaler junger Mann. Sein rabenschwarzes Haar, was ihm bis kurz auf die Schultern reicht, glänzt im Sonnenlicht. Gerne würde ich mich mal rein krallen, um zu fühlen, ob es wirklich so geschmeidig ist, wie ich glaube. Verwirrt schüttle ich den Kopf, so sollte ich nicht denken. Um meinen wunden Hintern zu entlasten, rolle ich auf die Hüfte und sehe ihn erwartungsvoll an. Er hat noch immer meine Frage nicht beantwortet. »Was willst du denn wissen?« Neugierig mustert er mich, es ist fast so, als ob wir ein stinknormales Paar wären, was dabei ist sich besser kennenzulernen.

Doch ich darf nicht vergessen, dass ich seine Gefangene bin. Ich überlege, entscheide, mich aber vorerst harmlose Fragen zu stellen, damit er anfängt, mir zu vertrauen und ich ihn in Sicherheit wiegen kann. »Wie alt bist du? Kommst du ursprünglich aus Washington? Wie ist dein richtiger Name?« Schnell rassle ich die Fragen herunter, die mir am ehesten in den Sinn gekommen und die zwar harmlos sind, aber vielleicht werde ich die Antworten irgendwann gebrauchen können. »Das sind deine Fragen?« Ich nicke und hoffe, dass er mir alles beantworten wird. »Gut, ich werde dir alle beantworten, wenn du mir erzählst, was es mit Jill auf sich hat.« Erneut schüttle ich den Kopf, diesmal aber nicht vor Panik, sondern weil ich damit nicht einverstanden bin. Erst will ich mehr über ihn wissen. Fast könnte man meinen, dass Thief schon belustigt ist, aber ich will mich nicht zu weit aus dem Fenster lehnen. Er hat mir den Hintern mit einem Gürtel versohlt und das werde ich niemals vergessen. »Zuerst du, dann erzähle ich es dir.« Er nickt. »Fast könnte man meinen, du bist ganz heiß darauf, mich näher kennenzulernen.« Locker zwinkert er mir zu und wirkt einen Moment ganz anders. Aber auch nur einen kurzen Augenblick, dann wird sein Gesicht wieder düster.

»Ich bin nicht dumm, Stacy Cunningham, wenn du mich um den Finger wickeln willst, musst du früher aufstehen. Egal, wie viele Infos du auch sammelst, es gibt keinen Weg hieraus.« Innerlich zucke ich ertappt zusammen, aber äußerlich bleibe ich gelassen und nicke ernsthaft. »Ich weiß, glaub mir, das weiß ich.« »Gut.« Thief legt sich seitlich auf mein Bett und stützt den Kopf in die Hand. Dann fängt er an zu sprechen. »Ich bin fünfunddreißig Jahre alt, in Washington geboren und aufgewachsen und heiße Talon.« Seine eisblauen Augen treffen mich und ich schlucke nervös. Dass er älter als ich ist, habe ich mir gedacht, aber fünfunddreißig ist eine verdammt große Hausnummer, uns trennen vierzehn Jahre. Meine Gedanken rasen in meinem Kopf hin und her. Er ist in Washington geboren und aufgewachsen, also befinden wir uns doch bestimmt noch in der Stadt. Ist doch logisch, oder? »Du bist dran, Prinzessin.« Mit diesem Satz bringt er meine Zellen zum Schweigen und ich tauche ab, in eine Zeit, die ich längst vergessen wollte.

Der Sommer ist meine liebste Jahreszeit, alles blüht, es ist warm und es riecht anders, als sonst. Die meisten Menschen sind freundlicher und aufgeschlossen unterwegs. Trotz dieser Gedanken, die mich eigentlich glücklich machen müssten, habe ich Sorgen.

Sorgen, die mich innerlich zerfressen und die ich seit drei Tagen versuche auszusperren. Mit Bauchschmerzen habe ich schon das Haus verlassen und mich auf den Weg zu Jill gemacht. Immer wieder sage ich mir, dass wir uns nicht in einem abgefuckten Hollywoodblockbuster befinden, sondern in der Realität und versuche mich so zu beruhigen. Also wird es schon nicht so schlimm werden. Bestimmt hat Jill durch diesen Rus vergessen, sich zu melden. Ihre Eltern sind weggefahren und sie genießt wahrscheinlich die freie Zeit in vollen Zügen, aber es ist merkwürdig so lange nichts von ihr zu hören. Nicht mal geschrieben hat sie mir und das ist auch mein Grund zur Sorge. Meine Ballerinas kleben mittlerweile an meinen Füßen, weil es so verdammt heiß ist auf den Straßen Washingtons. Mit sechzehn Jahren sollte man andere Dinge haben, die einem Magenschmerzen bereiten und sich nicht um die beste Freundin sorgen müssen, nicht auf diese Art und Weise. Wie oft habe ich Jill gewarnt vor dem, was sie da tut, aber sie meint, weil sie drei Jahre älter als ich ist, weiß sie alles besser.

Dieser komische Kerl glaubt, sie sei bereits einundzwanzig und er kann mit ihr machen, was er will. Hoffentlich wird sie ihn bald verlassen, denn er ist nicht gut für sie, das habe ich direkt am Anfang schon bemerkt. Wie ein kleiner Hund folgt Jill ihm auf Schritt und Tritt. Wie kann man sich einem Menschen derart unterordnen und es auch noch gut finden, das kann und werde ich niemals verstehen. Endlich angekommen. Ruhig liegt das Haus der McAllisters da. Der hübsche Vorgarten ist gepflegt, weil oft ein Gärtner hier zugange ist. Mutig drücke ich das kleine Gartentor auf und betrete das Grundstück. Auf der Veranda angekommen atme ich kurz durch und klingle dann. Hoffentlich wird sie mir nicht eine ihrer Standpauken halten. »Ach Stacy, genieß doch mal das Leben. Glaube mir, du wirst mich irgendwann verstehen.« Schon jetzt rolle ich mit den Augen, weil ich genau weiß, dass dies kommen wird. Jill und ich kennen uns von der Nachhilfe. Sie hat mir oft in Mathe geholfen und wurde dafür auch bezahlt. Irgendwann sind wir aber Freundinnen geworden und haben uns jedes Geheimnis erzählt. Lächelnd denke ich daran zurück und drücke gleichzeitig erneut auf den Knopf.

Es schrillt drinnen laut, aber niemand macht mir auf. Unruhig versuche ich, durch das Glas zu blicken, kann aber nichts erkennen. Aufgeben ist keine Option, auch auf die Gefahr hin, dass ich die beiden beim Sex überrasche. Ihr Pech, okay und vielleicht meins, weil ich hinterher blind bin. Langsam gehe ich die Stufen der Veranda wieder herunter und schleiche ums Haus herum. An der Hintertür versuche ich es und habe Glück, es ist nicht abgeschlossen. Sehr gut, also schlüpfe ich rein. Im Haus selbst ist es ruhig, man kann sogar die Küchenuhr an der Wand gegenüber hören. »Jill?« Mein Weg führt mich in die obere Etage, in der auch ihr Zimmer liegt. »Jill, bist du da?« Ihre Zimmertüre ist geschlossen, also bleibe ich kurz stehen und klopfe vorsichtig. »Jill, ich komme jetzt rein.« Langsam drehe ich den Knauf und blicke in ein unordentliches Zimmer. Von Jill fehlt jede Spur. Merkwürdig! Ob sie mit Rus unterwegs ist? Ich suche oben in jedem Zimmer nach ihr, doch sie ist nirgends zu finden. »Jill? Ich mache mir Sorgen verdammt.« Seufzend nehme ich die Treppen nach unten und entscheide mich besser zu gehen.

Ich werde einfach nochmal versuchen sie anzurufen. Die offene Kellertür lässt mich stocken, denn normal ist diese immer geschlossen. Jills kleiner Bruder Howie hat nämlich Angst vor dem Keller. Mit einem unguten Gefühl gehe ich direkt darauf zu, bleibe aber oben stehen. »Jill?« Nervös rufe ich in die Dunkelheit und warte gebannt auf eine Antwort. Gänsehaut rast über meinen Körper und macht mich wahnsinnig. Vorsichtig schalte ich das Licht an und schaue nach unten. Die Treppen sind aus Stein, ganz anders als in anderen Häusern, die normal aus Holz sind. »Okay Jill, das ist nicht lustig. Bist du da unten?« Wieder warte ich vergebens auf eine Antwort von ihr. Meine Beine tragen mich in den Keller und ich sehe mich neugierig um. Hier macht Jills Mom die Wäsche, es riecht nach Weichspüler und Waschmittel. Langsam gehe ich um die Ecke und erreiche einen abgetrennten Bereich. »Jill?« Leise drücke ich die kleine Tür zur Seite und versuche, etwas zu erkennen. Aber es ist düster, weil in diesem Bereich ein anderer Lichtschalter gedrückt werden muss. An der Wand neben mir werde ich fündig und trete ein, als es hell wird. Der Gang ist schmal, an der Seite stehen kleine Regale mit Konservendosen. Auf der Mitte bleibe ich verdutzt stehen, weil ein komischer Geruch mich trifft. Kupferartig. Je weiter ich gehe, desto schlimmer wird es, doch ich halte mir einfach die Nase zu und laufe weiter. Ein Vorhang trennt mich vom nächsten Raum, aber ich schiebe ihn einfach zur Seite und gehe hindurch. Kaltes Grauen trifft mich mitten ins Herz, als ich sehe, was los ist. Jill hängt festgebunden an der Wand gegenüber, jeweils einen Arm zur Seite ausgestreckt. Wie Jesus schießt es mir durch den Kopf. Ihre Füße sind aneinandergebunden und an einer Öse im Boden befestigt, aber das allerschlimmste, sie ist über und über mit Blut bedeckt. Das hat so gerochen.

»Jill?« Tränen bilden sich in meinen Augen, aber ich muss sie hier rausholen. Panisch stürze ich mich auf sie und hoffe, dass es noch nicht zu spät ist. Meine Hand berührt ihren Arm und ich weiche erschrocken zurück. Sie ist eiskalt und steif wie ein Brett. Mein Blick gleitet hoch zu ihrem hübschen Gesicht und dann sehe ich es. Jill hat von links nach rechts die Kehle aufgeschlitzt. Das ist nicht echt, das kann nicht echt sein. »Jill verdammt. Mach die Augen auf.« Doch sie bewegt sich kein Stück. Leblos hängt ihr Körper an dieser kalten Kellerwand, die Kehle aufgeschlitzt und alles voller Blut. Plötzlich wird mir klar, was hier los ist. Jill ist tot. Sie ist tot und sie wird nie wieder zurückkommen. Nie wieder werden wir gemeinsam lachen oder lästern, nie wieder eine Übernachtungsparty schmeißen. Sie wird mich nie wieder ansehen und mir sagen, ich soll das Leben mehr genießen, weil sie tot ist. Tränen laufen über meine Wangen und die Panik setzt ein.

Ohne zu überlegen, was ich tue, renne ich einfach los. Ich muss weg hier, ich will das gar nicht wahrhaben. Meine Schuhe sitzen so locker, dass ich einen davon noch im Keller verliere. Kalter Stein berührt meine Haut und lässt mich zittern. Aber darauf kann ich jetzt nicht achten. Alles, was ich will, ist weg hier. Im Garten beuge ich mich vor und kotze mir die Seele aus dem Leib. Fuck! Ich muss nach Hause und mit Mom und Dad reden sofort. Also laufe ich wieder los und bleibe nicht stehen, bis ich Zuhause ankomme.

Ich spüre heiße Tränen meine Wangen herunterlaufen und kann das Grauen von damals genau fühlen. Sie war meine beste Freundin und ist brutal aus dem Leben gerissen wurden bei irgendwelchen perversen Sexspielchen. Die Wunden brechen erneut auf und lassen mich schwach und klein zurück. Starke Arme schlingen sich um mich und ein bereits vertrauter Geruch nach Mann steigt in meine Nase. Vertrauensvoll lasse ich mich fallen, obwohl ich das nicht tun sollte.

Aber meine dunkelste Stunde erneut zu erleben hat mich alle Kraft gekostet. Thief hebt mich hoch und dann bekomme ich am Rande mit, wie er mit mir auf dem Arm das Zimmer verlässt. Es geht den langen Flur entlang und dann wenige Schritte weiter in einen anderen Raum. Vorsichtig legt Thief mich in ein weiches großes Bett und zieht sich dann selbst bis auf die Shorts aus.

Verwundert sehe ich mich um und erkenne, dass alles in diesem Raum in Schwarz gehalten ist, selbst die Wände. Langsam kommt Thief zu mir ins Bett und zieht mich an seine breite Brust heran. Seine Arme umschlingen mich und geben mir Halt, den ich jetzt so dringend brauche, also lasse ich mich fallen, auch wenn es falsch ist. Beruhigend streicht er mir durchs Haar und krault meinen Nacken. Immer wieder küsst er meinen Kopf und murmelt leise beruhigende Worte in mein Haar. Wie eine Ertrinkende klammere ich mich an ihm fest und finde zum ersten Mal, seitdem ich hier bin, wirklich Ruhe bei ihm. Vor Erschöpfung schlafe ich bald schon ein, mit einem guten Gefühl, denn ich werde gehalten. Von meinem Entführer Talon.

* * *

KAPITEL 11

Langsam hat Stacy sich beruhigt und schläft nun in meinen Armen friedlich und ruhig. Noch nie habe ich eine Frau mit in mein privates Reich genommen und so gehalten. Doch bei ihr fühlt sich das hier nicht nur gut an, sondern auch irgendwie vertraut. Das sollte es nicht, weil alles worum es mir geht, ist das Ficken mit ihr und sie zu besitzen. Von Gefühlen war nie eine Rede. Warum fühlt sich das hier dann so richtig an Talon? Ich sollte mich lösen und mein Zimmer verlassen, doch das kann ich nicht. Aus dem Bericht ging nicht hervor, dass Stacy sie gefunden hat, nur dass ihre beste Freundin umgebracht wurde und Jill vorher in einer BDSM-Beziehung gelebt hat. Es gibt viele Männer, die sich als Dom ausgeben, um dann ganz andere Spielchen zu spielen, davon höre ich nicht zum ersten Mal. Was mich wirklich trifft, ist die Tatsache, dass Stacy sie gefunden hat und trotzdem so stark geblieben ist. Sie hat mit sechzehn Jahren gelernt, wie grausam und scheiße die Welt sein kann. In dem Bericht stand nämlich die genaue Jahreszahl der Tat und auch, dass bis heute niemand gefasst wurde. Vielleicht sind unsere Welten gar nicht so verschieden, wie ich zu Anfang geglaubt habe. Auch die Prinzessin hat dunkle Abgründe in ihrer Seele, die sie bis heute gut versteckt hat.

So gut, dass ich nicht mal bei einer Prüfung ihrer Person darüber gestolpert bin. Unruhig wimmert Stacy im Schlaf und ich presse sie noch enger an mich und murmel wieder auf sie ein. »Ich bin hier Prinzessin, du bist nicht alleine, versprochen.« Einem Menschen so nah zu sein, ist für mich komplettes Neuland. Ich lasse nicht gerne jemanden an mich heran und niemals darf Stacy erfahren, wie sehr mich ihre Geschichte berührt. Wir werden noch weiter reden müssen, aber für heute hat es definitiv gereicht. Sie hat mich in einen kleinen Teil ihrer Seele blicken lassen und nun kann ich auch besser verstehen, weshalb sie sich gegen mich so wehrt. Trotzdem kann ich sie nicht gehen lassen, dazu bin ich viel zu egoistisch. Drei Jahre habe ich mich auf ihre Anwesenheit hier im Bunker vorbereitet, drei Jahre habe ich davon geträumt, sie zu ficken und sie zum Schreien zu bringen. Ihr wehzutun und sie hinterher über die Klippe springen zu lassen. Das kann ich nicht aufgeben, zu hart habe ich für meinen Traum eine Frau komplett zu besitzen gekämpft. Ich werde ihr Erster und verdammt nochmal ihr Letzter sein, auch wenn ich das nicht auf eine romantische Art und Weise meine.

Ihre Erziehung zur perfekten Sklavin, wird trotz alldem geschehen, aber ich werde sie dabei nicht überfordern. Es wird anders als mit den anderen Frauen vor ihr werden und wenn der Druck zu groß wird, suche ich mir eben etwas anderes zum Ficken bis ich die Prinzessin unter mir liegen habe. Ihr

Geruch umnebelt mich und lässt mich tief einatmen. Sie weiß bereits mehr als alle ihre Vorgängerinnen, dabei sollte sie es nicht. Ich bin nicht dumm und weiß, was sie damit bezweckt, nämlich irgendwann einen Ausweg zu finden, doch sie weiß nicht, dass sie nicht vor mir weglaufen kann, dank ihres Armbands. Langsam komme auch ich zur Ruhe und schließe müde meine Augen. Wir werden weiter reden, damit ich Stacy noch besser verstehen kann. Seit wann kümmern dich die Gefühle der anderen? Ja, seit wann Talon? Wo niemand auch nur Rücksicht auf deine genommen hat, dabei warst du noch ein halbes Kind. Wütend schließe ich meine Gedanken aus und schlafe mit dem fruchtigen Duft von Pfirsichen ein.

Ich werde wach, weil ich das Klappern von Besteck hören kann. Langsam öffne ich meine Lider und merke, dass die Betthälfte neben mir leer ist. Panisch setze ich mich auf und sehe mich in meinem Zimmer um. Stacy sitzt an meinem kleinen Tisch und schiebt sich eine Ladung Obst in den Mund. Sie scheint nicht zu merken, dass ich sie beobachte, und schließt genussvoll die Lippen um ihre Gabel. Dabei schließt sie ihre Augen und zieht sie langsam wieder aus ihrem Mund, ehe sie anfängt zu kauen. Fuck! Noch nie habe ich es erotisch gefunden, wenn eine Frau isst, doch bei Stacy sieht das aus wie Sex pur. Sofort schießen Bilder durch meinen Kopf, wie sie vor mir kniet, wie ich mich in ihr Haar kralle und ihre saftigen Lippen an meinen Schwanz führe. Ihre Zunge würde hervorschnellen, weil sie es nicht erwarten könnte, mich zu schmecken. »Stacy.«

Leise und rau kommt mir ihr Name über die Lippen und lässt sie endlich zu mir schauen. Sie schluckt und lächelt dann zaghaft. »Komm hierher.« Ich deute an die Seite meines Bettes und warte, dass sich die Prinzessin in Bewegung setzt. Lauernd steht sie auf, lässt mich keine Sekunde aus den Augen, bis sie genau vor mir steht. Noch immer liege ich im Bett, mein Blick wandert gierig über ihre cremigen Schenkel. »Knie dich hin.« Ihre Augen werden bei meinem Befehl riesig und ich kann mir vorstellen, was sie sich denkt. Sie hat mir gestern vom schlimmsten Tag ihres Lebens erzählt und ich weiß halbwegs, was damit zusammenhängt, nämlich diese Art von Sex. Diese Bereitschaft, sich jemanden aus vollen Stücken zu unterwerfen und ihm blind zu vertrauen. Ihre Freundin hat dieses Vertrauen mit dem Leben bezahlt. Stacy ist wütend und ich kann sie auch verstehen, da erzählt sie mir sowas und ich Arschloch habe nichts Besseres zu tun, als sie gleich am nächsten Tag in die Knie zu zwingen.

Doch zu meiner Überraschung tut sie, ohne zu murren, was ich will. Hier geht es gerade nicht um die Oberhand oder darum, wer der Boss ist. Ich will Stacy zeigen, wie schön es sein kann, wenn man gehorcht und was danach kommt. Als sie kniet, gebe ich direkt die nächste Anweisung und ignoriere dabei ihren lodernden Blick, der direkt in meine Augen schießt. Dieses Feuer von ihr fängt verdammt nochmal an mir Spaß zu machen. Wer hätte das gedacht? Ich am allerwenigsten. »Nimm die Hände auf den Rücken.« Auch diesem Befehl kommt sie nach, auch wenn sie mich mit ihren Blicken ermordet, daran werden wir arbeiten. Ihr Brustkorb drückt sich weiter nach vorne und ihr Rücken geht automatisch durch die Stellung ins Hohlkreuz. Wenn sie irgendwann stolz darauf ist, was sie tut, dann wird sie noch anmutiger aussehen, als jetzt schon. Weich und hell fallen ihre blonden Strähnen um ihre Schultern. Das Rot in ihren Haaren leuchtet feurig auf, ganz so wie sie, denke ich noch, ehe ich mich aufrichte und mich hinsetze. Langsam greife ich in ihre weichen Haare und kralle meine Faust darum, damit ich ihren Kopf in den Nacken ziehen kann. »Sieh mich an, Prinzessin.«

Sie schlägt ihre Lider auf und ihr smaragdgrüner Blick trifft mich mitten ins Herz. Ich weiß genau, was sich hinter ihrem Feuer verbirgt. Ich weiß, dass sie so verletzt ist von damals und sich mit ihrer Bockigkeit selbst schützt. Ihr Körper reagiert jedoch immer wieder auf mich. Leise flüstere ich ihr zu, damit ich sie nicht mit meinen Worten verschrecke. »Ich will dir zeigen, Stacy, wie schön es sein kann, wenn man gehorcht.« Langsam beuge ich mich zu ihr herunter, bis sich unsere Nasen berühren und ich ihren süßen Duft wahrnehmen kann. Sanft streiche ich mit meiner über ihre und als sie nicht mal zurückzuckt, wie sie es sonst tut, presse ich meine Lippen auf ihre. Funken fliegen um uns herum und ich spüre genau, wie stark diese Anziehungskraft zwischen uns ist. Auch Stacy scheint es zu fühlen, denn sie saugt leicht an meinen Lippen und knabbert dann zärtlich an mir. Fuck! Das hier fühlt sich besser an als jeder Fick, weil sie es mir freiwillig gibt, und endlich scheint sie ein wenig mehr zu verstehen, wie es sein könnte.

Ohne nachzudenken, hebe ich sie auf meinen Schoß und setze sie rittlings auf mich. Ihre heiße Pussy schmiegt sich an meinen noch bedeckten Schwanz und macht mich damit ganz verrückt. Auch sie krallt sich in mein schwarzes Haar und drückt mich noch mehr auf sich. Vergessen ist alles um mich herum, alles, was zählt, ist Stacy, die anfängt sich an mir zu reiben. Meine Hände landen auf ihrem Hintern und lassen sie zischen, weil er wahrscheinlich noch wund von meinen Schlägen ist. Gierig lecke ich mit meiner Zunge über ihre Unterlippe und fordere Einlass in ihren Mund. Stöhnend öffnet sie bereitwillig die Lippen und berührt zaghaft meine Zunge mit ihrer. Zärtlich sitzen wir hier und küssen uns plötzlich ganz sanft. Sie schmeckt süß und fruchtig von dem Obst, was sie eben noch gegessen hat. Ungeduldig zuckt mein Schwanz in meiner Hose und ich beschließe die Stellung zu wechseln. Ich rolle uns herum, sodass Stacy unter mir liegt, und mache mich am Gürtel ihres Kimonos zu schaffen. Schnell finden meine Hände ihre dicken Titten und fangen an, sie zu kneten. Ihre Hüften wölben sich ungeduldig vom Bett und lassen mich in unserem Kuss grinsen, bevor ich mit meinen Lippen auf Wanderschaft gehe. Ich ziehe eine küssende Spur über ihren Kiefer, runter zu ihrem Hals, an dem ich mich auch festsauge und küsse dann den Ansatz ihrer perfekten Brüste. Leckend geht es weiter zu ihren rosigen Nippeln, die sich mir schon entgegenstrecken.

Mit der Zunge umkreise ich sie, bevor ich sie in meinen Mund nehme, um an ihnen zu saugen. Stacys Wimmern ist Musik in meinen Ohren und ich kann und will nicht länger warten. Mein Schwanz pocht ungeduldig in seinem engen Gefängnis und will an die Luft verdammt. Erwartungsvoll reiße ich mir meine Shorts von den Hüften, während mein Mund weiter herunter zu Stacys Pussy wandert. Ihr süßlicher Duft trifft mich und lässt mich fast durchdrehen. Bereitwillig öffnet sie die Beine und drückt ihren Rücken in ein Hohlkreuz. Mit der Zunge lecke ich durch ihre bereits nassen Falten und lasse sie so rau aufstöhnen. »Gott Talon, hör nicht auf.« Ihre Hand findet wieder mein Haar und sie krallt sich voller Leidenschaft erneut darin fest. Dass sie mich bei meinem richtigen Namen nennt, stellt irgendwas mit mir an, doch darüber will ich mir keine Gedanken machen. Niemand nennt mich so, weil die meisten meinen Namen gar nicht kennen.

Doch Stacy murmelt ihn jetzt immer wieder vor sich hin. Ja Baby, ich bin derjenige, der dich so fühlen lässt, ich bin derjenige, dem du gehörst. Der Mann, der dich entführt hat, das Monster, welches du in mir siehst und trotzdem, liegst du stöhnend unter mir. Meine Hände schiebe ich unter ihren Po und reize immer wieder die noch wunden Stellen, damit sich der Schmerz mit ihrer Lust mischen kann. Sie soll direkt lernen, dass nichts Schlimmes daran ist und das mit Jill vergessen. Zärtlich sauge ich mich an ihrer Perle fest und genieße den süßlich herben Geschmack, der von meiner Prinzessin ausgeht. Ich spüre, wie sie sich anspannt, und lasse meine Zunge um ihre

Knospe peitschen. Ihr Griff in mein Haar wird fester und dann hält sie kurz die Luft an und schreit dann ihren Orgasmus heraus. Weich sinkt sie auf der Matratze zusammen, aber ich bin noch nicht fertig mit ihr. Scheiß auf ihr Betteln, ich will sie jetzt ficken verdammt. Zu lange warte ich schon darauf und jetzt ist das Verlangen nach ihr einfach zu groß. Mein Schwanz reibt durch ihre Falten und wird dabei ganz feucht, sie ist so wahnsinnig nass.

Zuckend liegt Stacy unter mir und grinst mich glücklich an. Meine Lippen finden ihre und küssen sie zärtlich, ehe ich meinen Schwanz vorsichtig an ihrem Eingang ansetze. Meine Eichel rutscht langsam in sie, ihre Wände spannen sich verdammt eng um mich herum. Fuck! Ich löse mich von ihren roten Lippen, um Stacy in die Augen schauen zu können. Ungläubig schaut sie zu mir auf, aber da ist keine Abwehr in ihrem Blick, eher Neugierde, aber auch Verletzlichkeit. »Alles okay Prinzessin?« Noch könnte ich das hier abbrechen, auch wenn ich das gar nicht will. Sie nickt und legt dann ihre kleinen Hände auf meine Flanken. Mit den Nägeln fährt sie über meine Haut und lässt mich kurz erschauern. Selten kam es vor, dass eine Frau mich beim Sex berührt hat, weil sie entweder immer gefesselt war, oder aber den Befehl hatte, die Griffel von mir zu lassen. Aber Stacy ist so anders, mal wehrt sie sich gegen mich und mal lässt sie alles zu, was ich mit ihr tue.

Sie hat mich schon tief beeindruckt und das innerhalb kürzester Zeit. Immer weiter drücke ich mich vorsichtig in sie und bleibe auf ihr liegen, als ich den kleinen Widerstand bemerke. Wir küssen uns, wir sehen uns tief in die Augen. Was so wild begonnen hat, ist jetzt langsam und zärtlich geworden, doch das ist okay. Immerhin ist es ihr erstes Mal und ich will, dass sie es in vollen Zügen genießen kann. Sie soll ja weiterhin mit mir ficken wollen. Als Stacy an meiner Lippe knabbert, stoße ich zu und erwarte einen spitzen Aufschrei, aber es kommt nichts. Verwundert löse ich mich von ihr und blicke auf sie herunter. »Alles okay?« Sie nickt und schlingt dann ihre Beine um meine Hüften. Seitdem sie hier ist, frage ich mich, wie sich das wohl anfühlt. Jetzt weiß ich es und ich kann kaum beschreiben, wie geil das ist. Vorsichtig ziehe ich mich aus ihr zurück und stoße langsam wieder zu. Ihre Wände spannen sich heiß und eng um meinen Schwanz herum und machen mir es verdammt schwer. Doch ich will diesen Moment zwischen uns nicht kaputt machen für ein heftiges Rein und Raus. Wir werden alle Zeit der Welt haben, auf unterschiedliche Art und Weise miteinander zu vögeln.

»Scheiße Stacy, du fühlst dich so gut an Baby.« Wimmernd kommt sie meinen Stößen entgegen und drückt den Rücken durch, damit ich noch tiefer rutsche. Unsere Küsse werden wieder feuriger und ich verlagere mein Gewicht, um genau ihren inneren Punkt zu treffen. »Oh Gott Talon, hör nicht auf. Hör bitte nicht auf, das fühlt sich so gut an.« Brennend schaue ich ihr in die Augen. »Niemals Prinzessin.« Stöhnend krallt sie sich in meine Haut und facht so noch weiter das Feuer in mir an. Meine Hüften werden schneller, ich treibe mich durch ihre nasse Enge und spüre schon das Kribbeln meiner Eier. Gierig küsse ich sie und beiße dann feste in ihre Unterlippe. Stacy spannt sich an und kommt dann noch einmal zum Orgasmus. Ihre Wände melken mich und auch ich will unbedingt kommen, den Moment aber auch genießen. Ihre Hand krallt sich in mein Haar und lässt mich in ihr wunderschönes gerötetes Gesicht schauen. »Komm für mich Talon.« Stöhnend komme ich ihrer Bitte nach und kann gleichzeitig nicht fassen, wie viel Schneid sie hat. Brüllend ergieße ich mich in ihr und kann nur daran denken, dass sie mir gehört. Ich habe sie eben markiert, ich habe sie mir einfach geholt, um sie zu besitzen. Jeder der jetzt noch an Stacy Cunningham ran möchte, wird dafür büßen.

Nach meinem Wahnsinnsorgasmus ziehe ich mich vorsichtig aus Stacy heraus. Ein kleiner Blutfaden zieht sich über meinen Schwanz und zeigt mir ganz deutlich, das ich der Tochter des Präsidenten, gerade die Jungfräulichkeit gestohlen habe. Zufrieden halte ich ihr meine Hand hin und helfe ihr aus dem Bett heraus. »Lass uns duschen gehen.« Ich ziehe Stacy hinter mir her und ignoriere den Tisch mit dem Frühstück darauf. Scheinbar war sie in der Küche und hat einfach etwas geholt. Im Bad angekommen, stelle ich die Dusche an und warte, bis das Wasser warm ist. Erst dann streife ich den offenen Kimono über ihre Schultern und schiebe sie in meine Kabine herein. Ihr Handgelenk mit der verletzten Hand binde ich mit dem Gürtel des Kimonos nach oben, damit kein Wasser herankommt.

Langsam wasche ich uns beide mit meinem Duschgel und küsse Stacy immer wieder, weil ich süchtig nach diesem Erdbeermund bin. Küssen hat für mich eigentlich keine tiefere Bedeutung. Es ist eher Mittel zum Zweck, um eine Frau ins Bett zu bekommen, doch bei ihr fühlt es sich anders an. Irgendwie gut und auch vertraut, so wie sie die ganze Nacht in meinen Armen gelegen hat. Mit dem Schwamm fahre ich über ihre helle Haut und mag es, wie Stacy dabei zuckt. »Habe ich dir wehgetan?« Mein Blick schießt in ihre wunderschönen grünen Augen. Überrascht schaut sie zurück und schüttelt langsam den Kopf. »Nein, da war kein Schmerz. Es … es hat sich gut angefühlt.« Ihre Wangen werden rot und sie senkt den Blick. Mit Daumen und Zeigefinger greife ich nach ihrem Kinn und drücke ihren Kopf nach oben, bis sie mich wieder anschaut. »Dafür muss man sich nicht schämen.« Sie nickt leicht und ich bin vorerst zufrieden.

»Wenn wir hier fertig sind, sollten wir reden Prinzessin.« Hart schluckt Stacy und fängt dann wieder an zu stammeln. »Ja, das sollten ... das sollten wir. Talon, ich ... ich nehme keine Pille ... naja und du ... du bist in mir gekommen.« Grinsend sehe ich sie an. »Du brauchst keine Pille Baby, Lisa hat dir vor kurzem eine Spritze gegeben, die erledigt das.« Mit aufgerissenen Augen sieht sie mich an. »Was?« Ihr Blick lodert und da ist sie wieder, ihre Wut. Amüsiert küsse ich sie und ertrage ihr Fauchen, als auch ich mich abwasche. Eins ist sicher. Mit Stacy Cunningham wird es nicht langweilig. Im Gegenteil, es bleibt aufregend.

* * *

KAPITEL 12

Der Morgen hat so entspannt und schön begonnen. Die ganze Nacht über hat Talon mich in seinen Armen gehalten und ist für mich dagewesen, nachdem ich noch einmal in meine dunkle Vergangenheit abgetaucht bin. Als ich wach geworden bin, hat er so feste geschlafen und mein Magen so laut geknurrt, dass ich ihn nicht ignorieren konnte. Also bin ich aufgestanden und runter in die Küche gegangen, wo ich einem nicht ganz aufgeschlossenen

Liam begegnet bin. Er hat mir trotzdem gezeigt, was Thief gerne isst und mir geholfen das Tablett zu tragen, wegen meiner verletzten Hand. Nur das Buttermesser hat er mir abgenommen, damit ich keinen Unfug anstelle. Was sollte ich schon mit so einem stumpfen Ding anstellen? Etwas verwundert hat er mich angesehen, als wir hier ins Zimmer gegangen sind, statt in mein Gefängnis. Knurrend hat er mich gewarnt und ich habe genickt und mich dann gesetzt, um zu essen.

Die ersten Bissen haben einfach göttlich geschmeckt und ich habe seit Tagen mal wieder richtig mit Appetit gegessen. Dann ist Talon aufgewacht und wollte, dass ich zu ihm komme. Auch wenn ich es noch immer nicht mag, wenn man mir Befehle gibt, wie so einem kleinen Hund, habe ich getan, was er wollte. Ich will immer noch hier raus und wieder zurück in mein altes Leben, deshalb spiele ich mit. Mein Plan, ihn zu täuschen, steht noch, aber ich habe nicht damit gerechnet, dass er mich so um den Verstand küsst und mir all meine Sinne raubt. Freiwillig bin ich mit ihm ins Bett gegangen und habe genossen, was er mit mir tat. Nicht mal wehgetan hat er mir dabei, nein, es war sogar perfekt. Die Gefühle, die er in mir ausgelöst hat, sind wie ein Orkan durch mich hindurch gefegt und hinterließen einen Zustand voller Glück und Zufriedenheit. Ich bin nicht naiv und weiß, dass dieses Erlebnis nichts zwischen uns ändern wird. Er ist noch immer mein Entführer, der Mann, der mich hier einfach gefangen hält, aber was er mir gerade an den Kopf geschmissen hat, geht eindeutig zu weit. »Du brauchst keine Pille Baby, Lisa hat dir vor kurzem eine Spritze gegeben, die erledigt das.« Zuerst habe ich ihn nach diesem Satz entsetzt angesehen, aber jetzt ist meine Wut zurück. Amüsiert blickt er auf mich hinab und ich würde am liebsten vor ihm flüchten. Mein Handgelenk ist jedoch noch immer festgebunden und so muss ich mal wieder hier durch. Kopf an Kopf, manchmal kommt es mir mit ihm so vor, als ob wir uns ständig ein Duell liefern, wer der Bessere ist. Wer die besten Karten hat und sie klüger ausspielt. »Was?« Er nickt wie ein weiser Großvater, der dir einen guten Rat mit auf den Weg geben will. »Ich habe dir gesagt, dass ich darauf gut verzichten kann, dich zu schwängern.« Völlig entspannt duscht er sich die Seifenreste von seinem zugegeben sexy Körper ab.

»Sag mal, spinnst du? Du kannst mir nicht einfach Medikamente verabreichen!« Eine Augenbraue von ihm wandert nach oben und er schaut mich mit diesem Blick an, der mir eindeutig sagt, dass er sehr wohl kann, wenn er will. Heiße Wut strömt schon wieder durch meine Adern, aber nur solange bis mich kaltes Wasser trifft. Thief hat die Temperatur umgestellt und sieht ernst auf mich herunter. »Hör auf dir jetzt wieder alles kaputtzumachen Prinzessin. Wir müssen dringend reden und da führt auch kein Weg dran vorbei.« Innerhalb von Sekunden bekomme ich eine Gänsehaut und fange an zu zittern. Mit Kälte kann ich nicht gut umgehen, auch das wird er wissen. Scheinbar zufrieden mit meinem Anblick stellt er das Wasser aus und bindet mich los. Als Erster verlässt er die Dusche und reicht mir ein großes Handtuch. »Trockne dich ab und komm dann ins Schlafzimmer zurück.« Bibbernd wickle ich mir den weichen Stoff um den Körper und genieße kurz die Wärme, die das Handtuch mir spendet, ehe ich mich wirklich abtrockne. Durch den kalten Schock ist meine Wut wirklich verraucht, was bleibt, ist die Fassungslosigkeit über seine Dreistigkeit. Er hat erfolgreich das Museum ausgeraubt Stacy und das, wo es noch einmal doppelt gesichert wurde, weil die Stücke zu wertvoll waren. Wie kannst du da fassungslos über sein Verhalten sein? Stimmt, wenn ich daran denke, dann sollte mich seine Dreistigkeit nicht wundern. Kopfschüttelnd mache ich mich weiter trocken und wappne mich für das nächste Gespräch mit ihm.

Als ich zurück ins Schlafzimmer komme, steht Talon pfeifend vor seinem Kleiderschrank. Er trägt zumindest schon einmal Unterwäsche und scheint verdammt gut gelaunt zu sein. Nachdem er eine Hose übergezogen hat, blickt er mich mit seinen zwei Eiskristallen an. Seine Augen sind in Momenten wie diesen so schön, doch sie machen mir manchmal auch Angst, weil man oft die Kälte darin erkennen kann. »Da bist du ja endlich, zieh dich an.« Er nickt zu seinem Bett herüber und ich gehe darauf zu. Ungläubig blicke ich auf die schwarzen Laken vor mir. Da liegt ein Kleid und Unterwäsche. So lange habe ich keine anständigen Klamotten mehr gehabt, dass ich gerade

Luftsprünge machen könnte. Wie angewurzelt stehe ich da und kann nicht glauben, mich endlich wieder anziehen zu können. Glücklich schaue ich über meine Schulter und sehe, wie Thief mich beobachtet haben muss. Auch er lächelt und zwinkert mir zu, was mein Herz höher schlagen lässt.

Seine Haare sind noch nass von der Dusche eben, so wie sie fallen, wirkt er viel jünger, als er eigentlich ist. Noch immer beschäftigt mich die Frage, warum ein so attraktiver Mann, sich seine eigene Gefangene hält. Doch ich ignoriere sie und fange an, mich anzuziehen. Mit meinem Verband ist das gar nicht einfach und so muss ich Talon bitten mir zu helfen. »Nach dem Frühstück gehen wir runter, Lisa soll sich deine Wunde ansehen.« Ich nicke mechanisch, schweige aber und warte, bis er mir den BH zugemacht hat. Dann schlüpfe ich, in die Pantys, die hier liegen und zuletzt in ein rotes Sommerkleid. Es passt perfekt und lässt mich endlich wieder wie ein normaler Mensch fühlen.

Auch wenn mir Talons Geständnis schwer im Magen liegt, ignoriere ich mein ungutes Gefühl. Gemeinsam sitzen wir am Tisch und essen mein geholtes Frühstück. »Wieso gibt es keine Messer?« Fragend mustert mich der dunkle Mann neben mir und jagt mir mit seinem Blick Schauer über den Rücken. »Liam hat sie mir abgenommen.« Ich rolle mit den Augen und zucke zusammen, als ich Thief das zweite Mal, seitdem ich hier bin, laut lachen höre. Er sieht verdammt hübsch aus, wenn er nicht ständig so finster dreinblickt. Schnell schiebe ich mir eine weitere Gabel Obst in den Mund und tadel mich selbst über meine dummen Gedanken. Niemals darf ich vergessen, dass er mein Entführer ist, verdammt. Ich werde wohl hoffentlich nicht das Stockholmsyndrom bekommen, oder?

Das darf nicht passieren, aber ich weiß leider nicht mal, was die ersten Anzeichen dafür wären. Meine bekloppten Gedanken werden von Talons rauer Stimme unterbrochen. »Also, da ich dir gleich wieder Fragen stellen werde, Prinzessin, hast du erneut drei frei.« Er lächelt jungenhaft und isst dann sein Porridge weiter. »Schieß los, dann ist es nicht so ruhig.« Fieberhaft überlege ich, was ich fragen könnte, doch dann fällt mir wieder ein, was ich mal gelesen habe, in der Zeit, nachdem Jill gestorben ist. Versuchen

Sie, ihren Entführer zu verstehen, reden Sie mit ihm und knacken Sie, wenn möglich sein Innerstes. »Wie bist du dazu gekommen, ein Dieb zu werden?« Langsam hebe ich meine Gabel und ziehe mit den Zähnen die Traube ab. Gebannt warte ich auf eine Antwort. »Schlechtes Elternhaus.« Er putzt sich mit einer Serviette den Mund ab und schmeißt sie dann zusammen geknüllt in seine Schüssel. Als seine Augen mich treffen, sind sie wieder voller Eis. Schluckend nicke ich einfach und denke weiter nach. »Du sagtest, du hast Leute von meinem Dad geschmiert, damit du an dein Ziel kommst.« Talon nickt und wirkt nun wieder dunkel und gefährlich wie eh und je. Ich glaube, meine Frage war nicht so gut. »Mein Bodyguard heißt Thea, hat sie damit etwas zu tun?«

Diese Frage brennt mir schon länger unter den Nägeln, weil ich nicht glauben kann, dass die Männer und Frauen meines Vaters so korrupt sind. »Jeder ist käuflich, Stacy, die Menschen haben unterschiedliche Preise. Die Frage ist immer, ob du bereit bist, diesen zu zahlen.« Er atmet kurz durch und nickt dann. »Thea war eine verdammt harte Nuss und sie hatte den höchsten Preis, aber das war es mir wert. Du warst es mir wert, deshalb habe ich ihn gezahlt.« In einer anderen Welt, würde ich wahrscheinlich sogar sagen, dass sein Verhalten auf abstruse Art und Weise romantisch ist, doch nun sitze ich hier, verraten und verkauft von meinen eigenen Leuten. Die Traube, die eben noch süß geschmeckt hat, wird plötzlich bitter und ich habe alle Mühe sie runterzuschlucken. Auch wenn Talon hier so locker sitzt und mir das erzählt, weiß ich, dass es auch treue Seelen unter den Mitarbeitern gibt. »Wurde irgendwer bei meiner Entführung verletzt?« Langsam schüttelt er den Kopf und nimmt den letzten Schluck von seinem Saft. »Nein, es wurde geschossen, um von mir abzulenken, damit ich dich von deinen Aufpassern trennen kann. Aber egal, um welchen Raub es sich auch handelt, ich verletzte dabei keine Menschen. Zumindest nicht, wenn es auch anders geht.«

Ich nicke und hänge plötzlich meinen trüben Gedanken nach. Thea hat sich schmieren lassen, dabei habe ich ihr am allermeisten vertraut. Thiefs Worte hallen in meinem Kopf nach. »Jeder ist käuflich, Stacy, die Menschen haben unterschiedliche Preise.

Die Frage ist immer, ob du bereit bist, diesen zu zahlen.« Für Geld hat sie mich verraten und verkauft, dabei verdient sie als mein Bodyguard gar nicht wenig. Das Essen liegt schwer in meinem Magen und ich bereue, auch nur einen Bissen genommen zu haben. »Komm Stacy, wir sollten endlich reden.« Vor mir steht mein Entführer und reicht mir seine Hand. Ich war so in Gedanken, dass ich nicht mitbekommen habe, wie er aufgestanden ist. Lauernd ergreife ich sie und lasse mich von ihm aus dem Stuhl ziehen. »Wo gehen wir hin?« Fragend schaue ich ihn an und sehe, wie seine Augen wieder etwas aufgetaut sind. Jetzt wirken sie nicht mehr so kalt, wie bei meiner ersten Frage. »Zuerst zu Lisa, dein Verband muss gewechselt und die Wunde sollte nachgeguckt werden.« Nickend folge ich ihm und versuche, dabei aufmerksam zu bleiben.

Lisa sah zufrieden aus, als sie meine Hand gesäubert und erneut verbunden hat. Zu keiner Zeit hat Talon mich aus den Augen gelassen, als ich auf dem Arztstuhl gesessen habe. Nun sind wir in dem riesigen Gebäude unterwegs und ich sehe mich staunend um. Bisher habe ich nicht wirklich darauf geachtet, wie es hier aussieht, weil ich zu sehr mit meinen Gedanken ans Flüchten beschäftigt war. Wie mir Thief erklärt, befinden wir uns wieder über der Erde, nachdem wir den gruseligen Gang verlassen haben, auf dem auch Lisa ihr Zimmer hat. Riesige Gemälde hängen an den Wänden und zeigen die unterschiedlichsten Dinge. Von Landschaften, über Götter oder Normalsterbliche, ist alles dabei. Das Geländer der Treppe ist aus dickem dunklen Holz gemacht, genau wie die Wandverkleidung, die bis zur Hälfte an den Wänden angebracht ist. Alles wirkt edel und teuer, hat aber auch diesen alten Charme, statt moderne zu bieten. Schnell zieht Talon mich weiter, durch ein kleines Wohnzimmer, auf eine gläserne Tür zu. Wir bleiben davor stehen und ich blicke sehnsüchtig nach draußen. Die Sonne scheint und der Garten sieht wunderschön und saftig grün aus. »Ich nehme dich mit raus, unter einer Bedingung.«

Alles, was du willst, würde ich am liebsten schreien, so sehr will ich die Strahlen, der Sonne auf meiner Haut fühlen und die frische Luft einatmen. Ein Klappern reißt mich von dem Anblick los und ich schaue zu

Talon, der Handschellen von seinem Finger baumeln lässt. »Wir ketten uns aneinander.« Zustimmend nicke ich schnell, denn, wenn das der Preis für etwas Freiheit ist, dann zahle ich ihn eben. Lachend macht er uns aneinander fest und öffnet dann die Tür, indem er sie zur Seite schiebt. Vogelgezwitscher schlägt uns entgegen und ich hätte nicht gedacht, jemals froh zu sein, diese kleinen Biester singen zu hören. Gierig sauge ich die frische Luft in meine Lungen und trete den ersten Schritt heraus. Da ich keine Schuhe anhabe, kitzelt das Gras an meinen Füßen, aber das stört mich nicht. Im Gegenteil, ich bin verdammt froh darüber. Belustigt beobachtet mein Entführer mich dabei und schüttelt dann den Kopf. »Na los, wir gehen ein Stück.« Er zieht an den Handschellen und ich gehe ihm hinterher.

Eine ganze Zeit lässt mich Thief das hier genießen und keiner von uns verliert einen Ton. Es ist ein angenehmes Schweigen zwischen uns, keins was unangenehm ist. Mein Gesicht strecke ich der Sonne entgegen und bin dankbar für die Wärme, die ich auf meiner Haut spüren kann. »Also Stacy, erzähl mir, was nach dem Tod deiner Freundin passiert ist.« Schluckend sehe ich ihn an und meine positiven Gefühle, werden erneut mit dem Horror von damals überdeckt. Mit zusammengebissenen Zähnen erzähle ich Talon, dass ich damals alles zu Jills Beziehung recherchiert habe. Was es heißt, in einer solchen Verbindung zu leben. Dass es viele gibt, die es 24/7 ausleben oder nur diejenigen, die im Bett daran Spaß haben. Wie weit ich in die Welt abgetaucht bin, dank des Internets und wie ich mir über den ganzen Mist eine eigene Meinung gebildet habe. Dass ich Jill versprochen habe, niemals so etwas zuzulassen, und wie ich mir selbst geschworen habe, keinen Sex zu haben.

»Was bis heute gut funktioniert hat.« Es sollte ein Scherz von ihm sein, aber danach ist mir nicht. Verraten und verkauft, das hast du dich und deine Freundin gleich mit. Ich ignoriere seinen Spruch und gehe weiter. Bewusst habe ich ausgelassen, wie viele Filme ich mir im Netz angesehen habe, um zu verstehen, was Jill so gereizt hat, dass sie mit dem Tod bezahlt hat. Dabei habe ich gemerkt, dass ich nicht immun gegen diese Art von Sex zu sein scheine und habe meine

Gedanken dazu bis heute begraben. Deshalb reagiert auch mein Körper auf ihn und seine Dominanz, weil es mich trotz meiner Freundin anmacht, dabei sollte es das nicht. »Wieso ist diese Sache so schwer zu finden?« Fragend sieht Thief mich an. »Mein Dad hat veranlasst, dass all das unter den Tisch fällt. Er wollte mich schützen und hat dafür gesorgt, dass ich nicht in Berichten auftauche, damit ich diesen Horror nicht ständig durchleben muss, nur um Fragen zu beantworten.« Nachdenklich schaut Talon auf mich runter und nickt. »Du hast also nie eine Aussage bei der Polizei gemacht?« Heftig schüttle ich den Kopf. Dad wollte nicht, dass mein Ruf in den Schmutz gezogen wird, nachdem herauskam, was Jill da so alles getrieben hat. Meine Eltern haben mir Therapieplätze gesucht und mich unterstützt, damit ich alles eben verarbeiten kann.

»Weißt du Prinzessin, ich kann deine Abneigung, wirklich verstehen. Aber nicht jeder ist so wie der Freund von Jill. Du kannst nicht einfach alle über einen Kamm scheren und musst auch über den Tellerrand hinaus blicken.« Prinzipiell weiß ich, dass er recht hat, doch ich habe es Jill geschworen, an ihrem Grab und diesen Schwur werde ich nicht brechen. Nicht jeder Mensch hat Böses im Sinn und nicht jeder ist gleich, trotzdem ist diese Art von Sex ein Tabu, auch weil ich mir nicht gerne Befehle geben lasse. Zu hart habe ich dafür gekämpft, als Tochter des Präsidenten meine Freiheit zu haben, und dabei soll es auch bleiben.

Grübelnd liege ich abends in meinem Bett. Wenigstens hat Thief mich nicht angekettet, aber ich fühle mich schlecht und alleingelassen. Ich habe niemanden hier, dem ich vertrauen kann und wenn ich dem dunklen Mann lästig werde, dann sperrt er mich scheinbar einfach wieder weg. Wie ein ungeliebtes Spielzeug, was im Schrank vergammelt. Ein wenig bereue ich es mich ihm so leicht hingegeben zu haben. Es fühlt sich plötzlich falsch an, was wir gemacht haben. Seufzend drehe ich mich um und versuche zu schlafen. Es bringt nichts, sich den Kopf zu zermartern.

»Stacy? Hey, du musst aufwachen.« Grob schüttelt jemand an meiner Schulter und weckt mich aus einem tiefen Schlaf. In der ersten Sekunde habe ich keine Ahnung, wo ich bin oder wer da über mir steht. Murrend rolle ich mich herum und erkenne Lisa vor meinem Bett. Die junge Ärztin wirkt gestresst und scheint in Panik zu sein. »Was ist los?« Mahnend hält sie einen Zeigefinger vor ihren vollen Mund. »Schsch. Wenn sie uns erwischen, dann sind wir bestimmt tot.« Fragend sehe ich sie an, doch sie nimmt meine Hand und zieht mich aus dem Bett. »Wir müssen uns beeilen.« Verwirrt schüttle ich den Kopf und frage mich, was das alles soll und wie sie überhaupt hier reinkommt. »Na los, wir haben keine Zeit.« Wieder zerrt sie an meiner Hand, aber ich bleibe stehen, bis sie sich zu mir herumdreht und mich ansieht. »Ich helfe dir, Stacy. Ich will, dass du hier rauskommst, aber dafür müssen wir uns beeilen.« Blitzschnell bin ich hellwach und umarme Lisa fest.

»Danke.« Doch sie macht sich eilig los und zieht mich zur Tür hinaus. Nur mit meinem Kimono bekleidet rauschen wir über die Flure des Bunkers, bis hinunter in den Gang, wo sich auch ihr Arztzimmer befindet. »Es gibt hier eine kleine Tür, die nach draußen führt. Dahinter ist der Garten. Wenn du immer geradeaus läufst, dann triffst du irgendwann auf einen kleinen Zaun.« Im Eiltempo rasen wir bis ganz nach hinten über den Gang, währenddessen erklärt mir Lisa alles. Aufregung pulsiert durch meine Adern und mein Herzschlag beschleunigt sich, wenn ich an meine Freiheit denke. Die Spots in der Decke leuchten uns den Weg und dann sehe ich tatsächlich eine kleine Tür am Ende. Schnaufend erreichen wir sie, als Lisa bereits die Klinke in der Hand hat. Adrenalin flutet meine Bahnen und pusht mich auf. »Danke Lisa, das werde ich dir niemals vergessen.« Wir kennen uns nicht, aber trotzdem tut sie das hier für mich. »Kein Problem, aber mein Gewissen hat das nicht ausgehalten.« Ich nicke dankbar und dann öffnet Lisa die Tür zu meiner Freiheit. Kühle Nachtluft schlägt mir entgegen und lässt mich zittern, doch das ist mir gerade egal. Noch einmal umarme ich die junge Ärztin und verschwinde dann durch das Loch, was sich Tür schimpft. Grinsend blicke ich zurück und winke noch, als ich auf etwas hartes pralle. »Wo verfickt nochmal willst du hin?« Verwirrt blicke ich vor mich und stehe genau vor Talon, der böse grinst. »Dass meine kleine Prinzessin, war ein Riesenfehler.«

* * *

KAPITEL 13

Der Tag mit Stacy war wirklich schön, nicht nur, weil ich mir endlich genommen habe, was mir sowieso gehört, sondern weil sie sich weiter geöffnet hat. Nun weiß ich, dass sie im Internet nach dieser Art von Beziehung recherchiert hat und ist dabei wahrscheinlich über eine Menge Schrott gestolpert. Das Netz ist voll von Missbrauchsvorwürfen und allerhand anderem Zeug, wenn man sich in der BDSM

Welt umsieht. Klar wird davon einiges wahr sein, das will ich gar nicht abstreiten, doch Stacy muss lernen, dass Jill einfach Pech gehabt hat.

So hart das auch klingt, sie scheint einfach an den falschen Typen geraten zu sein, der ihr ausgerechnet die Kehle aufgeschlitzt hat. Vielleicht haben beide auf Spiele mit Blut gestanden, auch das gibt es und das wurde ihr hinterher zum Verhängnis. Seufzend gehe ich den Gang entlang, der zur Küche und somit auch zum Esszimmer führt. Liam schuldet mir eine Flasche vom teuersten Scotch der Welt, außerdem muss ich dringend mit ihm sprechen, wegen des Scheichs. Ich will zwar diesen Auftrag haben, doch ich will auch hierbleiben, weil es gerade so gut läuft und ich nicht weiß, ob es klug ist ein bis zwei Tage deshalb zu opfern. Im Durchgang zur Küche bleibe ich stehen, weil ich sehe, wie Lisa und Liam heftig miteinander flirten. Ihre schlanken kleinen Finger huschen über die Knopfleiste seines Hemdes, während er grinsend auf sie herunterschaut. Kokett lächelt sie zurück und stellt sich dann auf Zehenspitzen, um ihm etwas ins Ohr zu flüstern, dabei packt sie ihm in den Schritt.

Grinsend wende ich den Blick ab und schaue auf meine Schuhspitzen, weil ich den Moment zwischen den beiden sehr intim finde. Als ich Lisa kichern höre, schaue ich wieder auf und sehe, wie sie dabei ist sich zu verabschieden. Fast prallt sie gegen meine Brust, vor lauter nach hinten starren. »Oh Thief, entschuldige bitte.« Lächelnd trete ich zur Seite und mache ihr ohne ein Wort platz.

Mit hochrotem Kopf rauscht sie an mir vorbei und verschwindet in Richtung ihres Zimmers. »Vögelst du jetzt mit dem Personal?« Schulterzuckend setzt sich Liam an den großen Tisch. »Sie kam hier rein, hat mich sofort angemacht. Wer bin ich das nicht zu erwidern bei so einer hübschen Frau.« Merkwürdig, normalerweise ist sie eher zurückhaltend, aber gut, vielleicht hat sie erst jetzt gemerkt, dass sie auf Liam steht. Kopfschüttelnd setze ich mich zu ihm. »Du hast deine Wette im Übrigen verloren, Stacy und ich haben erst heute Morgen miteinander gevögelt.« Ich klopfe ihm auf die Schulter und muss laut lachen, über seinen dämlichen Gesichtsausdruck. »Wie kam es denn dazu? Sag nicht, sie hat dich freiwillig ran gelassen.« Ernst erzähle ich ihm alles über den Mord an Jill und wie Stacy sie gefunden hat, was sie mir heute noch erzählt hat, und frage ihn nach seiner Meinung. »Das ist heftiger Scheiß, ganz klar. Genau wegen solchen Typen gibt es dieses blöde Misstrauen bei den Weibern. Dabei sind nicht alle gleich.« Nickend bestätige ich seine Aussage. »Aber merkwürdig ist schon, dass ihr Dad alles hat verschleiern wollen, oder?« »Das denke ich auch, aber ich glaube, er hat es nicht ihretwillen gemacht. Damals hat er schon viel Einfluss gehabt und konnte sich wahrscheinlich nicht erlauben, dass so eine Scheiße an seinem Schuh klebt.«

Nachdenklich nickt Liam. »Aber ich bin nicht nur deswegen zum Reden hier. Der Auftrag vom Scheich, ich will ihn, aber es läuft gerade zu gut mit Stacy. Sie jetzt alleine zu lassen, könnte alles wieder nach hinten werfen.« Seufzend reibt er sich über das Kinn. »Das denke ich mir und es war ja von Anfang an abgesprochen, dass du solange raus bist. Ich könnte mit Tia gehen, mich auf eine der Partys schmuggeln und vor den Augen aller diese Schriftrolle entwenden, die er unbedingt haben will.« Kurz überlege ich, ob das eine Alternative wäre, aber dazu müssten wir offiziellen Zugang zu den Partys bekommen. Der Scheich und sein Bruder sind seit Jahren zerstritten und jetzt will Arif Sulayman eben etwas von seinem Bruder, was angeblich ihm gehört. Ob das die Wahrheit ist, interessiert mich nicht. Doch der Auftrag ist für mich von hoher Bedeutung, weil er weder einfach, noch ungefährlich ist. Sich mit so einer Größe anzulegen, könnte mächtig Ärger bedeuten, doch ich liebe das verfickte Risiko zu sehr und der Scheich weiß das. »Ich überlege mir etwas, vorerst sage ich dem Scheich, dass ich alles genaustens planen müsste und das Zeit braucht. Wir halten ihn hin, bis wir eine passende Lösung dafür haben.«

Nachdem ich mit Liam gesprochen habe, nehme ich eine lange Dusche und verschwinde dann im Bett. Meine Gedanken kreisen um Stacy, aber sie kann nicht jede Nacht in meinem Bett liegen und meine Seite wärmen. Damit würde ich falsche Signale senden und dafür ist sie auch nicht hier. Sie soll meine perfekte Sklavin werden, die nur ich jemals in Besitz genommen habe und nichts anderes. Auch wenn sie mir näher ist, als all die Frauen davor, wird das hier nicht romantisch enden. Ich glaube nicht an die Liebe, seitdem meine eigenen Eltern mich verraten und verkauft haben. Stacy muss außerdem noch lernen, wo ihr Platz ist, auch wenn es mal gute Tage zwischen uns gibt, bleibe ich wachsam. Müde drehe ich mich herum und schließe die Augen. Alles wird sich geben mit der Zeit, daran glaube ich.

Es ist mitten in der Nacht, als mein Handy einen lauten Alarm von sich gibt. Zuerst glaube ich, dass jemand versucht, hier reinzukommen, doch dann sehe ich auf dem Display, dass es um Stacys Armband geht. Ein roter Punkt bewegt sich schnell durchs Haus, auf die unteren Etagen zu. Sofort bin ich aus dem Bett heraus und funke Liam an. Zwar werde ich mit der Prinzessin alleine fertig, aber irgendwer muss ihr gerade bei ihrer Flucht helfen. Anders kommt sie niemals aus ihrem Zimmer raus. Auf dem Flur sehe ich sofort die offene Tür und laufe dahin. Im schwachen Licht erkenne ich Liams Schlüssel und stutze einen Moment. Bilder vom frühen Abend schießen in meinen Kopf und sehen eine flirtende Lisa, die sich an meinen besten Freund ranmacht. Nur in Jogginghose bekleidet laufe ich nach unten und treffe Liam, der aus dem Keller kommt. »Was ist los?«

Kurz schildere ich ihm, was ich vermute und wir beschließen, uns aufzuteilen. Der rote Punkt ist fast am Ende des dunklen Ganges angekommen, wo eine Türe in die Freiheit führt, von der aber fast niemand weiß. Panisch stürze ich nach draußen, während Liam den Gang abgeht. Ein paar Schritte entfernt von der Türe bleibe ich in der Dunkelheit stehen und warte. Mein Handy landet in der Tasche, sie ist noch drin, das habe ich vorher auf dem Display gesehen. Angepisst warte ich, als meine Geisel mir auch schon in die Arme läuft. »Wo verfickt nochmal willst du hin?« Ich sehe, wie Stacy ertappt zusammenzuckt, kann aber leider nicht ihren Gesichtsausdruck erkennen. »Dass meine kleine Prinzessin, war ein Riesenfehler.« Schnell packe ich mir ihren Arm und schleife sie hinter mir her. Ich rechne mit heftiger Gegenwehr ihrerseits, aber sie versucht es nicht mal. Vielleicht ist sie zu überrascht, dass ich sie aufgegabelt habe, oder aber sie steht unter Schock.

Nicht mal ein Fluchen oder eine Beleidigung verlässt ihren hübschen Mund. Drinnen angekommen verschließe ich die Eingangstür und schleife Stacy am Arm in die Eingangshalle. Dort wartet Liam schon, im Griff hat er Lisa, die mich mit riesigen Augen mustert. Wütend schiebe ich Stacy auf die beiden zu und spüre die erste Gegenwehr von ihr. »Geh weiter, Prinzessin, sonst vergesse ich mich.«

Ohne zu murren, tut sie, was ich sage, während ich dem panischen Blick von Lisa begegne. »Bbbittte, ich habbbee eine Tochter.« Über ihren Kopf hinweg schaue ich Liam an und nicke kaum merklich, er versteht mich sofort. Schnell wirbelt er die kleine Ärztin herum, die erschrocken aufschreit und anfängt zu zappeln. Stacy ist in meinen Griff stocksteif geworden. »Was hast du vor?« Die Tränen in ihren Augen ignoriere ich und sehe sie angepisst an. »Jedes Handeln deinerseits, hat Konsequenzen, auch für andere.« Hart schluckend schaut sie auf ihre Füße, die voller Dreck sind, obwohl sie draußen nicht weit gekommen ist. Noch immer sauer zerre ich sie ebenfalls in den Keller und folge Liam auf dem Fuß. Zusammen mit Lisa betritt er eins der vielen Folterzimmer hier unten. Auch ich trete mit Stacy ein und schließe die Tür hinter uns. Zufrieden sehe ich, wie Lisa vor Angst zittert, soll sie ruhig, Mitleid habe ich nicht. Sie wollte immerhin dafür sorgen, dass Stacy in die Freiheit entkommt und hat damit nicht nur fast meinen feuchten Traum zerstört, sondern auch unser Leben aufs Spiel gesetzt.

Ich kann nicht abschätzen, ob die Prinzessin bei ihrem Vater petzen würde, was sich hier abgespielt hat. Sie weiß von einem meiner größten Einbrüche und hat Liams und mein Gesicht gesehen. Das würde reichen, um mindestens zwei Phantombilder erstellen zu lassen. Sauer lässt Liam die junge Ärztin los, indem er sie etwas in die Mitte des Raumes schubst. Vorerst bleibe ich mit Stacy, wo ich bin. »Bitttee, ihr könn … könnt miicch … nniicht umbringen.« Dicke Tränen kullern über ihre Wange, weil sie wirklich glaubt, dass wir zu so etwas fähig sind. Ihr Unbehagen im Umgang mit uns konnte ich immer deutlich spüren, aber dass sie so von uns denkt, macht mich rasend. Locker lehnt Liam an der Wand und überkreuzt seine massiven Arme vor der Brust, die Ärmel seines Hemdes hat er aufgerollt, wahrscheinlich weil er gerade mit Amber gespielt hat, als der Alarm losging. Eiskalt lasse ich meine Stimme durch den ruhigen Raum hallen, die Weiber sind in einer Art Schockstarre, wir Männer kochen vor Wut. Bei meiner kleinen Rede gehe ich drohend auf sie zu. »War ich jemals gemein zu dir, Lisa? Habe ich dir jemals wehgetan oder Dinge von dir verlangt, die zu viel gewesen sind?« Angstvoll schüttelt sie mit dem Kopf, weitere Tränen entkommen ihr, doch das ist mir scheißegal. »Nein? Komisch, dabei wolltest du meinen wertvollsten Besitz in die Freiheit entlassen.«

Unsicher nickt sie, wenigstens ist das sowas wie ein Geständnis. Mit dem Finger pike ich bei jedem Wort in ihre Schulter, als ich weiterspreche. »Ich habe dich und dein Gör bei uns aufgenommen, Lisa, habe dir einen Job gegeben, als dein Ex dich bedroht hat und du nirgendwo anfangen konntest, und du fällst mir in den Rücken?« Stotternd steht sie vor mir. »Eeess ttut miiir leidd. Aberrr ssie ist die Tochter dess Prrääsidenten.« Drohend beuge ich mich zu ihr herunter. »Und wenn sie Tochter des Kaisers von China wäre, würde dich das einen Scheiß angehen.« Sie nickt und sieht dann wieder runter. Mein Blick geht zu Liam. »Bestraf sie.« Er nickt und stößt sich von der Wand ab. »Was? Nein!« Wütend presst sich Stacy zwischen mich und die bibbernde Lisa. »Das kannst du nicht machen.« Grausam grinse ich sie an. »Doch Baby und du wirst dabei zusehen.« Stacys Gesicht wird kreidebleich und ich kann deutlich sehen, dass sie das hier nicht will. »Sie hat keine Schuld daran. Ich habe ihr gedroht.« Mit hochgezogener Augenbraue mustere ich sie fragend. »Als Liam mich zum Nähen brachte, da klingelte mittendrin sein Handy. Ich habe Lisa unter Druck gesetzt, ihr geschworen, dass ich sie umbringe, wenn ich die Gelegenheit dazu habe. Aber wenn sie mir helfen würde, dann ließe ich sie in Ruhe.« Ihre kleine Hand umklammert meinen nackten Bizeps.

»Bestraf mich, ich habe es verdient.« Da ist er wieder, ihr Mut, der mir so sehr imponiert. Stacy hasst es bestraft zu werden und trotzdem würde sie mit Lisa tauschen. Dass ich ihre Geschichte nicht glaube, lasse ich mir nicht anmerken. Irgendwas berührt sie mal wieder mit ihrer dämlichen Aktion in mir und ich spüre deutlich meinen Stolz auf sie. Stacy würde gut in unser Team passen, wir stehen ebenfalls füreinander ein und lassen niemanden zurück, aber sie ist eben mit dem Goldlöffel im Mund geboren worden. »Nettes Angebot, Stacy, aber ich lehne ab.« Nickend gebe ich Liam ein Zeichen und er schnappt sich Lisa, während ich Stacy am Arm zurückhalte, die sich brüllend gegen mich wehrt. »Bitte bestraf mich verdammt und nicht sie.« Beide Arme landen hinter ihr und ich ziehe sie mit dem Rücken an meine Brust. Mein Mund landet nah an ihrem Ohr, als ich flüster. »Wo wäre da denn bitte der Spaß Prinzessin?« Natürlich weiß ich, wie schwer das hier für Stacy sein muss, aber Lisa muss ihre Loyalität uns gegenüber erneut beweisen und zu ihrem Fehler stehen, anders wird sie es nicht lernen, genau wie Stacy eben. Ihr mache ich gar keinen Vorwurf, hätte ich einen Junkie hier, dem ich Heroin vor die Nase halten würde, dann würde er auch zugreifen und sich einen Schuss setzen. Stacy hat nach ihrem Instinkt gehandelt und eine Chance gesehen, die sie ergriffen hat. »Bitte Talon, bestrafe mich statt Lisa.«

Flüsternd spricht Stacy diese Worte aus. Knurrend lege ich ihr eine Hand auf den Mund, auch wenn sie leise gesprochen hat. »Diesen Namen Prinzessin solltest du nur in den Mund nehmen, wenn wir unter vier Augen sind. Zwing mich nicht, dir die Zunge rauszuschneiden, weil ich kaum erwarten kann, wenn sie um meinen Schwanz wirbelt.« Zischend holt sie Luft und will etwas erwidern, doch sie wird abgelenkt, weil Liam so weit ist. Bäuchlings hat er Lisa auf einen Bock geschnallt, den prallen Hintern hoch in die Luft gestreckt. Noch wird er von ihrer weißen Arzthose bedeckt, aber das wird sich gleich ändern. »Also Lisa, du bekommst jetzt deine Bestrafung und dann vergessen wir das Ganze einfach.« Während ich spreche, versucht Stacy sich loszureißen, doch mein Griff ist zu fest. In Seelenruhe holt Liam eine Gerte von der Wand und tritt wieder auf die immer lauter heulende Lisa zu. Mit einem Ruck hat er ihr die Hose vom Hintern gezogen und stellt sich mit etwas Abstand hinter sie. In meinen Armen zappelt meine Prinzessin weiter, doch sie hat keine Chance. »Verpass ihr zwanzig.« »Nein! Thief, ich bitte dich. Ich tue alles, was du willst, wirklich alles.« Flehend sieht Stacy mir in die Augen. »Das wirst du auch so, früher oder später. Fang an Liam!« Das Zischen ist fast so laut wie das Klatschen an sich, als die Spitze der Gerte auf Lisas Hintern saust. Er schlägt nicht wirklich fest zu, da Lisa keine Erfahrung hat. »Zähl mit Prinzessin, wenn du dich verhaspelst, fangen wir von vorne an.« Mit weinerlicher Stimme presst Stacy die erste Zahl heraus. »Eins.«

Ich weiß nicht, wer von den beiden Frauen tapferer ist, aber beide ertragen das hier, ohne weiteres Betteln und Flehen. Liam macht die völlig fertige Lisa los und hebt sie auf seine Arme, gemeinsam verlassen wir das Zimmer, keiner sagt einen Ton, bis wir alle auf dem Gang stehen. »Ich kümmere mich um sie.« Dankbar nicke ich, denn Lisa jetzt alleine zu lassen, wäre unverantwortlich. So sind wir nicht. Mit Stacy gehe ich nach oben zurück und in ihr Zimmer. Fassungslos sieht sie mich an, als ich sie auf die Matratze zurückdrücke und fixiere. »Ich werde dir niemals gehören. Jetzt nicht und in Zukunft nicht, für keinen Preis der Welt. Du bist ein verdammtes Monster Talon.« Mit Hass in den Augen sieht sie mich an und zum ersten Mal seitdem sie hier ist, stören mich ihre harschen Worte.

Sie treffen mich in mein Herz, warum auch immer. Wütend packe ich in ihr Haar am Hinterkopf und bringe meinen Mund nah an ihr Ohr heran. »Dafür, dass du mich so sehr hasst, Prinzessin, hast du dich aber gut ficken lassen.« Empört schnappt sie nach Luft, aber bevor sie etwas erwidern kann, krachen meine Lippen brutal auf ihre. Strampelnd versucht sie sich zu wehren, doch das ignoriere ich vollkommen. Mein Schwanz stellt sich auf und will ihr zeigen, dass sie bereits mir gehört, egal was sie sagt oder denkt. Ungeduldig schiebe ich meine Jogginghose über meine Hüften und presse mich zwischen ihre Schenkel. Grob begrabe ich sie unter mir und halte ihr mit einer Hand den Mund zu. Ihre riesigen grünen Augen sehen erschrocken zu mir auf, als ich hart und schnell in sie eindringe. »Du gehörst mir, Stacy Cunningham und wenn es sein muss, werde ich dir das mit jedem Fick in den Schädel hämmern. Hast du das verstanden?« Sie nickt, Tränen schwimmen in ihren Augen, aber davon lasse ich mich nicht beirren. Schnell bewege ich mich auf und in ihr und presse meinen Mund erneut neben ihr Ohr.

»Dein Körper und deine Seele gehören bereits mir, Prinzessin, es ist nur eine Frage der Zeit bis dein Verstand auch mir gehört.« Fast schon wütend ramme ich mich immer wieder in sie und beiße in ihr zartes Ohrläppchen. Stöhnend komme ich in ihr und ziehe mich sofort aus ihr zurück. Die Hose habe ich schnell wieder hochgezogen und ich verlasse fast schon fluchtartig den Raum. Sie hatte Tränen in den Augen verdammt. Was ist hier gerade verfickt nochmal passiert? Scheiße! Ich habe über ihre Grenzen hinaus gehandelt und mich ihr wie ein notgeiler Bock aufgedrängt. Wütend auf mich selbst, flüchte ich in den Fitnessraum und stelle mich auf das Laufband. Aber egal wie lange ich auch laufe, was ich getan habe, war falsch und davor kann ich nicht flüchten.

* * *

KAPITEL 14

Schon wieder liege ich fixiert auf meinem Bett und bin alleine. Vor wenigen Sekunden ist Talon über mich hergefallen und hat dann fluchtartig den Raum verlassen. Verwirrt und mit pochender Mitte bleibe ich zurück. Tränen rinnen über meine Schläfen, aber nicht wegen dem, was gerade passiert ist, sondern weil er Lisa bestrafen lassen hat, und das vor meinen Augen. Dabei habe ich mich so für sie eingesetzt, doch das war ihm scheinbar egal. Ich weine, weil ich mich noch immer in dieser Situation befinde und kurz geglaubt habe, dass ich meine Freiheit bald wieder zurückhaben werde. Wie konnte er wissen, dass Lisa mir geholfen hat und wir bereits an der Tür gestanden haben, während er draußen gewartet hat?

Er hat mir schon öfter gesagt, dass es keine Möglichkeit gibt, hier raus zu kommen. Seufzend drücke ich meine Schenkel aneinander und versuche, mit etwas Druck dieses Pochen in mir zu unterdrücken. Ich spüre, wie feucht ich bin, wie sein Sperma aus mir herausläuft und das Bettlaken benetzt. Er hat mich gerade eben grob genommen und mich somit noch einmal auf meinen Platz verwiesen. Sein Verhalten sollte mich abstoßen, ich sollte mich ekeln und ihn in die verdammte Hölle wünschen, aber das tue ich nicht. Mein Körper sehnt sich nach mehr und hätte er noch ein paar Mal zugestoßen, dann wäre ich von seiner rauen Behandlung gekommen. Die harschen Worte, die er mir vorher ins Ohr geflüstert hat, brennen sich in mein Innerstes und sorgen auch für ein paar meiner Tränen. Erneut vergieße ich welche, weil ich die Welt nicht mehr verstehe.

Ich hasse ihn, weil er Lisa so behandelt

hat und mit ihrer Angst gespielt hat, aber mein Körper sehnt sich nach ihm, weil er wie kein anderer darauf spielen kann. Erschöpft schließe ich die Augen und lasse meine Gedanken wild in meinem Kopf umherwirbeln. Diese wirren Gefühle darf ich nicht zulassen, erneut überdenke ich meine Taktik. Bisher versuche ich, ihm weitestgehend zu geben, was er will. Vielleicht wird es Zeit, ihn zu ignorieren? Irgendwann schlafe ich vor lauter Erschöpfung ein.

Am nächsten Morgen werde ich langsam wach und schrecke hoch, als ich eine Gestalt am Fenster stehen sehe. Mein Herz pumpt plötzlich aufgeregt und schnell in meiner Brust, doch dann erkenne ich, dass es Thief ist, der dort steht. Sein Anzug sitzt wie immer akkurat, die Hände hat er tief in die Taschen geschoben, der Rücken ist durchgestreckt. Die schwarzen Haare sehen wie immer gepflegt und glänzend aus. Nachdenklich scheint er aus dem Fenster zu sehen und ich spüre, wie ich ihn am liebsten fragen würde, was ihn beschäftigt.

Doch das werde ich nicht, ich werde schweigen und ihn ignorieren, so wie ich mir es gestern Nacht vorgenommen habe. »Guten Morgen Prinzessin. Ich hoffe, du hast gut geschlafen.« Misstrauisch kneife ich die Augen zusammen, denn irgendwas ist anders als sonst. Seine ganze Haltung, die raue Stimme und auch, dass er mich noch nicht angesehen hat, ist anders, als ich es von ihm gewöhnt bin. Noch immer antworte ich ihm nicht und warte gebannt, was passiert. Als er sich umdreht, erwarte ich, wie so oft in zwei kalte Eiskristalle zu blicken, gerade nach letzter Nacht. Doch seine Augen sind aufgetaut. Steif kommt er auf mein Bett zu und stellt sich direkt daneben. »Du kannst gleich duschen gehen, jemand wird dein Bett frisch beziehen. Wenn du fertig bist, kannst du dich anziehen und runter zum Frühstücken kommen.« Talon macht mich los und hilft mir hoch.

Verwirrt blicke ich zu dem kleinen Schrank, er ist geöffnet und es hängen Kleider darin. Waren die schon immer hier? »Brauchst du Hilfe, wegen deiner Hand?« Noch immer schaue ich mit vielen Fragezeichen zu ihm auf, doch kann ich nicht sagen, was das alles soll. Langsam schüttle ich den Kopf, obwohl ich ihn ignorieren wollte, doch er wirkt so niedergeschlagen und auch etwas traurig. Fieberhaft überlege ich, weshalb er so drauf ist, kann aber keine Antwort darauf finden. Er hat sich gestern schnell von mir gelöst und ist fast schon vor mir weggerannt. »Stacy, wegen gestern Nacht … ich … es tut mir leid … was danach passiert ist.« Sichtbar schluckt er, schaut mir aber aufrichtig bei seiner Entschuldigung in die Augen. Fassungslos realisiere ich, dass sich der dunkle Mann, der mich entführt hat und zu seinem Spielzeug machen will, bei mir entschuldigt hat. Ich nicke einfach und quetsche mich dann an ihm vorbei in Richtung Badezimmer. Dass mir gefallen hat, was er mit mir getan hat, würde ich ohnehin nicht zugeben, denn das würde Schwäche bedeuten und Verrat an meiner Freundin Jill. Doch wenn ich jetzt richtig pokere, dann kann ich mit seinem schlechten Gewissen spielen und mir so einige Vorteile verschaffen. Böse grinse ich in mich hinein, eine weitere Runde mit ihm hat begonnen, doch diesmal habe ich die Macht, so fühlt es sich zumindest an.

Mit meiner nicht verletzten Hand habe ich mich gewaschen und mich so gut es geht abgetrocknet. Zurück in meinem Zimmer ziehe ich mich an und merke, dass Talon nicht mehr hier ist. Er hat gesagt, ich kann zum Frühstücken runterkommen. Ob das eine gute Idee ist? Wenn ich so an das erste Mal denke, dann wohl eher nicht. Doch mein Magen rumpelt laut und meine Laune ist viel zu gut, als dass ich jetzt den Kopf einziehen will. Thief hat ein schlechtes Gewissen, weil er gestern so grob zu mir war, er glaubt, dass er mich mit seinem Verhalten verletzt hat, und ich wäre dumm, das nicht auszunutzen. Unsicher verlasse ich mein Zimmer und entdecke auf dem Flur einen Putzwagen, der vor Talons Zimmer steht. »Jemand wird dein Bett beziehen.« Schulterzuckend gehe ich weiter und kann nicht fassen, wie frei ich mich plötzlich hier bewegen kann. Es ist ein kleiner Sieg, der sich für mich aber in diesem Augenblick riesengroß anfühlt. Hüpfend steige ich die Stufen hinab und laufe durch die große Halle in Richtung des dunklen Gangs. Schräg geht der Boden runter und führt mich immer weiter, wie ich weiß, direkt unter die Erde.

Mit einer Gänsehaut gehe ich tapfer weiter, weil ich Hunger habe, aber vor allem, weil ich meinen Trumpf richtig ausspielen will. Diese Überlegenheit muss schließlich genutzt werden, selbst dann, wenn sie nur von kurzer Dauer sein sollte. Als ich Stimmen hören kann, werden meine Schritte langsamer. Genau hören, was gesagt wird, kann ich nicht, deshalb gehe ich vorsichtig weiter. Werden wieder Liam und Amber da sein? Oder die Frau, die mich feindselig gemustert hat, als Thief mich das erste Mal hier runterbrachte? Du schaffst das Stace, geh weiter. Mutig schreite ich weiter und bleibe im Eingang zur Küche erst einmal stehen. Die Köchin steht am Herd und rührt fleißig in einer Pfanne. Talon und Liam sitzen an dem großen Tisch und trinken ganz normal Kaffee. Von Amber und der anderen Frau fehlt jede Spur. Gut mit den beiden Männern komme ich klar, auch wenn ich von Liam bereits mehr gesehen habe, als ich je wollte. Bilder von der Nacht mit Amber schießen in mein Hirn und lassen ein Kribbeln durch meinen Körper ziehen.

Scheiße! Lass das Stacy. Er hat Lisa bestraft und ihr den Hintern versohlt, obwohl sie Todesangst hatte. Erneut rauscht Wut durch meine Adern, aber ich schlucke sie herunter und trete endlich in den Raum. »Guten Morgen.« Vier Augen schießen zu mir herüber, zwei dunkel wie die Nacht und zwei hell wie das Eis in der Arktis. Brummend antwortet mir Liam und erhebt sich dann. Mit finsterem Gesichtsausdruck stellt er sich genau vor mich hin. »Wir wurden uns noch nicht offiziell vorgestellt, mein Name ist Liam.« Zwischen uns hält er mir seine ausgestreckte Hand hin, die ich erstaunt nehme und sie schüttle. »Stacy, aber das weißt du bestimmt bereits.« Er nickt und ein kleines Lächeln zuckt an seinen Mundwinkeln. Ob er nur wegen Thief so nett zu mir ist? Denn als ich Essen geholt habe, war er nicht so aufgeschlossen, dabei hätte er sich mir da schon richtig vorstellen können. Egal, was juckt es mich? Wichtig ist, jetzt cool zu bleiben. Gemeinsam setzen wir uns an den Tisch und dann bringt die Köchin auch schon das Frühstück zu uns. Unmengen an Rührei mit Speck und kleinen Würstchen gibt es und lässt mir nicht nur das Wasser im Mund zusammen laufen, sondern auch meinen Magen knurren.

Im Augenwinkel sehe ich, wie Talon mich beobachtet, doch er sagt keinen Ton.

Zeit, ihn etwas zu provozieren. Mir egal, ob ich dafür Konsequenzen ertragen muss, er kann mich mal. Das mit Lisa war überhaupt nicht nötig, genau wie seine harschen Worte im Bett. Kokett lächelnd sehe ich Liam an, während ich mir gleichzeitig Frühstück auftue. »Lebt Lisa noch?« Ich klimpere mit den Wimpern und lasse mein Grinsen in sich zusammenfallen. Böse funkelt Liam mich an, auch wenn ich weiß, wie gemein er sein kann, er sieht einfach aus wie ein riesiger Teddy, den man knuddeln möchte. Trotzdem darf ich ihn niemals unterschätzen. »Ja und mehr bekommst du aus mir nicht heraus. Du kannst sie selbst fragen, wenn du deine Hand nachschauen lässt.« Brummend schiebt er sich Ei in den Mund und fängt an zu kauen. Auch ich haue endlich rein und gieße mir frischen Kaffee in eine Tasse. Schweigend essen wir, weil es weder was zu sagen gibt, noch will ich mit Thief sprechen, soll er ruhig denken, dass er gestern falsch gehandelt hat.

Plötzlich taucht die junge Frau im Türrahmen auf, die schon einmal mit am Tisch saß, als Talon mich das erste Mal hier runtergebracht hat. Ihr Gesichtsausdruck ist eiskalt, aus ihren Augen schießen Blitze in meine Richtung. »Was macht dein Spielzeug den hier unten?« Angewidert rümpft sie die Nase, ihre Stimme ist herablassend und soll mich wohl verletzen. »Halt den Mund Tia und setz dich oder lass es eben.« Mit vollem Mund weist Liam sie zurecht und überrascht mich damit total. Er zwinkert mir zu und wirkt plötzlich ganz anders, als noch vor ein paar Sekunden. What the fuck? »Ihr glaubt doch wohl nicht ernsthaft, dass ich mich mit Thiefs Flittchen an einen Tisch setze, oder?« Fast verschlucke ich mich an meinem Kaffee, an dem ich gerade genippt habe. Bitte? Feindselig schaue ich sie an. Was erlaubt sie sich? Wir kennen uns nicht einmal und sie sagt solche Dinge über mich. Mit zusammen gekniffenen Augen schaue ich sie an. »Neidisch?« Liams lautes Lachen hallt durch den Raum, scheinbar findet er unseren Schlagabtausch amüsant. Wütend kommt die braunhaarige Schönheit an den Tisch und stützt sich auf. »Ich sag dir jetzt mal was, Bitch. Ich habe seinen Schwanz schon gelutscht, da warst du wahrscheinlich noch nicht mal geboren.« Sie deutet mit dem Zeigefinger auf Talon. »Du wirst irgendwann langweilig Schlampe und dann wird er mich wieder ficken.« Ein plötzlicher Knall lässt uns zusammenzucken, verwirrt blicke ich rüber zu meinem Entführer. Das Besteck klappert auf dem Tisch und auch der Kaffee ist übergelaufen, seine zwei Hände sind zu Fäusten geschlossen, womit er anscheinend auf den Tisch gehauen hat. Zornig blickt er zu der hübschen Frau.

»Hör auf mit dem Scheiß Tia. Du wirst ganz bestimmt nicht mehr in meinem Bett landen, weil du es einfach nicht drauf hast. Im Übrigen würgt Stacy nicht, wenn ich ihr meinen Schwanz in die Kehle schiebe.« Seine Augen sind eiskalt, als er ihr diese Worte mitten ins Gesicht schleudert, die nicht mal stimmen. Fassungslos schaut sie Talon an und ich kann genau sehen, wie verletzt sie ist. Irgendwie tut sie mir leid, denn scheinbar will sie ihn um jeden Preis für sich haben, doch daran scheint Thief nicht interessiert zu sein. Mit einer Fratze voller Wut drückt sie sich vom Tisch ab. »Das, mein Lieber, wirst du bereuen, ich schwöre es dir.« Schnell dreht sie sich um und rauscht dann wütend davon. Mein Appetit hat sich nach diesem Auftritt irgendwie in Luft aufgelöst.

Freiheit, etwas, das für mich sehr viel Bedeutung hat. Seit Tagen fasst Talon mich mit Samthandschuhen an, doch ich zeige ihm einfach die kalte Schulter. Mittlerweile trage ich wieder normale Kleidung und kann mich sogar im Haus etwas bewegen und werde nicht mehr weggesperrt. Lisa hat mir bereits die Fäden aus meiner Hand gezogen und es sieht so aus, als ob wir Freundinnen werden könnten. Noch immer steht mein Plan zu fliehen, doch ich will es nicht wie letztes Mal einfach kopflos in Angriff nehmen. Diesmal werde ich genug Informationen sammeln und erst abhauen, wenn ich sicher bin, dass alles klappt. Bis dahin genieße ich meine kleinen Freiheiten und überlege auch, ob ich Lisa mitnehmen soll. Zwar ist sie wohl seit jener Nacht okay, aber man merkt, wie sie geduckt durch die Gegend läuft. Diese komische Tia habe ich seit ihrem Auftritt beim Frühstück nicht mehr gesehen, da bin ich auch nicht traurig drum, immerhin hat sie mich beleidigt. Seufzend genieße ich meinen Fruchtcocktail, den Natalia mir gemixt hat, natürlich ohne Alkohol. Faul liege ich an dem großen Pool, den ich erst entdeckt habe, als ich allein draußen gewesen bin. Ein Schatten fällt plötzlich über mich und nimmt mir die Sonnenstrahlen weg. Blinzelnd schaue ich auf und sehe Thiefs Gestalt über mir stehen. Vorsichtig setzt er sich zu mir auf die Liege und sieht mich an. »Das alles hättest du von Anfang an haben können, wenn du gehört hättest.« Er blickt sich um, doch ich ignoriere seine Worte, genau wie die letzten Tage auch.

Schwer atmet er durch, dann spricht er weiter. »Hör zu Prinzessin. Was ich getan habe, tut mir wirklich leid und ich wünschte, ich könnte es rückgängig machen. Dich so ausgeliefert zu nehmen, das hätte nicht passieren dürfen.« Noch immer scheint er nicht zu wissen, dass nicht sein Verhalten nach Lisa das Problem ist, sondern das davor. Doch ich schweige wie ein Grab. »Vielleicht hätte ich das von Anfang an anders mit dir angehen sollen und ich sehe ein, dass ich Fehler gemacht habe. Deshalb habe ich eine Entscheidung getroffen.« Plötzlich interessiert sehe ich ihm in die Augen. Sein eiskaltes Blau sieht traurig, aber auch resigniert aus. »Heute Abend lasse ich dich gehen, Stacy Cunningham.« Überrascht sehe ich ihn an und kann kaum glauben, was er da gesagt hat. »Was?« Traurig lächelnd nickt er. »Ich lasse dich gehen, heute Abend.« Aufregung pulsiert durch meinen Körper. So einfach ist das? Einen Fehler, den er glaubt gemacht zu haben, und etwas Schweigen von meiner Seite und ich habe mein Ziel erreicht? Fast schon will ich mich in seine Arme schmeißen, aber ich bremse diesen Drang und sage einfach. »Wird auch Zeit.« Nickend steht er auf und verschwindet wieder. Ich kann mein Glück kaum fassen und muss immerzu grinsen. Mom und Dad ich komme nach Hause, weil ich diesen Wahnsinn hier überlebt habe.

Gegen Abend ist es dann endlich so weit, Talon holt mich aus meinem Zimmer ab. Ich trage ein kurzes schwarzes Kleid und hohe Schuhe dazu. Anerkennend gleitet sein Blick über meinen Körper. »Bist du bereit?« »Was? Um hier zu verschwinden? Jederzeit.« Er nickt und bedeutet mir dann, vorzugehen. Was freue ich mich auf Zuhause. Als Erstes werde ich dafür sorgen, dass alle geschmierten Mitarbeiter rausfliegen. Es wird zwar dauern, weil ich nur mit Sicherheit sagen kann, dass Thea Geld angenommen hat.

Aber ich werde für Gerechtigkeit kämpfen, schließlich könnte ich längst tot sein. Doch auch wenn Thief mich hier gefangen gehalten hat, werde ich ihn nicht verraten. Mit meinem Wissen könnte ich ihn ordentlich in die Scheiße reiten, aber das tue ich nicht. Vor allem, weil er mir endlich gibt, was ich die ganze Zeit über wollte. Freiheit. Unten auf der Etage angekommen packt Talon plötzlich meinen Oberarm und bringt mich in Richtung Keller. Verwundert sehe ich ihn an. »Es geht gleich los. Aber vorher müssen wir noch einmal darunter.« Okay, Hauptsache es geht schnell, der Rest ist mir egal. Unten angekommen schiebt Thief mich in einen Raum hinein, in dem ein warmes Feuer brennt. »Nimm die Hände vor deinen Körper.« Sein raues Flüstern gleitet über mich hinweg und verursacht eine Gänsehaut. Ohne zu zögern, tue ich, was er sagt, weil ich so schnell wie möglich hier wegwill. Ein dünnes Seil bindet er mehrfach um meine Knöchel, dann tritt er vor mich. Wahrscheinlich zur Sicherheit, bestimmt bekomme ich auch eine Augenbinde, damit ich nicht weiß, wo der Bunker liegt.

Traurig mustert Talon mich und dann

küsst er meine Lippen. Zärtlich saugt er an mir und weckt damit schon wieder meinen Körper auf, der mehr will. Leidenschaftlich treffen sich unsere Zungen und wirbeln umeinander, dann löst er sich abrupt von mir. Seine Nase streicht über meine, dann flüstert er rau. »Was machst du nur mit mir, Stacy Cunningham?« Doch bevor ich antworten kann, macht Thief das Ende des Seils an einer Öse in der Wand fest. Misstrauisch schaue ich ihn an. »Bin gleich wieder da.« Aufgewühlt stehe ich hier und warte, als plötzlich wieder die Tür aufgeht und Talon mit einem mir völlig fremden Mann wiederkommt. Mein Hirn rattert und fragt sich, was hier los ist, aber mit den nächsten Sätzen, zieht mein Entführer mir den Boden unter den Füßen weg.

»Zweihunderttausend und nicht weniger, du kannst sie anfassen, wenn du willst. Oder probier einen Fick mit ihr aus, bevor du sie kaufst.« Mir wird kotzübel und plötzlich bewusst, dass er mich angelogen hat, dieser Mistkerl.

* * *

KAPITEL 15

Es ist bereits Tage her, dass ich mich bei Stacy entschuldigt habe, doch sie ignoriert mich einfach weiter. Wer kann es ihr schon verübeln, nachdem was ich getan habe? Niemals habe ich eine Frau so sehr gewollt wie sie. Trotzdem ist mein Grenzübertritt nicht zu entschuldigen. So etwas Abartiges habe ich noch nie getan, dabei habe ich von vielen den Willen gebrochen. Aber immer haben die Weiber freiwillig mit mir gefickt, ohne dass ich mich ihnen jemals aufgedrängt habe. Unzufrieden sitze ich in meiner Bibliothek und trinke bereits den vierten Scotch. Unter keinen Umständen werde ich ihren traurigen Blick je wieder vergessen, die Tränen, die sie währenddessen vergossen hat. Du bist ein Schwein Talon.

Schnell stürze ich die bernsteinfarbene Flüssigkeit meine Kehle hinunter und überlege, was ich jetzt tun soll. Verzweifelt raufe ich mir die Haare, weil diese Scheiße absolut nicht einfach ist. Wann ist alles so schrecklich schiefgelaufen? Die Nacht, in der ich sie gehalten habe, hat sich so verdammt richtig angefühlt, doch dann habe ich alles kaputt gemacht. Bastard! Am liebsten würde ich alles über den Haufen schmeißen und die Prinzessin zurückbringen, aber sie weiß zu viel. Sie kennt unsere Gesichter, sie weiß von mindestens einem großen Einbruch und nach dem, was gewesen ist, wird sie mich mit Sicherheit verraten. Aus Rache würde sie zu ihrem Daddy rennen, der mir dann seine Bluthunde auf den Hals hetzt. Fuck! Hier geht es nicht nur um mich alleine, sondern auch um meinen besten Freund. Ich kann nicht zulassen, dass sie uns auffliegen lässt. Aufgebracht durch meine Gedanken, schleudere ich mein leeres Glas an die Wand gegenüber. Splitternd geht es zu Bruch und die Scherben landen auf dem weichen Teppich.

Wenn ich Eier hätte, dann würde ich mit Liam darüber sprechen, doch der würde mich höchstwahrscheinlich umbringen. Er hasst diese feigen Wichser, die sich an wehrlosen Frauen vergreifen. Wir überschreiten Grenzen, das war schon immer so, aber niemals diese eine. Lieber würden wir sterben und doch ist es passiert. Mir, dem der sonst immer alles unter Kontrolle hat. Müde reibe ich mir die Augen, dunkle Gedanken zerren an meinem Gewissen und sie werden immer lauter. Es gibt eine Lösung für mein Problem, aber die würde bedeuten Stacy Cunningham den Hals umzudrehen. Kann ich das? Nein! Denn eigentlich war alles anders geplant, als es jetzt gelaufen ist. Verdammt. Diese Zerrissenheit in mir macht mich ganz krank, das bin ich einfach nicht. Unsicherheit hat in meiner Welt keinen Platz. Die Prinzessin löst das alles in mir aus und macht mich schwach, das kann ich auf keinen Fall zulassen. Leise klopft es an meine Tür.

Jetzt nicht verfickt nochmal! Doch wer auch immer vor der Bibliothek steht, gibt nicht auf, denn es klopft wieder. Augenrollend bitte ich denjenigen herein und erkenne, dass es Roger ist. »Entschuldige Thief, aber ich habe, glaube ich gefunden, was du brauchst.« Nickend nehme ich ihm die dünne Akte aus der Hand, die er angelegt hat. Dass ich ihn auf Stacys Mom angesetzt habe, hatte ich fast schon vergessen. Auch wenn mir die Informationen wahrscheinlich nichts mehr bringen werden, muss ich doch wissen, was er gefunden hat. »Danke.« Zweifelnd sieht mein bester Mitarbeiter mich an. »Ist alles in Ordnung?« Ich kneife mir in die Nasenwurzel und nicke einfach. Ohne ein weiteres Wort verlässt Roger meine geliebte Bibliothek. Neugierig schlage ich die Akte auf und überspringe den üblichen Scheiß von Alter und Religionszugehörigkeit. Der Kram juckt mich nicht.

Langsam lese ich mich in den Text ein, den Roger verfasst hat, und treffe auf eine Stelle, die ich kaum glauben kann. Der Tod ihrer Freundin Jill war bereits eine Überraschung, aber das hier erklärt mir, weshalb sie nicht nach Stacy suchen. Rebecca Cunningham ist laut dem angelegten Dossier nicht die leibliche Mutter der Prinzessin.

Immer weiter blättere ich mich durch und finde ein Foto einer jungen hübschen Frau, die Stacy wie aus dem Gesicht geschnitten sieht. Debbie Carlson hat am 23. Januar vor einundzwanzig Jahren ein gesundes Mädchen zur Welt gebracht. Kurz nach der Geburt wurde sie in ihrem Trailer brutal ermordet, von dem Kind fehlte jedoch jede Spur.

Niemand hat die kleine Sky jemals wiedergesehen. Bis heute ist das Verschwinden des Babys ein einziges Rätsel für die Ermittler. Ungläubig lese ich den Text immer wieder, damit er endlich in meinem Hirn ankommt. Deshalb will sie nicht nach ihr suchen, weil sie nicht ihr leibliches Kind ist. Rebecca Cunningham kann wohl laut eines Arztberichtes keine eigenen Kinder bekommen. Und dann klaut man sich einfach eins? Gut, was urteile ich da schon drüber? Immerhin habe ich mir eine eigene kleine Sklavin angeschafft. Ob der Präsident Stacys leiblicher Vater ist? Eigentlich tut das alles nichts mehr zur Sache, denn ich muss sie loswerden, weil ich Dinge tue, die ich selbst verabscheue. Noch immer aufgewühlt von allem, nehme ich mein Telefon zur Hand. Ein Anruf dann werde ich einen Käufer für sie haben und meine Probleme sind damit Geschichte. Stacy wird uns nicht verraten können und ein hübsches neues Zuhause bekommen. Ende der Geschichte.

Es ist alles geplant, auch die Prinzessin weiß Bescheid. Natürlich habe ich sie angelogen und ihr gesagt, dass sie nach Hause kann. Wieso fühlt sich das hier so scheiße an? Immerhin lasse ich sie am Leben. Meine innere Stimme lacht über mich und sagt mir, wie schwach ich durch sie werde. Noch ein Grund mehr, sie endlich loszuwerden. Im Keller stehle ich mir einen letzten Kuss von ihr und löse mich dann. Vertrauensvoll schaut sie mich an, aber ich ignoriere ihren Blick einfach und verschwinde kurz. Der Käufer heißt Gabriel Durand, ist ein junger Franzose und hat eine Schwäche für blonde Frauen. »Wir sind so weit.«

Nickend folgt er mir und wir betreten gemeinsam den Raum, indem Stacy angebunden ist. Fragend schaut sie von einem zum anderen und ich kann genau erkennen, wie sie anfängt zu grübeln. Mein Blick geht zu Gabriel, »Zweihunderttausend und nicht weniger, du kannst sie anfassen, wenn du willst. Oder probier einen Fick mit ihr aus, bevor du sie kaufst.« Erschrocken zieht die Prinzessin die Luft ein. »Nein bitte Thief, tu mir das nicht an. Es tut mir leid, alles in den letzten Tagen.« Stacys Flehen zerrt an meinen Nerven und ich hoffe, dass dieser Deal hier schnell über die Bühne geht. Das hier fühlt sich falsch an, dabei gibt es nicht viele Optionen, wie ich dieses Chaos anders lösen kann.

Ich habe alles abgewägt und das hier ist für sie das Beste, weil ich sie nicht einfach gehen lassen kann. Ich rette damit nicht nur meinen Arsch, sondern auch den von Liam. Es ist nicht das erste Mal, dass ich Gabriel ein Mädchen verkaufe, doch diesmal ätzt sich meine Entscheidung wie Säure durch meinen Magen. »Ich muss sie nicht anfassen, ich nehme sie.« Breit lächelt er und wir schlagen ein, als die Tür plötzlich mit einem Krachen an der Wand landet. Liam steht wie ein wild gewordener Stier im Eingang und sieht mehr als angepisst aus. Er hebt einen Arm und zielt mit einer Knarre auf Gabriels Kopf. »Raus hier, Durand bevor ich dir den Schädel wegblase.« Der Franzose reagiert schnell und zieht ebenfalls eine Waffe, womit er jetzt auf meinen besten Freund zielt.

Ein lauter Knall ertönt und lässt meine Ohren nervig piepen. Fuck! Ich höre Stacys Schrei und sehe, dass ihr Gesicht voller roter Spritzer und Punkte ist. Dann trifft mich ein harter Schlag und ich taumle nach hinten. Liam hat die Knarre fallen lassen und steht nun vor mir. »Bist du vollkommen irre?« Wütend schreit er mich an, doch ich erwache endlich aus meiner Starre und hole aus. Mein Schlag trifft seinen Brustkorb und er krümmt sich zusammen. Was soll der Scheiß? Warum mischt er sich ein? Angepisst lasse ich ihn stehen, gehe auf die zitternde Stacy zu und ignoriere dabei den Toten auf dem Boden. Verängstigt weicht sie vor mir zurück. Ein Schlag von hinten trifft mich genau am Kopf, ich falle zu Boden und merke noch wie ich aufkomme, dann wird alles um mich herum schwarz.

* * *

KAPITEL 16

LIAM

Dämlicher Motherfucker. Mit Adrenalin vollgepumpt, stehe ich über dem bewusstlosen Talon. Um ihn kümmere ich mich später, was jetzt viel wichtiger ist, Stacy hier rauszuholen. Die Leiche des Franzosen ignoriere ich geflissentlich. Selbst schuld, wenn man mit einer Waffe vor mir rumfummelt. Ich steige über die beiden Körper hinweg und gehe langsam auf die zitternde Stacy zu.

»Ruhig, alles ist gut, versprochen.« Schluchzend sieht sie mich an und schüttelt fassungslos den Kopf. »Er … er wollte … er wollte … mich … verkaufen.« Ihr Blick schießt auf den Boden, genau dahin, wo mein bester Freund bewusstlos liegt. Nickend gehe ich weiter auf sie zu. »Ich weiß, aber es ist nichts passiert. Beruhig dich, ich helfe dir.« Zweifelnd blickt sie mir in die Augen und ich kann es ihr nicht mal verübeln. Wer weiß, was Talon ihr gesagt hat. Mit Sicherheit nicht die Wahrheit darüber, dass er sie verkaufen wollte. Auch ich kann nicht glauben, dass er sie so loswerden wollte. Was auch immer passiert ist, muss heftig sein. Darüber werde ich mit ihm reden, sobald er wach ist und ich mich um Stacy gekümmert habe. »Ich mache dich jetzt los und bringe dich auf mein Zimmer, Amber ist auch da, du brauchst keine Angst mehr zu haben.«

Sie nickt und ich mache mich daran das Seil durchzuschneiden. Ihre Schluchzer hallen durch den Raum, sie tut mir unendlich leid. Vorsichtig hebe ich sie auf meine Arme und verlasse mit ihr zusammen den Raum. Schutzsuchend presst sie sich an mich und vergießt dabei weitere Tränen. In meinem Zimmer angekommen, sehe ich, wie Amber schon wieder auf dem großen Bett lümmelt und sich irgendeine Scheiße bei

Netflix reinzieht. Erschrocken schaut sie auf, als sie die weinende Stacy in meinen Armen sieht. »Steh auf! Füll mir eine Schüssel mit Seife und warmen Wasser.« Sofort tut sie, was ich sage, das war nicht immer so. Aber das ist eine andere Geschichte. Vorsichtig setze ich Stacy auf dem Bett ab und schaue sie an. Rote Schlieren laufen an ihrer fast weißen Haut herunter und fließen bis auf ihren Hals. »Erzähl mir, was passiert ist.« Langsam atmet sie ein paar Mal ein und aus und versucht, ruhiger zu werden. »Talon hat gesagt, dass er mich gehen lässt.« Nachdem sie diesen Satz ausgesprochen hat, fängt sie wieder zu weinen an. Aber was mich mehr irritiert ist, dass sie seinen Namen weiß. »Woher kennst du seinen Namen?« Amber kommt mit der Schüssel wieder und reicht sie mir, dann setzt sie sich neben Stacy und schlingt einen Arm um ihre Schultern. Ich presse das Wasser aus dem Waschlappen und fange an vorsichtig das Gesicht von der kleinen Göre zu reinigen. »Er ... er hat ... er hat ihn mir verraten.« Fragend mustere ich sie, aber ich kann keine Lüge in ihren Augen erkennen. Scheinbar merkt sie, wie verwirrt ich über ihre Aussage bin, denn nach meinem prüfenden Blick, redet sie schnell weiter. »Ich durfte ihm Fragen stellen, nicht immer und meist nur im Austausch gegen eine Information über mich. Oder eben, wenn ich mich benommen habe.«

Schüchtern blickt sie auf ihre Hände im Schoß. Dass Stacy anders ist, habe ich wohl schon bemerkt, als sie bei ihm im Zimmer geschlafen hat. Doch dass er ihr persönliche Informationen preisgibt, ist nochmal eine ganz andere Sache. Sanft streiche ich mit dem Lappen über ihren Hals und das Gesicht. »Was ist vorher passiert, bevor er dich gehen lassen wollte.« Seufzend sieht sie mich wieder an, ihre grünen Augen sehen traurig aus, als sie anfängt zu erzählen. »Du erinnerst dich, als ich versucht habe abzuhauen?« Nickend wasche ich den Lappen aus, um ihn dann erneut über ihre Haut fahren zu lassen, dabei verkneife ich mir ein Grinsen und beiße feste die Zähne aufeinander. Auch wenn Stacy hier viel Trouble gemacht hat, kann ich nicht leugnen, dass ich sie mag. Sie hat Talon herausgefordert und ihm die Stirn geboten, ist mutig gewesen und hat sich sogar mit Tia angelegt, als sie ihr einen blöden Spruch gedrückt hat. »Ihr habt Lisa bestraft, was absolut nicht nötig gewesen ist. Er wusste, dass mir ihre Bestrafung schwerfallen würde. Oben in meinem Zimmer ist es dann eskaliert. Ich habe ihn beleidigt, nachdem er mich fixiert hat. Dann hat er mit mir geschlafen, obwohl ich noch sauer auf ihn gewesen bin.« Wieder blickt sie runter und wird leicht rot.

Süß kann sie auch sein, wenn sie will. »Und dann?« Hörbar atmet sie aus. »Er hat geglaubt, es ist gegen meinen Willen passiert. Am nächsten Morgen hat er sich entschuldigt, doch ich habe ihn ignoriert. Bis heute, weil er mich gehen lassen wollte.« Ernst drücke ich Stacys Kinn nach oben, damit sie mich ansieht. »Ist es denn gegen deinen Willen passiert?« Kopfschüttelnd antwortet sie mir. Fuck! Jetzt macht alles etwas mehr Sinn, als noch vor zwei Minuten. »Was weißt du noch?« Mit zusammengekniffenen Augen schaue ich sie an, nervös sieht sie zu Amber rüber. Okay, das kann nichts Gutes bedeuten. »Amber, hol mir Lisa her, sie soll sich Stacy ansehen und danach Thief.« Nickend steht meine wunderschöne Sklavin auf und verlässt den Raum. Als die Tür ins Schloss fällt, widme ich mich wieder ganz der kleinen Göre. »Ich habe die Vase oben auf dem Flur wiedererkannt, die aus dem Museum.« Sofort weiß ich, von welcher Vase sie spricht, dieses hässliche Teil ist mehrere Millionen Dollar wert. »Ich habe eins und eins zusammengezählt und weiß, dass er sie gestohlen hat. Er hat mir erzählt, dass er Leute bestochen hat, um an mich heranzukommen. Außerdem weiß ich, dass er zum Dieb wurde, weil er ein schlechtes Elternhaus hatte.«

Noch nie hat er mit einer Frau über derartige Dinge gesprochen, deshalb kann er Stacy nicht einfach so gehen lassen. Sie weiß zu viel und er scheint überfordert mit der ganzen Nummer gewesen zu sein. Niemals würden wir eine Frau gegen ihren Willen ficken, auch wenn wir sonstige Grenzen überschreiten, sind wir keine Vergewaltiger. Talon ist mit der Schuld wahrscheinlich nicht klargekommen und hat keinen anderen Ausweg gesehen. Er ist wie ein Bruder für mich und wir kennen uns schon so lange, dass ich glaube, dass es so gewesen sein muss. »Was tun wir jetzt?« Stacys Stimme ist ganz dünn, ihre Augen füllen sich erneut mit Tränen. »Wir lassen dich durchchecken. Du bleibst heute Nacht hier und schläfst neben Amber. Ich werde mit ihm reden, das solltest du auch.« Wild schüttelt sie den Kopf hin und her. »Alles, was ich will, ist nach Hause zu gehen.«

Das kann ich wirklich verstehen, doch das geht nicht. »Tut mir leid, aber du weißt zu viel.« Seufzend stehe ich auf und warte auf Lisa und Amber. Nur durch Zufall habe ich erfahren, dass Durand sich im Haus befindet und mir gedacht, was Talon vorhat. Doch das er Stacy einfach verhökert, konnte ich nicht zulassen. Normal mische ich mich weder ein, noch juckt es mich, aber sie ist etwas Besonderes für ihn, das habe ich schnell bemerkt. Vielleicht könnte er sie sogar lieben. Deshalb habe ich ihn vor diesem Fehler bewahrt.

* * *

KAPITEL 17

Es vergehen Tage, in denen Liam sich um mich kümmert und mich versorgt. Amber ist dabei, wenn ich Duschen will oder aber, wenn ich raus möchte. Auch Lisa besucht mich ab und zu in meinem Zimmer, nur von meinem Entführer fehlt jede Spur. Doch Liam will mir nicht sagen, was los ist. Der Schock von jenem Abend, als Talon mich einfach verkaufen wollte, sitzt noch tief. Auch dass dieser komische Kerl einfach so vor meinen Augen erschossen wurde, nagt an mir. Obwohl ich froh bin, dass er mich nicht mitgenommen hat. Eine völlig beschissene Mischung meiner Gefühle rauscht immer wieder durch mich hindurch und verursacht mehr als schlechte Laune. Mal hasse ich alles, was passiert ist, und dann denke ich an die Momente mit Thief zurück, als wir uns nähergekommen sind.

Ich wünschte, ich könnte einfach gehen und in mein altes Leben zurück, doch ich werde bewacht auf Schritt und Tritt. Auch wenn es nur Amber ist, ich will nicht noch einmal, dass jemand wegen meines Handelns Konsequenzen erfahren muss. Seufzend ziehe ich mir die Decke über den Kopf. Mir fehlt der Schlagabtausch mit dem Mistkerl zu sehr. Was ist nur mit mir los verdammt? Ich sollte froh sein, dass er mich endlich in Ruhe lässt, doch irgendwie bin ich das nicht. All das ist so verwirrend und nervt mich unendlich, dass ich am liebsten laut kreischen würde. Ein Klimpern auf dem Flur reißt mich aus meinen Gedanken. Wahrscheinlich bringt Liam mir mein Essen. Das typische Klacken ist zu hören, dann wird die Tür aufgemacht. Steif wie ein Brett liege ich da und warte, bis Liam wieder weg ist, doch scheinbar will er sich hier häuslich einrichten, weil Minuten vergehen und ich nicht, die sich schließende Tür hören kann. »Verzieh dich Liam.« Auch wenn er die ganze Zeit über nett zu mir ist, brauche ich jetzt meine Ruhe.

»Das tue ich, sobald wir geredet haben.« Diese dunkle Stimme gehört definitiv nicht zu Liam. Meine Decke wird weggerissen und ich sehe, dass Talon vor meinem Bett steht. Dunkel, groß und scheiße heiß. Dieses Arschloch. »Ich werde ein paar Tage verschwinden, um einen klaren Kopf zu bekommen und dir Zeit zu geben. Ich denke, das wäre ganz gut.« Aus zusammengekniffenen Augen sehe ich ihn an. Jetzt spricht er plötzlich wieder einfach so mit mir? Jetzt will er einfach verschwinden? Was braucht er denn für einen klaren Kopf? Ich bin diejenige, die über ihre Gefühle und all das verwirrt ist. Er wollte mich verkaufen, wie ein ungeliebtes Tier, was nur Ärger macht. Dieser Gedanke macht mich plötzlich nicht mehr wütend, er macht mich ganz traurig. »Fick dich Talon.« Eingeschnappt zeige ich ihm den Mittelfinger und drehe mich von ihm weg. »Das werde ich Prinzessin, wenn ich einsam bin und an deinen Arsch denken muss.« Dieser miese kleine Mistkerl. Wütend drehe ich mich herum und komme aus meiner liegenden Position hoch. Fast berühren wir uns, aber eben auch nur fast. »Du wolltest mich verkaufen, du elender Scheißkerl.« Verletzt schubse ich ihn zurück und stehe dann ganz aus dem Bett auf. »Du ignorierst mich seit Tagen und lässt Liam sich um mich kümmern. Nun kommst du an und sagst mir, dass du einfach abhauen willst? Das will ich auch Talon, weil ich nach Hause möchte.« Noch einmal schubse ich ihn kräftig von mir weg und tigere auf ihn zu. Tränen brennen in meinen Augen, doch ich bin noch nicht fertig. »Da ignoriere ich dich einmal und es wird schwierig für dich, weil dein dämliches Gewissen dich auffrisst, und du handelst so? Was bist du für ein Mann Thief?« Kaltes Eis mustert mich, endlich reagiert er auf meine Tirade, die ganze Zeit über hat er einfach da gestanden. Mutig mache ich weiter.

»Du bist dumm und feige.« Plötzlich schießt er vor und packt grob meine Schultern. Aus zusammengekniffenen Augen schaut er auf mich herunter. »Nenn mich nicht dumm oder feige Prinzessin, das könntest du bereuen.« Entschlossen stelle ich mich auf Zehenspitzen und lege meinen Mund an sein Ohr heran. »So wie du, als du dämlicher Bastard geglaubt hast, du nimmst mich gegen meinen Willen?« Ich spüre, wie Talon alles in sich anspannt, hart presst er seinen Kiefer zusammen und funkelt mich wütend an. »Ich hasse es, wie du mich hier hältst, ich hasse es, dass du Lisa bestraft hast, wegen meines Fehlers und ich hasse, dass mir gefallen hat, wie du mich in jener Nacht genommen hast.« Die Tränen laufen über, ich hole aus und treffe mit voller Wucht seine Wange. Alle aufgestauten Emotionen der letzten Tage brechen nach oben und entladen sich mit einem wütenden Brüllen.

»Ich will verfickt nochmal nicht so behandelt werden und ich will nicht wie meine Freundin Jill enden.« Schluchzend lasse ich alles aus mir heraus, es ist mir egal was nun passiert. Grob greift Thief in meine Haare und zieht daran meinen Kopf in den Nacken. Verheult schaue ich zu ihm auf und sehe in diese kalten Augen, die mir jetzt wieder Angst machen. Langsam schiebt er mich mit seinem Körper nach hinten, in Richtung des Bettes. Die Stimmung wandelt sich plötzlich zwischen uns und ich kann ein Knistern fühlen, was sich immer weiter auflädt. Ungläubig schauen wir uns beide in die Augen und versuchen, zu verstehen, was gerade passiert. Dann prallen grob seine Lippen auf meine und ich kralle mich in sein dunkles Jackett und ziehe ihn näher an mich.

Ein Prickeln schießt durch meine Wirbelsäule und unterbindet jegliches Denken. Gierig wandert seine Hand an meinen fast nackten Hintern und knetet ihn hart. Stöhnend beiße ich ihm in die Unterlippe, während ich ihm das Jackett über die Schultern streife. Zerrend und reißend werden wir Stück für Stück unsere Klamotten los und wandern hungrig mit unseren Händen über die Haut des jeweils anderen. Küssend bahne ich mir einen Weg nach unten, bis ich schließlich vor ihm knie. Meine Mitte pulsiert heftig, ich spüre, wie feucht ich bin und wie sehr mich das hier anmacht. Seine Hände krallen sich in mein Haar und sein raues Flüstern bekräftigt mich in meinem Vorhaben. »Fuck Stacy.«

Gierig lecke ich mir über die Lippen und fasse dann seinen harten Schwanz an. Langsam schließe ich meinen Mund um seine Spitze und sauge leicht daran. Sein lustvolles Stöhnen hallt durch den Raum und schießt direkt in meine bereits nasse Mitte. Immer weiter drückt er sich in meinen Mund und stoppt kurz, bevor es unangenehm wird. »Scheiße Prinzessin, ich liebe deinen heißen Mund um meinen Schwanz. Saug verdammt!« Leidenschaftlich tue ich, was er sagt, und fange an zu saugen. Dass mich Blasen mal so beflügeln würde, hätte ich niemals gedacht. Doch das tut es, weil ich seine Lust in der Hand habe, weil ich mit ihm spielen kann, wenn ich will. Ein paar Mal stößt er in mich und lässt mich zittern vor Lust. Dann zieht er sich aus mir zurück und packt meinen Oberarm, um mich nach oben zu zerren. Unsere Lippen finden sich erneut, genau wie unsere Zungen, die wild umeinander wirbeln. Talon drückt mich zurück auf mein Bett und ist sofort über mir. Mit den Fingerspitzen fahre ich seine Muskeln nach und wölbe ihm ungeduldig mein Becken entgegen. Er lächelt kurz in unseren Kuss hinein und sinkt dann auf mich, als er sich von meinem Mund löst. »Sieh mich an, Prinzessin.«

Ich schlage die Lider auf und blicke in ein vor Erregung dunkles Blau. »Sag mir, dass dies hier okay ist Stacy, sag mir, dass ich dich nehmen soll.« Langsam hebe ich meine Hand und fahre damit endlich durch sein längeres schwarzes Haar. Das wollte ich schon die ganze Zeit über tun. »Nimm mich Talon, so wie du es brauchst.« Zärtlich dringt er in mich ein und raubt mir den Verstand. Gefühlvoll bewegt er sich in mir, während wir uns immer wieder zärtlich küssen und uns dabei unentwegt in die Augen sehen. Mit meinen Nägeln fahre ich über seinen Rücken und beiße ihm in die Schulter, weil meine Gefühle in mir zu viel werden.

»Du machst mich ganz verrückt, Prinzessin.« Seine Stöße werden grober, abgehackter und er trifft einen Punkt in mir, der meinen Bauch zum Kribbeln bringt. Meine Hände landen in seinem Haar und kratzen über seine Kopfhaut. Sein Mund schließt sich um meinen Nippel und saugt an ihm, Blitze schießen durch meinen Unterleib und ich ziehe mich um ihn herum zusammen. »Talon ich ... oh Gott ... ich komme.« Meine Zehen rollen sich auf, mein Körper spannt sich an und ich schreie meine Lust laut hinaus, als auch Talon stöhnend in mir kommt.

Mit dem Rücken liege ich an Thiefs Brust, seine Finger fahren streichelnd über meine Haut und er küsst immer wieder meine Schulter oder meinen Kopf. Unsere beiden Hände sind ineinander verschlungen und wir genießen einfach die Nähe des anderen. Schweigend liegen wir hier, keiner sagt auch nur einen Ton, aber das wäre jetzt auch völlig überflüssig. Meine Gefühle in mir fechten noch immer einen Kampf, obwohl der Sex mit ihm so schön gewesen ist. Auch hier so zu liegen, fühlt sich nicht falsch an, aber das sollte es vielleicht. Das ganze Hin und Her macht mich unheimlich müde und ich schließe die Augen. Nur einen Moment will ich mir gönnen, doch dann schlafe ich in seinen Armen ein. Genau wie in der Nacht, als ich ihm von Jill erzählt habe.

Als ich wach werde, merke ich sofort, dass ich alleine bin. Verwirrt rolle ich mich herum, doch von Thief fehlt jede Spur. Ein Blatt Papier kann ich neben mir erkennen und ich setze mich auf, um zu schauen, worum es sich handelt.

»Stacy,

es tut mir leid, aber ich muss gehen. Ein Auftrag wartet auf mich, den ich erledigen muss. Am liebsten wäre ich bei dir geblieben, um noch einmal mit dir über alles zu sprechen. Das müssen wir auch, wenn ich wieder da bin. Liam wird sich in der Zeit noch einmal um dich kümmern. Mir tut all das, was passiert ist, so leid. Ich hätte anders handeln müssen, als ich es getan habe. Verzeih mir bitte und gib uns eine Chance, alles zu klären. Mehr will ich nicht. Ich bereue nicht, dich entführt zu haben, Prinzessin, dein Dickkopf ist eine willkommene Abwechslung für mich. Es gibt ein paar Dinge, die ich dir gerne sagen möchte und die dich in deiner Entscheidung, doch bei mir bleiben zu wollen, stark beeinflussen können. Dabei spiele ich kein Spiel, sondern werde dir Fakten vorlegen, versprochen. Aber das klären wir bald. Hör auf Liam und mach keinen Stress, er hängt dich notfalls im Keller unter die Decke ;)
Bis bald
Thief«

Es sollte mich nicht stören, dass er einfach so gegangen ist, aber irgendwie tut es das. Dabei sind wir uns tatsächlich gerade mal nähergekommen und das meine ich nicht nur körperlich. Nein! Auf emotionaler Ebene hatte ich das Gefühl, er trifft mich mitten ins Herz. Scheiße! Verliebe ich mich etwa in meinen Entführer? Nervös kaue ich auf meiner Lippe und blicke noch einmal auf den Zettel, den er mir hinterlassen hat. Was er mir wohl sagen möchte? Ob Liam darüber etwas weiß? Vielleicht sollte ich ihm auf den Keks gehen. Angst habe ich vor ihm keine, obwohl er den Mann vor meinen Augen erschossen hat, der mich kaufen wollte. Aber Liam hat mich beschützt und mich aufgefangen, als danach alles in mir drin den Bach runterging. Seufzend beschließe ich, duschen zu gehen und mich dann anzuziehen. Hoffentlich ist die Tür auf. Ich habe es so satt nur raus zu können, wenn das andere für mich entscheiden.

Zu meiner Überraschung ist die Tür offen gewesen, ich kann mich also frei bewegen. Vielleicht ist das eine Anweisung von Talon gewesen, damit ich mich wohler fühlen kann. Unten in der großen Eingangshalle treffe ich auf Liam. Er steht gerade vor ein paar Männern, die bewaffnet sind und redet mit ihnen. Um seinen breiten Rücken spannt sich sein weißes Hemd. Noch nie habe ich ihn in anderen Klamotten gesehen. Auch Talon zieht selten etwas anderes an, scheint eine Macke von ihnen zu sein. Leise schleiche ich mich die Treppen hinunter und kann nun jedes Wort verstehen, was Liam sagt. »Teilt euch die Schichten draußen anders ein und haltet besonders den Zaun im Auge.«

Die Männer nicken und öffnen dann einfach die Tür, um heraus zu stolzieren. Neidisch schaue ich ihnen hinterher und werde erst von diesem Anblick abgelenkt, als Liam mich anspricht. »Mach bloß keine Dummheiten, meine Hübsche, wäre schade dich wieder wegzusperren.« Er zwinkert mir locker zu und verschwindet dann in Richtung Keller, aber ich will unbedingt mit ihm reden. Schnell setze ich mich in Bewegung und haste ihm hinterher, bevor ich kurz vor der Kellertür seinen Arm erwische. »Warte!« Der Riese bleibt stehen und dreht sich fragend zu mir um. »Hast du ... naja ... hast du einen Moment Zeit?«

Seufzend holt er sein Handy heraus und tippt darauf herum, bevor er es sich ans Ohr hält. »Hier ist Liam, geh runter zu Amber in den Keller, sie erwartet dich kniend. Ja danke.« Er legt auf und lässt das

Telefon zurück in seine Anzugshose wandern. »Was gibt es du kleine Göre?« Ich sehe genau, wie ein Lächeln an seinen Mundwinkel zuckt, als er mich das fragt. »Können wir uns irgendwo hinsetzen?«

Liam zeigt mir eine wunderschöne Dachterrasse, auf der wir es uns gemütlich machen. Die Sonne strahlt vom Himmel und wir haben uns in zwei Loungestühle gesetzt, mit einem kalten Getränk. Ohne ein Wort reiche ich ihm Talons Abschiedsbrief und warte, bis er ihn gelesen hat. »Weißt du, was er mir sagen möchte?« Liam schüttelt den Kopf, seine braunen Locken reichen bis über seine Schulter und wippen dabei hin und her. »Nein, keine Ahnung, aber du solltest aufhören, so neugierig zu sein, wenn du mich fragst.«

Grinsend schaue ich ihn an. »Wieso? Ich weiß doch sowieso schon viel zu viel und komme deswegen nicht hier weg. Also was solls?« Überrascht sieht Liam mich an, dann lacht er aus vollem Halse und steckt mich an. Kopfschüttelnd betrachtet er mich. »Du bist wirklich anders, Stacy Cunningham und das mag ich.« Er nippt an seinem Bier und sieht dann wieder fragend in meine Augen. »Wie kommt es, dass du das plötzlich so locker siehst?« Meine Wangen werden heiß und ich schaue über das Geländer der Terrasse, auf das große Grundstück vor mir. »Bevor er gegangen ist, habe ich ihm alles, was mich belastet, an den Kopf geschmissen. Wir haben miteinander geschlafen und danach ist er geblieben, bis ich eingeschlafen bin.« Nachdenklich mustert Liam mich.

»Du veränderst ihn, das habe ich schon bemerkt.« Überrascht schießt mein Blick zu ihm, weil ich wissen möchte, ob er lügt, aber er lächelt sanft. »Du bist die erste Frau, die ihn herausfordert und auch, wenn er es kaum zugeben würde, dann weiß ich ganz genau, dass ihm das an dir gefällt. Er hat ja geschrieben, es ist eine Abwechslung für ihn.« Nickend trinke ich von meinem Fruchtcocktail, den Natalia mir wieder gemacht hat. Fruchtig süß explodiert er auf meiner Zunge und ich finde, er passt super zu der sommerlichen Jahreszeit. »Wie habt ihr euch kennengelernt?« Liams Blick geht weit in die Ferne, als er anfängt zu erzählen. »Auf der Straße. Talon hatte ein beschissenes Elternhaus, aber darüber sollte er persönlich mit dir sprechen, wenn er das will. Ich bin damals aus dem Heim abgehauen, weil ich genug hatte. Zusammen haben wir auf der Straße überlebt.«

Verwundert blicke ich ihn an. Zwar weiß ich, dass es sein Elternhaus gewesen sein muss, was ihn zum Dieb machte, doch nicht, dass er auf der Straße unterwegs gewesen ist. »Wie alt wart ihr?« »Dreizehn.« Verblüfft fällt mir die Kinnlade herunter. »Da habt ihr schon geklaut?« Er nickt abwesend. »Wenn es ums Überleben geht, tust du alles dafür.« Scharf blickt er mich an, seine braunen Augen wirken plötzlich wie aus Stein. »Das tut mir leid.« Ich versuche, mir einen dreizehnjährigen Talon vorzustellen und wie er stiehlt, um zu überleben. Hat das diese Dunkelheit ausgelöst, die ihn oft umgibt? Er hat mal gesagt, dass jeder Mensch käuflich ist, die Frage wäre nur immer, wie hoch der Preis ist. Hat er noch schlimmere Erfahrungen machen müssen, als das harte Leben auf der Straße?

»Ihr solltet miteinander sprechen, Stacy und das in Ruhe.« Nickend ziehe ich an meinem Strohhalm, der aus meinem bunten Cocktail schaut. Der Moment vorhin mit

Talon hat in mir drin nochmal einiges verändert. Ich habe dazu gestanden, dass er mich mit seiner groben Art anmacht, etwas, das ich niemals für möglich gehalten habe, ist passiert. Bisher habe ich meine Fantasien in diese Richtung immer für mich behalten, wegen Jill, weil ich sie nicht verraten wollte, weil ich es ihr versprochen habe und weil ich nicht wie sie enden möchte. Doch hier wird mir nichts passieren, dessen bin ich mir ziemlich sicher. Amber ist schon ein Jahr hier und tut das freiwillig. Doch eins ist mir trotzdem mehr als wichtig, sollte ich mich entschließen, wirklich aus freien Stücken hierzubleiben. Meine Freiheit!

Schluckend sehe ich zu Liam herüber. »Wenn ich freiwillig bleibe, dann möchte ich nicht wie ein wildes Tier gehalten werden.« Lächelnd nickt der Riese. »Wirst du auch nicht, aber, da du entführt wurdest und Talon dich behalten wollte, eben schon. Wenn du von Anfang an kooperiert hättest, wärst du viel eher aus diesem Zimmer gekommen.« Wieder zwinkert er frech und ich strecke ihm die Zunge raus. Er hat leicht reden, am Anfang hatte ich Todesangst, die ich versteckt habe, um keine Schwäche zu zeigen. »Zicke.« Wir lachen und ich merke, dass ich Liam irgendwie mag.

Müde rolle ich mich hin und her, aber ich finde einfach keine Ruhe. Zu viel geht mir im Kopf herum und macht mich wahnsinnig. Seufzend stehe ich auf und gehe leise auf die Zimmertür zu. Vorsichtig mache ich sie auf und spähe auf den Flur hinaus. Im Haus scheint alles ruhig zu sein, keine Ahnung wie viel Uhr es ist, weil ich noch immer keine besitze. Die Lampen, die sonst hell erstrahlen, sind nun gedimmt und spenden sanftes Licht. Mutig verlasse ich mein Zimmer und gehe drei Türen weiter, um mich in Talons Zimmer zu schleichen. Meine Hand berührt den Knauf und dreht daran, doch sie lässt sich nicht öffnen. Schade, auch wenn ich bleiben will, um zumindest noch einmal mit Thief zu reden, dachte ich, vielleicht etwas finden zu können. Neugierig geworden gehe ich weiter, denn was hinter den anderen Türen steckt, weiß ich überhaupt nicht. Die Erste, die ich nach seinem Zimmer öffnen will, führt mich in eine Putzkammer. Langweilig! Eine andere, führt zu einem kleinen Badezimmer. Fast will ich schon zurück, als ich mich doch noch entscheide, die daneben auszuprobieren. Knarrend öffnet sie sich und lässt mich zusammenzucken. So ein Mist! Zwar hat Liam sein Zimmer auf dem düsteren Gang weiter unten, trotzdem will ich nicht erwischt werden. Langsam schleiche ich mich rein und schließe hinter mir die Tür. Staunend sehe ich mich um und bin plötzlich im Paradies.

Hohe Regale, die voll mit Büchern sind, haben an den Seiten Platz. Ein massiger Schreibtisch mit einem großen Stuhl dahinter steht mir genau gegenüber. Eine Sofaecke, die einlädt zum Verweilen, finde ich rechts neben mir. Vorwitzig tapse ich zum ersten Regal und sehe mir die Bücher genauer an. In einer Reihe stehen Klassiker, alle fein säuberlich sortiert, darüber kommt Erotik und wieder darüber Fantasy Romane. Wow. Ob er die alle gelesen hat? Ich nehme mir ein Buch, aus der Erotikabteilung in dem es um die Kunst des Fesselns geht und schreite zum Schreibtisch. Halb darin blätternd setze ich mich und finde kleinere Texte mit Bildern, die ich mir anschaue. Eine Frau hat die Haare nach hinten gebunden, das Seil führt zu einer Öse über ihr. Die Hände hat sie an den Seiten festgebunden und das restliche Seil windet sich um ihren Körper.

Bondage heißt diese Kunst, davon habe ich damals auch viel im Netz gefunden, als ich wegen Jill recherchiert habe. Das Buch ist so interessant, dass ich immer weiter blättere und mir verschiedene Techniken anschaue. Ob das erregend ist? Kann Talon so etwas? Aber warum sonst sollte er so ein Buch besitzen, wenn nicht? Völlig gepackt lege ich den dicken Schinken auf den Schreibtisch und reiße dabei Papierkram um. Fuck! Einzelne Blätter landen auf dem Boden und lassen mich panisch aus dem Stuhl gleiten. Mist!

Hoffentlich bekomme ich sie genau wieder in die Reihenfolge, in der sie in der Akte lagen. Mit zitternden Fingern hebe ich erst einmal alle entkommenden Blätter auf und lege sie übereinander. Dann schaue ich mir die Seiten an, aber auf der ersten, ist nur viel Text zu erkennen, ohne eine Überschrift. Ich blättere mich hindurch und versuche, einen Anfang zu finden, als ich geschockt stocke. Auf einem der Blätter steht der Name meiner Mom.

Informationen über Rebecca Cunningham

Darunter ist eine fein säuberliche Liste angelegt worden, mit ihrem Geburtsort, dem Datum und ihrer Religionszugehörigkeit. Was will er von meiner Mom? Gebannt lese ich die ersten Sätze unter der Tabelle durch und kann nicht fassen, was hier steht. Laut dem Mist hier ist meine Mom überhaupt nicht meine Mom. Das ist nicht möglich, das muss eine Lüge sein. Mit einem riesigen Klumpen in meinem Magen mache ich weiter und finde ein Foto von mir. Nein, Moment, das bin ich gar nicht. Der Text darunter erschüttert mich bis ins Mark.

Debbie Carlson hat am 23. Januar vor einundzwanzig Jahren ein gesundes Mädchen zur Welt gebracht. Kurz nach der Geburt wurde sie in ihrem Trailer brutal ermordet, von dem Kind fehlte jedoch jede Spur. Niemand hat die kleine Sky jemals wiedergesehen. Bis heute ist das Verschwinden des Babys ein einziges Rätsel für die Ermittler.

Was hat das zu bedeuten verdammt?

* * *

KAPITEL 18

Angespannt sitze ich in einem geliehenen Wagen und atme noch einmal durch, bevor ich aussteige. Es ist alles bis ins kleinste Detail geplant und trotzdem, merke ich immer wieder, wie meine Gedanken zu Stacy wandern. Die kleine Prinzessin hat mich nicht nur mit ihrem Ausbruch mal wieder beeindruckt. Nein, diesmal war es ihr Geständnis, was mich berührt hat. Da dachte ich die ganzen Tage über, ich hätte mich ihr aufgedrängt, dabei hat sie das gar nicht so empfunden. Sie hat lediglich, nachdem ich mich mit schlechtem Gewissen entschuldigt habe, ihre Macht ausgespielt. Ich grinse in mich hinein. Stacy ist alles andere als dumm, im Gegenteil, wenn ich nicht aufpasse, dann spielt sie noch mit mir, statt umgekehrt.

Wenn ich daran zurückdenke, wie sie meinen Schwanz im Mund hatte und dabei immer wieder gedämpft aufgestöhnt hat, könnte ich sofort wieder hart werden. Dass sie auf meine Dominanz reagiert, das wusste ich schon, aber dass sie so selbstbewusst ist und mutig im Bett, damit habe ich nicht gerechnet. Immerhin ist vieles neu für sie, doch Stacy hat eine gewisse Begeisterung und verdammt viel Rückgrat. Ich hoffe sehr, dass sie mir mein plötzliches Verschwinden nicht übel nimmt, aber ich musste pünktlich weg, damit wir uns genau an alles Geplante halten können. Genauso wie ich mir erhoffe, dass sie noch einmal in Ruhe mit mir über alles, was passiert ist, spricht. Die Anziehung zwischen uns ist fast mit den Händen greifbar, wenn wir aufeinanderprallen. Außerdem will ich ihr die Wahrheit über Rebecca Cunningham sagen, zwar nicht sofort und auch nicht so, dass ich mit der Tür ins Haus falle, aber Stacy hat ein Recht darauf, wie ich finde. Natürlich erhoffe ich mir auch, dass sie sich freiwillig entscheidet, wegen dieser Sache bei mir zu bleiben. Dann würde alles einfacher werden und ich müsste keine Angst mehr haben, dass mein kleines Vögelchen aus ihrem goldenen Käfig heraus will.

Mein Herz pumpt aufgeregt in meiner Brust, wenn ich an meine Prinzessin daheim denke. Verwirrt schüttle ich den Kopf und komme wieder im Hier und Jetzt an. Roger sitzt neben mir und beobachtet aufmerksam das Anwesen, vor dem wir stehen. »Kanns losgehen?« Er nickt und wir öffnen zeitgleich unsere Türen und steigen aus. Unser Aussehen haben wir sehr verändert, was häufiger passiert, wenn man mit den Personen, die man beklauen will, vorher noch an einem Tisch sitzt. In diesem Fall habe ich mich als Experte für Sicherheit ausgegeben, was wirklich stimmen könnte, weil ich viele Systeme überwinde und gleichzeitig wüsste, wie sich das verhindern ließe. Es ist fast schon lächerlich, wie manche Häuser geschützt sind oder eben auch offizielle Gebäude. Das mir bekannte Kribbeln zieht durch meinen Körper, kurz bevor es so weit ist und etwas Wertvolles in meinen Besitz übergeht. Dabei werden wir heute zuerst ein Gespräch führen und Roger und ich unser Bestes geben den Bruder des Scheichs von uns zu überzeugen.

Wir werden versuchen, ihm ein neues Sicherheitssystem zu verscheuern und eine Software, die angeblich mit Gesichtserkennung arbeitet. Das alles existiert nur auf meinem PC und findet quasi virtuell statt. Wenn er zustimmt, dann geht der Spaß erst richtig los. Mein Team wird die Arbeiten an der Villa vortäuschen und alle Kameras müssen dafür ausgeschaltet werden. In dieser Zeit werde ich die Schriftrolle entwenden und sie gegen eine Kopie austauschen. Niemand wird etwas bemerken, schon gar nicht Ali Sulayman selbst, den ich nach den Arbeiten damit ablenken werde, wie toll seine beschissene Villa geschützt ist. Danach geht es zum Flughafen, wo ein Privatjet und die Vertrauensleute des Scheichs, seine heißgeliebte Schriftrolle entgegennehmen und mir dafür das Geld für meine Arbeit übergeben werden. Je schneller ich wieder nach Hause kann, desto besser für mich, weil eine kleine

Göre namens Stacy mir unentwegt im Kopf herumtanzt.

Gemeinsam mit Ali Sulayman, seinen Wachmännern und Roger, sitzen wir in einem großen edlen Büro und trinken Tee. »Ich bin überrascht, dass sie ausgerechnet auf mich kommen, Mr. Cline.« Der Bruder vom Scheich wirkt sehr misstrauisch, was ich ihm nicht mal verübeln kann. Er hat sich aus seinem eigenen Land zurückgezogen, um seinem Bruder aus dem Weg zu gehen, der noch immer einen Groll gegen ihn hegt. Wieso und weshalb weiß ich nicht, doch ich bin auch nicht hier um irgendwelchen Gossip zu bequatschen. Nein, viel lieber wäre ich jetzt bei Stacy, würde sie gerne in meinen Armen halten, sie beschützen, vor allem, was ihr schaden könnte und sie vögeln, bis ihr Hören und Sehen vergeht.

Verwundert denke ich darüber nach, wann ich jemals so gefühlt habe, und finde wie so oft mit ihr im Zusammenhang das Wort: Nie! Sie verändert mich und ich würde lügen, wenn mir das keine Angst machen würde. Schon einmal habe ich geliebt und wurde bitterböse enttäuscht und das von

Menschen, die mich hätten bedingungslos zurück lieben sollen. Säure ätzt sich durch meinen Magen und ich schüttle schnell die Gedanken ab, um mich auf das Hier und Jetzt zu fokussieren. »Also wie sind sie an meine Nummer gekommen?« Fragend sieht Ali Sulayman mich nun an und ich lächle freundlich und professionell. »Oh, wir haben vor kurzem von einem unserer begeisterten Kunden ein wenig Hilfe gehabt für weitere Aufträge. Er sagte, dass ich es versuchen soll.«

Direkt blicke ich Sulayman bei meiner Lüge in die Augen und verziehe keine Miene dabei. Nur so kann man sich überzeugend verkaufen und sein Gegenüber täuschen. Langsam nickt er, wirkt aber noch sehr nachdenklich. »Gut, zeigen sie mir erst einmal, was sie mir verkaufen möchten, dann sprechen wir weiter.« Am Eingang wurden wir natürlich auf Waffen gefilzt, um kein unnötiges Risiko darzustellen. Vielleicht lässt er deshalb meine Antwort vorerst so stehen und fragt nicht genauer nach. Wir könnten ihn nicht einfach aus dem Hinterhalt erschießen oder ihm anders schaden, selbst wenn wir wollten. Seine Bluthunde haben genau ein Auge auf uns. Man, zum Glück bin ich kein verfickter Berufskiller geworden, sondern sacke mir nur die schönen Dinge des Lebens ein und werde so reich.

Langsam hole ich meinen Laptop aus der Tasche, den Liam extra hierfür präpariert hat und klappe ihn auf. Los gehts.

Ali Sulayman ist ein härterer Brocken, als ich geglaubt habe, weil er drei Tage braucht, um einen Auftrag bei uns zu bestätigen. Unsere Präsentation hat ihm durchaus gefallen, aber er hat um eine kurze Bedenkzeit gebeten. Kurz, dass ich nicht lache. Zwar sind wir nur etwas mehr als eine Stunde von zuhause entfernt, doch Roger und ich bleiben in einem Hotel, zu riskant ist es, jeden Tag zurück zum Bunker zu fahren. Meine Arbeiter legen fleißig los und der Strom, der das Sicherheitsnetz, der Villa versorgt, wird abgestellt. Weder Kameras, noch Alarme können mir jetzt im Weg stehen. Grinsend nehme ich die Treppe nach oben, während mein Team seiner gefakten Arbeit nachgeht. Alles läuft wie am Schnürchen und ich hoffe sehr, dass dies so bleibt. An den Wachmännern, die vor dem Raum Posten bezogen haben, in den ich muss, gehe ich einfach vorbei. Sulayman hat mir alle Freigaben eingeräumt, die ich brauche, um seine Villa sicherer zu machen.

Drinnen angekommen finde ich sie, die Schriftrolle, die ich brauche. Auf einem roten samt bezogenen Kissen liegt das wertvolle Stück Pergament in einer gesicherten Vitrine. Der ganze Raum ist voll von Schätzen, die es mir in den Fingern jucken lassen, aber leider wäre es zu auffällig den halben Raum mitgehen zu lassen. Vielleicht spreche ich mit Liam und wir kommen irgendwann noch einmal wieder. Um keine Abdrücke zu hinterlassen, ziehe ich mir weiße Stoffhandschuhe über und öffne das Glas, indem ich dagegen drücke. Sie ist nicht abgeschlossen, weil normal ein Laser dafür sorgt, dass der Alarm losgeht, jedoch nicht, wenn er abgeschaltet ist. Langsam fasse ich an die vergoldeten Stäbe, auf die das Pergament aufgerollt worden ist. Dem Scheich ist sie so viel Wert, dass ich mit diesem einen Diebstahl, ein paar Millionen Dollar reicher werde. Was wohl draufsteht? Das werde ich wahrscheinlich nie erfahren, zumal ich denke, dass es sich um arabisch handeln wird. Wie eine Mutter ihr Baby lege ich das gute Stück sorgfältig in den Koffer und schließe ihn.

Dann hole ich die Fälschung heraus, die von einer Kunststudentin angefertigt worden ist. Dabei hat sie perfekte Arbeit geleistet und nicht viel gefragt, sondern einfach sich ein paar Dollar eingesteckt und Ruhe gegeben. Wäre es doch nur immer so einfach. Seufzend erledige ich den Rest und nehme mir vor, als Belohnung später Liam anzurufen und ihn nach Stacy zu fragen. Er wollte sich melden, falls es Probleme gibt. Bisher habe ich nichts gehört, doch das ertrage ich nicht. Allein wenn ich an ihr dreckiges Stöhnen denke, werde ich hart wie ein notgeiler Teenager. Aber da ist auch noch ein anderes Gefühl in mir. Eins, was ich so gar nicht kenne und mir wirklich auch Angst macht. Ich vermisse sie. Der Schlagabtausch mit ihr und ihre freche Klappe, ihr hübsches Lächeln und ihre smaragdgrünen Augen. Niemals habe ich damit gerechnet, dass mir sowas passieren könnte und doch ist es das. Seitdem ich weiß, dass ich Stacy in der einen Nacht nicht gegen ihren Willen genommen habe, hat sich alles geändert.

Der letzte Fick mit ihr war gar keiner, denn stattdessen habe ich mit ihr geschlafen und sogar mehr als das. Ich habe sie um Erlaubnis gebeten. Die dunkle Seite in mir schreit Pussy, während sich eine neue Seite auftut, die jedes Mal etwas heller zu werden scheint. Das ist sie, die dies bewirkt, und ich will unbedingt, dass sie bei mir bleibt. Nicht mehr wegen meines Traumes, eine perfekte Frau zu besitzen, sondern weil ich sie brauche, an meiner Seite.

Alles ist erledigt, mein Team hat für eine glaubwürdige Performance, zwei Tage bei Ali Sulayman gebraucht und nun zeige ich ihm das Ergebnis. Die Software von Liam funktioniert gut und lässt mich sehr professionell dastehen. Der Trottel glaubt tatsächlich, dass diese Art von System Einbrecher erkennen kann, die schon einmal bei der Polizei gelistet wurden. Zufrieden zeige ich ihm, wie alles funktioniert und verschwinde, so schnell es geht, als ich fertig bin. Zeit zum Flughafen zu fahren für eine Übergabe.

Alles ist glattgelaufen, im Hotel packe ich schnell meine Sachen und rufe dann aus dem Auto Liam an. Roger fährt, diesmal sind wir nicht verkleidet, sondern wieder ohne Kontaktlinsen und Perücke unterwegs. »Hey, lief alles glatt?« Die raue Stimme meines besten Freundes dringt durch die Leitung. »Natürlich, ich bin doch kein Anfänger.« Wir lachen, doch ich werde schnell wieder ernst. »Ist bei euch alles okay?« Liam seufzt laut, was mir gar nicht gefällt, dann fängt er an zu erzählen. »Sie isst seit dem zweiten Tag nicht mehr gut und wirkt traurig. Irgendwas ist los, aber ich konnte nicht herausfinden, was.« Das hört sich gar nicht gut an. »Scheiße. Sie ist eh schon so dürr. Hast du Amber drauf angesetzt?«

Brummend antwortet er mir. »Natürlich und ich habe sie selbst gefragt. Talon, ich weiß, ich sollte mich nicht einmischen, aber ich mag Stacy und ich glaube, sie ist gut für dich.« Ist es so offensichtlich, dass sich schon mehr zwischen uns entwickelt hat? Scheinbar. »Ich will auch, dass sie bleibt, und zwar freiwillig. Wir finden heraus, was nicht stimmt, ich brauche nicht mehr lange, bis nach Hause.« »Okay, ich halte die Stellung, bis gleich.« Besorgt lege ich auf, weil ich nicht weiß, was sie plötzlich haben könnte. Ob sie doch sauer ist, weil ich einfach so gegangen bin? Falls es das ist, werde ich das wohl ganz einfach wieder hinbekommen.

Zumindest hoffe ich das. Schließlich habe ich keine Ahnung von solchen Situationen. Wie auch, wenn es immer nur ums Ficken ging. Ich schließe meine Augen und ruhe mich etwas aus, bevor der Sturm kommt und mich vielleicht mit sich reißt.

Roger passiert die Tore des Bunkers. Aufregung kribbelt durch mich hindurch und ich spüre, wie sehr ich mich freue, meine Prinzessin gleich wiederzusehen. Ein Lächeln stiehlt sich auf meine Lippen und ich ignoriere Rogers verwirrten Blick. Soll er doch denken, was er will, verdammt! Vor dem Bunker bleiben wir stehen, doch statt meine Tasche zu holen, entscheide ich mich, reinzugehen. Meine Sachen kann ich auch später noch holen, wenn ich sie brauchen sollte. Schnell schließe ich die Tür auf und gehe in die Eingangshalle. Es riecht nach Essen, Natalia scheint zu kochen und alles für das Abendessen vorzubereiten. Es ist ruhig und irgendwie gefällt mir diese Stille nicht. Ein ungutes Gefühl breitet sich in meinem Bauch aus und lässt die Alarmglocken in meinem Kopf schrillen.

Ein spitzer Schrei jagt Gänsehaut über

mich und ich renne voller Panik los. Immer zwei Stufen auf einmal nehmend bin ich schnell oben und finde Liam in der Tür meiner Bibliothek. Er hält eine Waffe nach oben und scheint auf jemanden zu zielen. Mir wird kotzübel, trotzdem gehe ich näher. »Tia verdammt, du willst das nicht, glaub mir.« Ich höre das krankhafte Lachen von Tia und ein Wimmern. Stacy! Mit dem nächsten Schritt rausche ich um die Ecke und erstarre zu Eis, als ich erkenne, was hier vor sich geht. Tia hat Stacy in ihrer Gewalt und bedroht sie mit einem Messer an der Kehle. Ihre Augen funkeln irre und ihr Gesicht ist zu einer grausamen Fratze verzogen. Dann entdeckt sie mich. »Hallo Talon. Schön dass du zu unserer kleinen Party gekommen bist.«

Mein Magen zieht sich zusammen und ich habe panische Angst, dass sie Stacy einfach die Kehle durchschneiden wird. Fuck! Liam lässt sich nicht beirren und behält beide Frauen wachsam im Blick, die Waffe bereit zu feuern. Leider hat er keine freie Schussbahn, weil Tia Stacy als Schutzschild nutzt. Schweiß tritt auf meine Stirn und ich werde verdammt nervös. Mein Blick schießt zu Stacy herüber, die mich angstvoll anblickt. Diese plötzliche Hilflosigkeit, die ich spüre, macht mich fertig und zerfrisst mich von innen heraus. Fühlt es sich so an, wenn es jemanden gibt, der einem viel bedeutet? Ich löse mich aus meiner Starre und trete langsam näher. »Tia, leg das Messer weg.« Schon wieder lacht sie hysterisch auf. »Was denn? Hast du Angst, dass ich sie absteche? Bitte Talon, dieses Flittchen hat dir den Kopf verdreht, das sieht jeder Blinde.«

In immer kleineren Schritten nähere ich mich den beiden Frauen und fange an zu beten. Das erste Mal seit Jahren. »Darum geht es? Tia, wir können das klären. Sag mir, was du willst.« Die Stimmung kippt plötzlich und bei dem Glanz in Tias Augen handelt es sich eindeutig um Tränen. »Ich will, dass du mich so ansiehst, wie du es bei ihr tust. Ich will die Frau an deiner Seite sein, ohne irgendwelche Flittchen nebenbei. Wir haben so viel durchgemacht, wir drei, aber auch wir Talon. Tief in deinem Herzen liebst du mich doch.« Shit! Die Frau ist eindeutig irre und hat auch noch Stacy in ihrer Gewalt. Ruhig und leise lasse ich meine Stimme klingen, obwohl es in mir drin ganz anders aussieht. »Okay, ich habe verstanden, Tia, lass sie gehen.« Kurz habe ich Hoffnung, als Tia das Messer von Stacys Kehle nimmt, doch dann bricht die Hölle los.

* * *

KAPITEL 19

Schockiert über das, was ich gefunden habe, lebe ich in den nächsten Tag hinein. Stimmt diese Information über meine »Mom«? Diese Frage rattert in Endlosschleife durch meine Gedanken und lässt mich keine Ruhe finden. Ist es das, was Thief mir sagen wollte? Um nicht zu zerspringen, rolle ich mich zu einer Kugel zusammen und halte meine Beine fest umschlungen. Wenn es stimmt, was in der Akte steht, weshalb haben sie es mir nie gesagt? Zugegeben ich habe nicht viel von meiner Mutter, aber ich dachte eben, ich komme mehr auf meinen Dad. Die Frau auf dem Foto sieht wirklich so aus wie ich. Meine Augen brennen, weil ich noch kein Auge zugetan habe, dabei ist der nächste Tag längst angebrochen. Müde schließe ich sie eine Sekunde und ruhe mich endlich etwas aus.

»Hey Stace, Aufstehen, na los.« Grob rüttelt jemand an meiner Schulter und ich blicke verwirrt nach oben. Scheinbar bin ich eingeschlafen. Braune Augen schauen auf mich herunter. Murrend sehe ich Liam an und verstecke mich unter der Decke. »Ähähäh Fräulein, die Anweisungen von Thief waren klar. Du sollst mindestens dreimal am Tag essen.« Der Riese zieht mir einfach die Decke weg und lacht, als ich über ihn meckere. »Selbst schuld, du warst nicht beim Frühstück.«

Trotz meiner bleiernen Müdigkeit stehe ich auf. Appetit habe ich nicht wirklich, doch ich will Liam keine Schwierigkeiten machen. Seitdem ich mit ihm auf der Terrasse gesprochen habe, mag ich ihn irgendwie. Auch, wenn ich das mit Lisa und der Leiche im Keller nicht so schnell vergessen werde. Noch immer weiß ich, dass er mich nur beschützen wollte, und dabei hat er sich sogar gegen seinen besten Freund gestellt. Langsam stehe ich auf und gehe zu dem Tisch rüber, an dem Liam schon Platz genommen hat und auf mich wartet. »Ich hab keinen Hunger.« Nörgelnd setze ich mich hin. »Das tut nichts zur Sache, meine Hübsche.« Frech zwinkert er mir zu und schneidet mir wie einem kleinen Kind den Pancake klein. »Willst du jetzt die Nanny spielen?« Belustigt schüttelt er den Kopf. »Nein, ich will, dass du etwas isst.« Dann hält er mir die Gabel unter die Nase. Mit wenig Lust fange ich an zu essen. Dabei frisst mein Kummer mich fast auf.

Es vergehen weitere Tage und ich habe keine Ahnung, wann Talon wieder nach Hause kommen wird. Ich habe mit Liam sogar Sport gemacht und wir haben gekocht wie ganz normale Freunde eben. Er ist gar nicht so düster, wie ich am Anfang geglaubt habe, und es ist leicht, ihn zu mögen. Durch seine lockere Art und Weise ging es ziemlich schnell und er ist mir als Freund ans Herz gewachsen. Gerne würde ich ihn nach der Akte fragen, aber dann müsste ich zugeben, dass ich in der Bibliothek war. Zwar hat mir niemand ein offizielles Verbot erteilt, trotzdem ist dieser Bereich bestimmt für mich tabu.

An einem Abend schleiche ich mich trotzdem vor dem Abendessen in das schöne Reich der Bücher. Meine Neugierde ist einfach zu groß, als dass ich es sein lassen könnte. Ich studiere gerade die Buchrücken, als ich etwas auf dem Gang hören kann. Erschrocken zucke ich zusammen und will mich verstecken, aber es ist zu spät. Die hübsche Frau, mit der ich schon eine Auseinandersetzung hatte, steht grinsend im Rahmen. Ihr Name ist Tia, jetzt erinnere ich mich. »Wen haben wir den hier? Weiß Talon, dass du seine Bibliothek beschmutzt?« Mit schnalzender Zunge kommt sie auf mich zu und löst ein ungutes Gefühl in mir aus. »Mit Sicherheit nicht.« Angewidert blickt sie mich an, doch ich reagiere gar nicht erst auf ihre Stiche. »Ich sag dir was, Stacy, verpiss dich von hier und wir bekommen keine Probleme.« Überheblich grinst sie. Dann höre ich plötzlich Liam nach mir rufen, er will bestimmt, dass ich essen komme, so wie die letzten Tage auch.

Erleichtert aus der unangenehmen Situation rauszukommen laufe ich los. Doch Tia greift nach meinen Haaren und reißt mich daran zurück. Schmerz explodiert auf meiner Kopfhaut und ich schreie auf. Dann schlingt sie einen Arm um mich und hält mir ein Messer an die Kehle. »Eine falsche Bewegung du Miststück und ich schlitze dich auf.« Ich sehe, wie Liam an der Bibliothek vorbeigeht, wahrscheinlich weil er glaubt, ich wäre wie so oft in meinem Zimmer. Auch wenn die Situation mehr als heikel ist, muss ich ihn rufen, ich kann schlecht zulassen, dass dieses kranke Miststück mich aufschlitzt oder sonst etwas tut, was mich gefährdet. Fuck! Wenn ich hier lebend rauskommen sollte, dann will ich Kampfsport lernen, um mich in solchen Situationen verteidigen zu können. Jetzt nehme ich meinen ganzen Mut zusammen, auch wenn ich nicht absehen kann, welche Konsequenz mir blüht, und brülle nach Liam. »Liam!« Tias Griff wird enger und ich bekomme wirklich Panik, weil sie völlig irre zu sein scheint. »Du blöde Schlampe.«

Als der Riese in der Tür erscheint, weiten sich sofort seine Augen, aber er reagiert und zieht eine Waffe hinter seinem Rücken hervor. Warum hat er die den bei sich? Schon komisch, was für merkwürdige Gedanken durch einen gehen, in solchen Momenten. »Tia verdammt, du willst das nicht, glaub mir.« Nachdem Liam das gesagt hat, legt sich alles wie ein Nebel um mich herum. Werde ich jetzt sterben? Hier und heute? Obwohl ich diese Entführung überlebt und mich niemals aufgegeben habe? Das wäre nicht fair, zumal zwischen mir und Talon noch lange nicht alles geklärt ist. Ich will ihn noch so vieles fragen und ihm selbst sagen. Ich will, dass er weiß, dass ich ihn vermisst habe und ich dabei bin mich zu verlieben. Dass ich jetzt verstehe, dass es okay ist, meine Neigungen auszuleben, und ich damit nicht Jill verrate. Doch dazu wird es wahrscheinlich nicht mehr kommen. Kurz überdeckt diese Traurigkeit meine Panik, doch dann sehe ich ihn in der Tür, Thief. All meine Sinne konzentrieren sich auf ihn.

Er sieht fassungslos zu Tia herüber, dann trifft mich sein vor Furcht geweiteter Blick. Ich höre, wie er mit Tia spricht, aber die Worte kommen nicht bei mir an, zu sehr bin ich auf ihn konzentriert. Dann spüre ich plötzlich einen Stich und höre einen lauten Knall. Der Schmerz in meiner Seite ich so heftig, dass ich ohnmächtig zusammenbreche und alles dunkel wird.

* * *

KAPITEL 20

Tia ist tot. Stacy liegt in meinem Bett und wirkt blass und klein. Lisa hat sie geflickt und ein Ärzteteam angefordert, was im Notfall immer bereit ist. Müde stehe ich am Fenster und schaue raus in den großen Garten. Meine Gedanken drehen sich immer wieder um die gefährliche Situation, in der meine Prinzessin plötzlich gesteckt hat. Was zum Teufel ist bloß in Tia gefahren?

Auf diese Frage werde ich keine Antwort mehr bekommen, weil Liam sie sofort erschossen hat, nachdem sie auf Stacy eingestochen hat. Dass sie so sehr hinter mir her ist und sowas tun würde, hätte ich nicht geglaubt. Natürlich wusste ich, dass Tia es immer wieder bei mir versucht, aber deshalb direkt jemanden abzustechen geht zu weit. Ihre Leiche lassen wir auf unserem großen Gelände verschwinden. Niemand wird sie vermissen, außer vielleicht Leute aus unserer Organisation, aber auch dafür werden wir eine Lösung finden. Viel wichtiger ist, dass Stacy wieder aufwacht. Es klopft leise und dann steckt Lisa den Kopf zur Tür rein. »Ich muss ihr noch eine antibiotische Infusion geben, damit sich der Stich nicht infiziert. Keine Ahnung, ob das Messer steril war.« Mein Nicken muss genügen, zu schockiert bin ich über das, was passiert ist. Lisa macht sich an die Arbeit und versorgt Stacy durch einen Zugang mit dem Medikament.

»Du solltest wissen, dass es sich um ein starkes Antibiotikum handelt, dies kann die Wirkung der Verhütungsspritze beeinträchtigen.« Wieder ein Nicken, doch dann will ich unbedingt ihre Meinung hören und fange doch an zu sprechen. »Glaubst du sie, schafft es?« Besorgt mustert Lisa meine Prinzessin und lächelt dann leicht. »Es liegt an ihr, wir haben alles getan, was wir konnten, aber Stacy ist stark und eine echte Kämpferin. Sie wird bestimmt wieder.« Seufzend steht sie auf und geht zur Tür. »Meld dich, wenn ihr etwas braucht oder es ihr schlechter geht.« »Danke.« Schon bin ich wieder allein mit Stacy und mit meinen trüben Gedanken. Bitte Baby, du musst gesund werden.

Auch ein paar Tage später ist Stacy noch nicht aufgewacht. Das macht mir nicht nur Bauchschmerzen, sondern hat mir auch Zeit gegeben, über all das nachzudenken. Die Prinzessin hat sich mitten in mein Herz gekrallt und sitzt nun dort fest. Diese Sorge, als Tia sie in ihrer Gewalt hatte, hat mich fast umgebracht. Auch habe ich Stacy vermisst an den Tagen, die ich weg gewesen bin. Ich vermisse keine Frauen, niemals, aber bei ihr ist es anders. Noch immer sitze ich an ihrem Bett und halte ihre kleine Hand in meiner. Ihr Kampfgeist, ihre Geschichte und ihre Art, die Dinge zu sehen, haben mich nicht nur tief beeindruckt, sie haben Spuren in mir hinterlassen. Deshalb habe ich eine Entscheidung getroffen, die für sie das Beste ist.

Dabei werde ich mir selbst das Herz

aus der Brust reißen, doch es geht nicht anders. Stacy ist hier nicht sicher. Ich habe Feinde, ich wickle Geschäfte mit zwielichtigen Personen ab. Das alles könnte sie noch einmal in Gefahr bringen und das kann ich nicht zulassen. Zum ersten Mal in meinem Leben will ich nicht egoistisch handeln, sondern so wie es die andere Person eben verdient hat. Ich liebe Stacy Cunningham, das ist mir klar geworden, als ich hier die letzten Tage immer wieder dafür gebetet habe, dass sie aufwacht und wir endlich miteinander reden können. Die Liebe war für mich bisher immer reine Fiktion, eine ausgedachte Sache, damit die Menschen sich aneinanderbinden konnten, die nicht allein sein wollten. Doch Stacy hat mir gezeigt, dass es sie gibt und dass es manchmal auch bedeutet, loszulassen. Eine Entscheidung zu treffen, die für den anderen das Beste ist, auch wenn man sich dabei selbst verletzt.

Es klopft, dabei kann es sich nur um Liam handeln. Tatsächlich steckt er seinen Kopf herein und wartet, dass ich mein Okay gebe. Mit einem Nicken tue ich das und er tritt ein. »Bist du sicher?« Mit Tränen in den Augen nicke ich erneut und gebe so meine

Zustimmung. Lange haben er und ich miteinander gesprochen und überlegt, ob das der richtige Weg ist. Er ist es, das weiß ich ganz genau. Für sie, nicht für mich. Am liebsten würde ich alles abblasen, aber das geht nicht. Wenn man alles vernünftig betrachtet, dann weiß ich, dass ich das Richtige tue, und einmal im Leben, will ich das Richtige tun.

Zusammen mit Lisa heben wir Stacy auf eine Liege und decken sie wieder ordentlich zu. Meine Entscheidung steht und daran wird sich auch nichts mehr ändern, egal wie es in mir drin aussieht. Gemeinsam schaffen wir sie runter in die Eingangshalle, in der viele meiner Männer schon warten. Liam wird auf sie aufpassen, das weiß ich. Tiefe Trauer legt sich über meine Seele und fühlt sich fast so an wie damals, als meine Eltern mich für den nächsten Schuss verkauft haben an einen schmierigen Typ. Danach ist alles in mir zerbrochen und ich wurde in die Dunkelheit gezogen, bis Stacy kam und alles umwarf. Mit ihrer großen Klappe hat sie selbst Liam um den Finger gewickelt, obwohl er noch einmal eine Schippe strenger ist als ich. Auch Lisa mag meine Entscheidung nicht, ich weiß, dass die beiden sich angefreundet haben, genau wie Amber auch. Noch einmal nehme ich Stacys Finger in meine, der letzte Kontakt zu ihr, ehe sie für immer verschwindet.

Traurig blicke ich auf ihr hübsches Gesicht und wünsche mir, sie würde mich ansehen, aus diesen smaragdgrünen Augen. Zärtlich streiche ich durch ihr weiches Haar und beuge mich herunter, um ihre Stirn zu küssen. »Machs gut Prinzessin.« Schnell löse ich mich von ihr, nicke Liam zu und verschwinde wieder nach oben. Ich kann nicht dabei bleiben, wenn sie Stacy aus der Tür schieben und wegbringen. Schon jetzt, drehe ich fast durch, weil ich sie eigentlich gerne hierbehalten würde. Aber sie ist hier nicht sicher und das hat mir der Auftritt von Tia deutlich bewiesen. Ich bin nicht fähig, sie zu beschützen, deshalb sollte sie lieber nicht bei mir sein. Eine Liste, die ich angefertigt habe, wird dafür sorgen, dass die Leute aus ihrem Umfeld verschwinden, die ich geschmiert habe. Dann ist sie vollkommen sicher, in ihrem Zuhause, bei ihrem Dad. In meiner Bibliothek angekommen, gieße ich mir einen Scotch ein und sehe mich um. All das bedeutet mir gar nichts mehr, der Raum wirkt kalt und leer und nicht beruhigend wie sonst immer. Die Flecken von Tias Blut sind noch zu sehen, weil die Schweinerei ewig braucht, um wieder zu verschwinden. Der erste Schluck brennt sich meine Kehle hinunter und lässt mich kurz vergessen. Doch dann drehe ich durch.

Mein Glas landet krachend an der Wand, der Stuhl von meinem Schreibtisch direkt hinterher. Ich fange an, meinen liebsten Ort im Haus zu zerstören, weil ich den Schmerz in mir nicht ertragen kann. All die Jahre habe ich nicht an die Liebe geglaubt und jetzt? Jetzt stehe ich hier, mit der Prinzessin im Herzen und doch kann ich sie nicht bei mir haben. Karma is a Bitch! Der Gedanke macht mich so krank, dass ich anfange, alle Bücher aus den Regalen zu schmeißen. Achtlos werfe ich alles, was mir in die Finger kommt, durch den Raum und hoffe so, etwas meines Schmerzes loszuwerden.

Es vergehen Wochen, in denen ich so unglücklich bin, wie ich es zuletzt als Teenager war. Immer wieder versucht Liam, mich aufzumuntern und für mich da zu sein, doch ich will das alles nicht. Ich will vergessen. Am besten klappt das mit Unmengen an Alkohol und zum ersten Mal in meinem Leben, kann ich meine Eltern etwas verstehen, was an sich schon genügend über meinen Zustand aussagt. Aber wenn ich nicht trinke, dann geht es mir schlecht, also mache ich besser damit weiter. Fühlt es sich so an, wenn man auf Drogen ist?

Kein Wunder, dass sie mich verscheuert haben. Vielleicht ist Alkohol, doch keine so gute Lösung. Wenn ich wach bin, denke ich an Stacy, aber wenn ich schlafe, dann träume ich von ihr. Sie bleibt dann freiwillig bei mir und macht mich unheimlich glücklich. Meine trüben Gedanken fressen mich Tag für Tag auf und ich bringe sie immer erfolgreich zum Schweigen. Kann ich jemals wieder eine Frau hier haben, ohne an Stacy denken zu müssen? Wahrscheinlich nicht. So wie ich jetzt drauf bin, ist das wahrscheinlich auch besser so. Denn wenn ich spiele, dann brauche ich einen klaren Kopf, damit nichts Schlimmes passiert.

Es vergehen weitere Wochen, in denen ich mich unheimlich gehen lasse und kaum für andere Menschen zu ertragen bin. Die Liebe, an die ich nie geglaubt habe, ist sowas von scheiße. Liam platzt irgendwann der Kragen und er zwingt mich endlich nüchtern zu werden. Er sperrt den ganzen Alkoholvorrat des Bunkers weg und schickt mich zum Sport. Die ersten Male danach kotze ich mir die Seele aus dem Leib und dann kommt Liam auch noch mit einer Psychotusse an. Zugegeben, die Frau ist wahnsinnig attraktiv, doch ich brauche keinen Seelenklempner für meine Probleme. Mein Herz funktioniert super und ist mit meiner Seele vollkommen im Einklang. Beide wollen die Prinzessin zurück.

Die Tage rauschen nur so an mir vorbei, aber je mehr Zeit vergeht, desto schlimmer sehne ich mich nach ihr. Bis ich Liam frage, ob er mir Amber zum Spielen gibt, damit ich endlich mal auf andere Gedanken komme. Ich brauche jetzt für meine Bedürfnisse eine erfahrene Sub, damit ich nicht auf jeden Scheiß achten muss. Da ich mich wieder zusammen reiße und mit dem trinken aufgehört habe, erfüllt Liam mir meinen Wunsch. Schon öfter haben wir uns die Mädchen hin und her gereicht oder sogar zusammen gespielt. Deshalb hat er damit überhaupt kein Problem.

Schwitzend stehe ich hinter der jungen Schönheit und hole erneut aus. Die Gerte landet auf ihrem prallen Hintern und lässt sie laut aufstöhnen. Ich weiß, wie sehr Amber auf Schmerz abfährt und wie sehr sie das erregt. Liam hat mit ihr ganze Arbeit geleistet und sie hat viel bei ihm gelernt. Anfangs war sie gehemmt und hatte Angst, pervers zu sein, bis er ihr gezeigt hat, dass es ganz normale Gelüste sind, die sie hat. Trotzdem wird sie bald gehen, weil der Vertrag zwischen ihnen ausläuft und Liam jemand ist, der eigentlich genau wie ich Abwechslung braucht. Ein letztes Mal schlage ich zu und lasse dann die Gerte auf den Boden fallen. Ungeduldig öffne ich meinen Gürtel und nehme mir ein Kondom aus meiner Hosentasche, dann ziehe ich sie halb herunter und ziehe mir das nervige Teil über. Mein Schwanz ist steinhart und wippt ungeduldig auf und ab, als ich Amber zwischen die Beine greife, um so zu prüfen, ob sie feucht genug für mich ist. Meine Finger werden von ihrer Feuchtigkeit benetzt und ich knurre zufrieden auf, als ich mit einem Stoß in sie eindringe. Ihre Hände sind an der Decke gefesselt und werden von Ketten gehalten, die bei jedem Stoß klimpern. Genau so wollte ich es mit der Prinzessin machen, auf jede dreckige Art und Weise. Fuck, nicht jetzt!

Vor meinen Augen taucht plötzlich ihr Gesicht auf und es fällt mir schwer, mich auf Amber zu konzentrieren. Ich sehe Stacys Lächeln und auch ihr zorniges Gesicht, ich spüre ihren Kampfgeist und ihre trotzige Art, ihre Begeisterung für die hässliche Vase oben im Flur. Tränen treten in meine Augen und ich löse mich fluchend von Amber und ziehe mich aus ihr zurück. Das hier ist falsch, weil ich keine andere Frau mehr will. Was ich will, ist Stacy, an meiner Seite und das am liebsten für immer. Man hat mir eindeutig ins Hirn geschissen. Mit emotionsgeladener Stimme wende ich mich an Amber. »Es tut mir leid, ich kann das nicht.« Zu meiner Überraschung sehe ich sie nicken. »Du solltest sie dir wiederholen, auch wenn du glaubst, dass es falsch ist.« Ich erwidere nichts, weil es Amber einen Scheiß angeht, was in mir vorgeht, doch ihre Worte verfolgen mich seitdem.

Sport ist das Einzige, was mich genügend ablenkt und eine bessere Alternative zum Alkohol ist. Dreimal die Woche trainiere ich mit Akeno und den Rest alleine auf dem Laufband. Ich bin gerade dabei, endlich mal einen Griff gegen ihn zu verwenden, als Liam hereinstürmt. »Talon, das solltest du dir ansehen.« Seine Augen sind riesig und er wirkt gehetzt. Sofort lasse ich alles stehen und liegen und folge ihm den dunklen Gang entlang. »Was ist los?« Doch er sagt keinen Ton und hastet die Stufen nach oben. Schnell folge ich ihm und sehe, wie er in meine neu renovierte Bibliothek geht. Was zum Teufel will er darin? Ich bin froh, wenigstens in diesem Raum wieder etwas Ruhe zu finden. Doch als ich eintrete, sehe ich, wie er schon an meinem Fernseher zugange ist. Wütend will ich ihn zur Rede stellen, doch dann lenkt mich die Breaking News Tante ab. Liam schaltet den Ton höher und dann folgen Bilder, die mir den Magen umdrehen. »Stacy Cunningham hat sich endlich dazu entschlossen wieder an die Öffentlichkeit zu treten und ist nicht alleine. Ihr Verlobter Alec Kingston winkt ebenfalls glücklich in die Kamera. Bisher haben wir die Tochter des Präsidenten nur einmal gesehen und das ist fast vier Jahre her, als er gewählt wurde. Nigel Cunningham hat gute Chancen, den nächsten Wahlkampf erneut zu gewinnen.« Den Rest will ich mir gar nicht anhören und drehe mich um.

»Warte, ich weiß, dass es scheiße ist, aber du solltest das sehen.« Liams kratzige Stimme hallt durch den Raum und ich drehe mich noch einmal um, dann sehe ich sie. Glücklich strahlend winkt sie in die Kamera, daneben irgendein Schmierlappen, der ihre Hand hält. Mein Blick geht weiter nach unten und ich sehe eine Rundung unter Stacys Baumwollkleid. Sie ist schwanger! Eine Sicherung fliegt in meinem Kopf durch und ich packe meinen besten Freund am Kragen und schleudere ihn vor eins der Regale. »Wieso zeigst du mir, dass du elender Bastard?« Außer mir vor Wut stürme ich auf ihn zu und hole aus, doch der Pisser weicht mir aus. »Warte Talon. Fuck! Schau dir ihren Bauch an, sie ist schwanger verdammt. Könnte es deins sein?« Sofort erstarre ich zu Eis und blicke wieder zurück auf die Bildschirme. Aber das wäre nicht möglich, sie hat die Spritze bekommen und nachdem sie das starke Antibiotikum bekommen hat, habe ich sie nicht mehr angerührt. Traurig schüttle ich den Kopf und verlasse meine Bibliothek. Stacy hat scheinbar schnell ein neues Leben begonnen, das sollte mich freuen, aber das tut es nicht.

* * *

KAPITEL 21

Ich liegе in einem schmalen Bett, was nicht mir gehört. Aus meinem Arm führt ein Schlauch, hoch zu einem Beutel, der in einer Halterung hängt. Ein stetiges Piepen raubt mir den letzten Nerv und ich frage mich, wo ich bin. Angestrengt versuche ich, mich an das zu erinnern, was passiert ist, aber mein Kopf tut unheimlich weh und mein Hals ist verdammt trocken. Fuck! Die Tür geht auf und dann erkenne ich Nancy, die hereinkommt. Aufgeregt versuche ich, sie zu fragen, was das zu bedeuten hat, aber ich bekomme keinen Ton heraus. »Oh Gott sei Dank. Liebes, du hast uns solche Sorgen gemacht.« Mit einem freundlichen Lächeln kommt sie zu mir ans Bett und hält mir ein Glas Wasser an die Lippen. Gierig trinke ich und merke, wie gut mir das tut. Erneut will ich sprechen und diesmal gelingt es mir mit kratziger Stimme. »Wo bin ich?« Eigentlich ist mir das längst bewusst, aber ich frage mich, wie das möglich ist. Ratlos sieht Nancy mich an.

»Du bist zuhause, Schätzchen.« Schluckend schließe ich die Augen, um ihr nicht zu zeigen, wie sehr mich diese Information trifft. Hat mein Dad mich gefunden? Das habe ich mir anfangs so sehr gewünscht, aber nun? Jetzt will ich mit Talon sprechen und ihm sagen, wie sehr ich ihn vermisst habe. Oh Gott. Ein Geistesblitz trifft mich und ich sehe sein geschocktes Gesicht vor mir. Ich spüre, wie Tia sich von hinten an mich drückt, das Messer an meine Kehle haltend. Liam, der im Eingang zur Bibliothek steht, mit einer Waffe in der Hand. »Ich hole deinen Vater, Liebes.« Sanft reibt Nancy mir über die Hand und verschwindet dann.

Nachdem die Tür geschlossen wurde, öffne ich meine Augen wieder und schaue zu dem Fenster rüber. Ich erkenne den großen Garten sofort und trotz aller Anzeichen, will ich nicht einsehen wieder hier zu sein. Talon und ich wollten noch einmal miteinander sprechen, er wollte mir etwas sagen, musste dann aber gehen. Ganz am Anfang habe ich so sehr gehofft, dass sie mich finden werden, doch jetzt fühlt sich das hier falsch an.

Erneut geht die Tür auf, diesmal kommt mein Vater rein. »Stacy.« Er tritt an mein Bett und nimmt meine Hand in seine. Sein Gesicht zeigt deutlich, wie erleichtert er ist. Das wäre ich wahrscheinlich auch, wenn man mich Wochen vorher hierher zurückgebracht hätte. Jetzt fühlt sich das hier falsch und auch irgendwie unwirklich an. Mein Dad setzt sich neben mich und lässt meine Hand nicht mehr los, fest hält er sie in seiner, als ob ich gleich sonst wieder verschwinden könnte. »Wie habt ihr mich gefunden?« Ich muss wissen, was genau passiert ist, ansonsten wird mich das hier innerlich auffressen. Was total absurd ist, weil ich eigentlich genau dort bin, wo ich hingehöre. Nachdenklich blickt mein Dad mich an. »Das haben wir gar nicht. Du wurdest schwer verletzt gefunden. Ein anonymer Anrufer hat Kontakt zu uns aufgenommen.

Die Polizei versucht noch mehr herauszufinden, damit wir den Kerl dingfest machen können, aber es sieht hoffnungslos aus.« Am liebsten würde ich laut »nein« brüllen, doch das wäre zu auffällig, deshalb sage ich nichts und denke weiter nach. Man hat mich gefunden? Bedeutet das etwa das, was ich denke? Er hat mich gehen lassen? Traurig wende ich mein Gesicht von meinem Vater ab und schließe die Augen, damit die Tränen nicht überlaufen können. »Wie lange bin ich schon hier?« Meine Stimme klingt noch immer kratzig und rau, doch jetzt ist es nicht, weil mein Hals trocken ist, sondern, weil ich fast heulen muss. »Ungefähr eine Woche.« Ich nicke, aber mein Kopf versucht weiter, alles zu verarbeiten. Ob er mich nicht hat medizinisch versorgen können? Hat er deshalb entschieden, mich zurückzubringen? Ein Krankenhaus hätte er mit mir nicht aufsuchen können, ohne meine Identität verraten zu müssen. »Du solltest dich ausruhen mein Schatz und wenn es dir wieder besser geht, dann kannst du eine Aussage machen.

Je mehr die Polizei weiß, desto besser.« Er steht auf und geht dann wieder auf die Tür zu, doch ich muss ihn noch etwa Wichtiges fragen. »Dad, warte.« Mit dem Rücken zu mir bleibt er stehen, die Hand aber schon am Türknauf. »Als ich gefangen war, da habe ich eine Information bekommen.« Jetzt dreht mein Vater sich wieder zu mir um. Ich schlucke hart und atme dann noch einmal durch, ehe ich ihn frage. »In einem Bericht stand drin, dass es sich bei Mom nicht um meine leibliche Mutter handelt. Stimmt das?« Sein Gesicht verzieht sich für wenige Sekunden ungläubig, doch dann schüttelt er den Kopf. »Nein, wieso sollte das so sein? Natürlich ist sie deine leibliche Mom. Wahrscheinlich hat man dir die Information gegeben, um dich zu brechen.« Ich nicke und sage nichts mehr. Diese Unterhaltung war anstrengend und ich merke, wie mir nach und nach, die Augen zufallen. Vor mir sehe ich Talon und hoffe so sehr, dass wir uns bald wiedersehen werden und das hier ein riesengroßes Missverständnis ist.

Eine Woche ist es her, seitdem ich aufgewacht bin. Die Polizei ist hier und ein Spezialeinsatzkommando, um meinen Entführer zu finden. Aufmerksam sieht der ältere Polizist mich an und nickt dann seinem Phantomzeichner zu. »Wie sah ihr Entführer aus, Miss Cunningham?« Ich strecke meinen Rücken durch und blicke dem Mann vor mir geradewegs in die Augen. »Sehr ungepflegt, er trug einen langen Bart, der schon zum Teil graue Härchen hatte. Dafür hatte er auf dem Kopf keine Haare und seine Augen waren dunkel wie Kohle.«

Zufrieden fängt er an, sich Notizen zu machen, und der Zeichenkerl klickt auf dem Laptop herum. Mein Dad sitzt neben mir und hält meine Hand, weil er glaubt, dass mir dies hier sehr schwerfällt. Meine Mom zieht sich, seitdem ich wieder hier bin ziemlich zurück und spricht kaum mit mir. Dad meint, sie bräuchte Zeit, weil mein Verschwinden ein großer Schock für sie gewesen ist. »Ihre Beschreibung ist sehr gut Miss Cunningham und ich kann mir vorstellen, wie schwer das alles für sie sein muss, aber können sie sich an noch etwas erinnern?« Ich nicke und lasse ein paar Tränen in meine Augen treten, damit das Schauspiel perfekt wird. Mühsam klimpere ich mit den Wimpern und atme angestrengt durch. »Wir können auch eine Pause machen, wenn sie wollen.« Mein Dad drückt meine Hand fest und mischt sich ein. »Ja, ich glaube, eine Pause wäre ganz gut, sie ist ja völlig fertig.« Doch ich schüttle heftig den Kopf. »NEIN, ich will, dass dieses Schwein gefasst wird.«

Dad nickt, doch er presst seine Lippen zu einem schmalen Schlitz zusammen. »Ich erinnere mich, dass er nicht nur ungepflegt aussah, sondern auch sehr dick wirkte. Massig würde ich sagen. Außerdem, das Haus, indem er mich gefangen hielt, war verwahrlost. Das Grundstück war sehr bewachsen und umgeben von Grün. Sah aus, als ob dort eigentlich niemand gewohnt hat.« Der Polizist nickt. »Wie ist es zu ihrer Verletzung gekommen?« Ich senke meinen Blick und schlucke hart. »Daran kann ich mich nicht mehr so gut erinnern, das ist sehr verschwommen.« Wieder macht er sich Notizen. »Wenn ihnen etwas einfällt, schreiben sie es ruhig auf, egal wie unbedeutend ihnen das vorkommt.«

Brav nicke ich wieder und dann dreht der Phantomzeichner den Laptop um. Grob hat er den Kerl gemalt, den ich beschrieben habe, und ich muss fast lachen. Sieht aus wie ein Weihnachtsmann mit Glatze. Doch ich bleibe ernst und denke nur daran, wie wichtig es ist, dass sie Talon nicht bekommen. »Ja so sah er aus, das ist genau getroffen.«

Das halbe Personal scheint gewechselt zu haben und auch Thea ist nicht länger hier. Warum genau das so ist, frage ich nicht, weil ich dazu keine Kraft habe. Mein Kummer frisst mich fast auf und auch, dass es anders als vorher hier im Haus ist, nagt an mir. Meine Mom scheint depressiv zu werden oder was auch immer, doch ich bin so sehr mit mir selbst beschäftigt, dass ich mich darauf nicht konzentrieren kann. Einzig mein Dad führt weiter Pressetermine und andere Verpflichtungen durch. Schon wieder liege ich auf dem Bett und frage mich, wieso Talon aufgegeben hat. Er wollte so sehr, dass ich bleibe, und wahrscheinlich wäre ich das auch, wenn wir miteinander hätten sprechen können. Auch seine Angst, ich könnte ihn verraten oder ihn ausliefern, war nicht gespielt. Stand mein Leben so sehr auf dem Spiel, dass er in Kauf genommen hätte verhaftet zu werden?

Das wäre unglaublich süß von ihm. Seufzend drehe ich mich um und versuche, an etwas anderes zu denken als an ihn, doch mit jedem Tag fällt mir das etwas schwerer. Ob er mich noch einmal holen kommt? Das erste Mal hat er mich mitgenommen, als ich zum Shoppen wollte. Wartet er etwa auf eine Gelegenheit? Sollte ich es ausprobieren? Diese doofen Fragen in meinem Kopf, sie machen mich noch ganz krank. Es vergehen weitere Wochen und selbst nach mehreren Shoppingtrips bin ich noch hier. Mittlerweile fällt mir das Essen schwer und die Lust irgendwas zu unternehmen. Als ich anfange mich nach fast jeder Mahlzeit zu übergeben, schaltet mein Dad einen Psychotypen ein. Ich verbringe meine Zeit bei ihm mit Schweigen, weil ich nicht reden will. Auch wenn er mir zehntausend Mal von seiner Schweigepflicht erzählt, kann er mich mal.

Zu riskant ist es, preiszugeben, dass ich eigentlich zurückwill. Die werden alle glauben, dass ich unter dem Stockholmsyndrom leide und mich zu einer Therapie zwingen, die nichts bringt. Weil ich mich wirklich und wahrhaftig verliebt habe. Als es mir einen Tag besonders schlecht geht, besuche ich das Grab von Jill. Mein Dad hasst es, dass ich noch immer so frei herumlaufen möchte, nach allem, was gewesen ist, doch das ist mir egal. Er hat extra deshalb nicht offiziell nach mir suchen lassen, damit mein Gesicht nirgends auftaucht. Das rechne ich ihm hoch an, weil es schwieriger ist, ein Team im Hintergrund agieren zu lassen. Traurig lege ich Jill den Strauß Rosen auf ihren Stein und frage mich, was sie zu alldem sagen würde. Wahrscheinlich, dass ich mein Leben endlich mehr genießen sollte. Ich muss grinsen, als ich mich daran erinnere, wie sie immer vor mir stand.

Die Hände in die Hüften gestemmt, wie eine Mutti, die ihr Kind zurechtweist. Sie fehlt mir unglaublich doll, genau wie Thief. Schon seit ich wieder zuhause bin, überlege ich, ob ich ihn suchen soll, doch wie sollte ich das machen, ohne Hilfe. Außerdem ist die Angst da, dass die Polizei ihn bekommt, weil ich unvorsichtig gewesen bin, und das kann ich nicht riskieren. Was soll ich nur tun verdammt?

Weitere Tage vergehen, in denen meine Übelkeit zunimmt und ich mich immer schlechter fühle. Mein Dad lässt mich untersuchen, was mir total gegen den Strich geht, aber ich lasse es über mich ergehen. Die Ärztin ist freundlich und arbeitet schon lange für meinen Dad. Traurig muss ich an Lisa denken, verwerfe aber den Gedanken sofort wieder, damit es mir nicht noch beschissener geht. »Was fehlt ihnen noch, außer der häufigen Übelkeit und dem traurig sein?« Aufmerksam sieht sie mich an. »Eigentlich nichts.« Sie nickt nachdenklich und entschließt sich, dann einen Kollegen mit ins Boot zu holen. Mir wird Blut abgenommen und es wird alles durchgecheckt, bis in mein letztes Organ, stellen sie mich auf den Kopf. Nach zwei Tagen sitze ich wieder im Krankenflügel beiden Ärzten gegenüber.

»Miss Cunningham, die Blutuntersuchung hat ergeben, dass sie schwanger sind. Herzlichen Glückwunsch.« Ein Rauschen tritt in meine Ohren und alles, was die Ärzte sagen und erklären höre ich wie durch Watte. Schwanger. Tränen bilden sich in meinen Augen und laufen über, weil ich es nicht fassen kann. Mitten im Satz unterbreche ich die Ärztin einfach, doch das ist mir egal. »Aber das kann nicht möglich sein. Ich habe die Drei-Monats-Spritze bekommen.«

Sanft lächelt sie. »Auch dabei kann einiges schiefgehen. Zu starkes Antibiotikum beeinträchtigt die Wirkung massiv.« Als ich hier aufgewacht bin, hing ein Tropf an meinem Arm. Aber der letzte Sex ist dann trotzdem viel zu lange her. Fragend versuche ich mir einen Reim darauf zu machen, doch was jetzt wichtiger ist, das Baby. »Sie dürfen es nicht meinem Dad sagen bitte.« Schluckend sehe ich die beiden an und sie nicken. »Wir haben eine Schweigepflicht. Keine Sorge.« Hoffentlich, weil ich nicht will, dass mich irgendwer dazu zwingt, es wegmachen zu lassen.

Nach einer Untersuchung von dem Arzt halte ich ein Ultraschallbild in den Händen. Schon jetzt sieht man einen kleinen Menschen darauf. Noch eine Woche, dann kann ich es meinen Eltern sagen, weil es dann für eine Abtreibung zu spät wäre. Doch sagen muss ich es ihnen, weil ich weiter bei ihnen wohnen werde und nicht einfach mal eben hier ein Kind verstecken kann. Ob Talon sich freuen würde? Wohl eher nicht, weil er keine

Kinder wollte. Das hat er sofort klargemacht. Auch wenn die Situation sehr belastend für mich ist, versuche ich mich zusammenzureißen. Ich will, dass es dem Baby in mir gut geht und dafür werde ich alles tun, wenn es sein muss.

Zwei Wochen warte ich noch, ehe ich den Mut aufbringe, es meinen Eltern zu sagen. Beim Abendessen sitzen wir mal wieder seit langer Zeit gemeinsam am Tisch. Meine Mom wirkt noch immer kalt und verschlossen, auch weiß ich nicht, wie ich mit der Antwort meines Dads umgehen soll. Er hat zwar gesagt, dass die Information über meine Mom nicht stimmt, doch sein kurz geschocktes Gesicht lässt mir keine Ruhe. Irgendwas stimmt da nicht und ich werde rausfinden, was es ist, bei Zeiten. Jetzt ist erst einmal wichtig ihnen zu sagen, dass sie Großeltern werden. Schützend lege ich meine Hand auf meinen Bauch und fange einfach an. »Mom? Dad? Ich muss euch etwas sagen.« Aufmerksam sehen mich beide an. »Ich bin schwanger.« Entsetzt lässt meine Mutter ihre Gabel fallen und meinem Vater fallen fast die Augen aus dem Kopf. Um die plötzlich angespannte Stimmung zu sprengen, sage ich halb grinsend »Überraschung«, doch das scheint es nicht besser zu machen.

Meine Mom wirkt eher zornig und mein Dad nach dem ersten Schock besorgt. Dann geht eine Diskussion los, die ich mir am liebsten hätte gespart. Aber was soll ich tun? Ich wäre eigentlich gerne woanders, doch das ist nicht mehr möglich. Seufzend lasse ich unangenehme Fragen über mich ergehen und das Gejammere von meiner Mom, was das für eine Tragödie wäre. Mit allem, was ich habe, rede ich dagegen und kämpfe für mein ungeborenes Baby, weil ich es will. Weil es das Letzte ist, was ich von ihm habe. Das kann ich einfach nicht aufgeben, doch leider bin ich auf meine Eltern angewiesen, weil ich bisher weder studiert, noch einen Job ausgeübt habe. Damit wollte ich mir immer Zeit lassen, das bereue ich jetzt etwas, weil meine Mom mich vor eine Wahl stellt, die ich nicht treffen will.

Der ganze Abend endet mit einem Streit und ich ziehe mich traurig auf mein Zimmer zurück. Das Keifen meiner Mutter hallt gefühlt durchs ganze Haus. Dass sie nicht begeistert sein würden, war mir klar, aber dass gerade meine Mom, so ausflippt, damit hätte ich nicht gerechnet.

Ich werde heiraten. Als ob das die besten Neuigkeiten der Welt wären. Dabei könnte ich kotzen. Alec Kingston, ist der Sohn eines anderen Politikers und kommt aus gutem Hause. Würg! Meine Mom hat mir die Wahl gelassen zu gehen oder die Familienehre aufrechtzuerhalten und zu heiraten. Außerdem will sie, dass ich wieder vor die Kameras trete, weil das gute Publicity für den nächsten Wahlkampf wäre. Murrend habe ich mich auf all das eingelassen, weil ich dieses Baby unbedingt will. Doch am liebsten würde ich flüchten und zu Talon zurückkehren.

Wenn ich nur wüsste wie. Alec scheint nett zu sein und ihn interessiert es wohl nicht, dass ich bereits schwanger bin. Trotzdem will ich ihn nicht heiraten, nur damit meine Familie gut dasteht. Mir wird wohl nichts anderes übrig bleiben. Eine Scheidung geht heutzutage ja auch sehr schnell. Je mehr Zeit vergeht, desto mehr glaube ich, dass er mich zurückgebracht hat, und nicht vorhatte mich wiederzuholen. Also ist die Theorie mit der medizinischen Versorgung dahin. Mein Herz bricht, aber ich bleibe stark für mein Baby. Alec bezieht irgendwann ein Zimmer im Weißen Haus, damit alles nach einer ganz normalen Beziehung aussieht.

Ich könnte nicht genervter sein. Als ich ungefähr im sechsten Monat bin, trete ich dann zusammen mit Alec vor die Kamera, mein schon dickerer Bauch ist gut zu sehen, unter dem Wollkleid, das ich trage. Die Medien berichten von einer Blitzverlobung und dem Traumpaar schlechthin. Für die Fotos küsse ich ihn sogar und bemerke, wie er sich mir auf diese Weise unangenehm nähert. Seine Lippen verweilen zu lange auf meinen und er schließt die Augen, währenddessen. Gott. Aber eine kleine Stimme in mir murmelt, dass diese Nummer hier vielleicht Thief erreicht und er durchdreht. Die Hoffnung, die bei diesem Gedanken in mir wächst, ist groß. Sehr groß. Bitte Talon, ich flehe dich an, hol mich hieraus.

Bald erfahre ich, dass ich einen Jungen bekomme. Bisher hat der kleine Mann sich immer versteckt und man konnte nichts erkennen. Mein Bauch wird immer größer und die Schwangerschaft zunehmend anstrengender. Dafür ist die Presse ganz geil auf jeden Schritt, den Alec und ich machen.

Meine hart erkämpfte Freiheit ist dahin und auch fühlt sich das alles noch immer so falsch an, aber mir bleibt keine andere Wahl. Schwanger werde ich keinen Job bekommen und ich habe niemanden, der auf das Baby aufpassen könnte. Die Hochzeitsvorbereitungen sind im vollen Gange und machen mich wahnsinnig. Meine Mutter blüht richtig dabei auf und sie ist wieder zugänglicher als vorher. Immer wieder sagt sie mir, dass ich das Richtige tue, weil sie das auch damals so gemacht hat. Als sie mit mir schwanger gewesen ist, hat sie meinen Dad geheiratet. War sie denn jemals schwanger? Diese Frage beschäftigt mich bis heute, weil mein Dad so komisch auf meine Frage reagiert hat. Ihre Augen strahlen voller Stolz, auch weil Alec so ein guter Fang ist.

Aber das hier ist nicht das Richtige, zumindest für mich nicht. Alles, was ich will, ist diesen dunklen Mann zurück, der mich entführt und zu der Seinen gemacht hat. Trotz allem bleibe ich tapfer und mache alles mit. So vergeht jeder Tag, ohne ihn. Dafür habe ich etwas Wertvolles bei mir, denn ich trage seinen Sohn unter meinem Herzen.

Im siebten Monat geht es mir seelisch wieder schlechter. Ich sehne mich nach dem Bunker, nach Liam, Lisa und Amber und natürlich nach ihm, dem Daddy meines Babys. Ich liege am frühen Abend im Bett und versuche die Hochzeit, die in einer Woche stattfinden soll, zu verdrängen. Heiße Tränen bahnen sich einen Weg über meine Wangen und die Verzweiflung wird immer größer. Einsam weine ich mich in den Schlaf und hoffe, dass alles irgendwie noch gut werden kann.

»Prinzessin, du musst wach werden.« Ein Wispern weckt meinen unruhigen Schlaf. Shit! Jetzt höre ich ihn schon. Langsam schlage ich die Augen auf und erschrecke mich zu Tode. Eine große Hand legt sich auf meinen Mund und drückt mich in die Kissen. »Schscht, ich bins.« Aus großen Augen starre ich direkt in ein Meer voll Eis. Er ist hier. Aufgeregt hüpft mein Herz in der Brust, doch dann werde ich wütend. Angepisst schlage ich die Hand von meinem Mund und hole aus. Klatschend treffe ich seine Wange, so fest, dass sein Kopf zur Seite fliegt.

»Du elender Scheißkerl.« Tränen bilden sich in meinen Augen und ich kann es kaum fassen. Da steht er einfach so an meinem Bett und das ganz plötzlich. Erneut packt mich die Wut auf ihn und ich hole noch einmal aus, doch Talon reagiert und hält mein Handgelenk fest. Knurrend beugt er sich zu mir runter, nah an mein Ohr heran. »Baby, ich schwöre dir, sobald du sicher mit mir zuhause bist, darfst du mich für mein Verhalten gern bestrafen, aber jetzt haben wir eine Aufgabe.« Mit aufgerissenen Augen starre ich ihn an, doch sein Blick ist fest, er meint jedes Wort ernst. »Wieso hast du mich zurückgebracht?«

Die Tränen, die sich eben schon angebahnt haben, laufen über, so verletzt bin ich. Thief hockt sich vor mein Bett und streicht mir zärtlich durchs Gesicht. »Es tut mir leid, Stacy, alles, wir haben wirklich viel zu klären, aber jetzt müssen wir deinen Dad finden.« Fragend sehe ich ihn an. »Du bist hier nicht mehr sicher Prinzessin, dein Vater hat viel gelogen und Dinge getan, die nicht richtig sind. Weißt du, wo er ist?« Verwirrt blicke ich auf den Wecker, der auf meinem Nachttisch steht. Es ist erst kurz nach zehn, meist arbeitet er bis spät in die Nacht hinein. »Was meinst du damit? Meinst du das mit meiner Mom? Dass sie gar nicht meine leibliche Mutter ist?« Verblüfft schaut er mir in die Augen, während ich beschämt runter schaue. »Ich war in deiner Bibliothek, um zu lesen, doch die Akte ist mir vom Schreibtisch gerutscht. Stimmt es, was darin steht?«

Leicht nickt er und ich glaube ihm. Das Verhalten meines Dads nach meiner Frage kam mir sowieso schon merkwürdig vor. »Wir klären das alles, aber jetzt muss ich schnell mein Aussehen verändern und wir müssen deinen Dad finden. Außerdem will ich nicht, dass du den Schmierlappen heiratest.« Seine Gesichtszüge werden finster bei der Erwähnung meiner Hochzeit.

* * *

KAPITEL 22

Natürlich hat Stacy viele Fragen, genau wie ich. Zuerst wollte ich mich nicht einmischen und sie einfach ihr Leben leben lassen, doch Liam ist dran geblieben und hat gebohrt, deswegen sind wir hier. Ob das mein Kind unter Stacys Herzen ist, weiß ich nicht, doch die Wahrscheinlichkeit ist höher, als dass es von diesem Kingston ist. Außerdem zeigt mir ihre Reaktion auf mein plötzliches Auftauchen, dass Liam Recht hatte. Sie wird das nicht freiwillig tun, sondern nur, damit es keinen Skandal gibt. Anfangs habe ich gedacht, er hat einen Vogel, aber je mehr ich mir im Fernsehen über diese Scheiße angesehen habe, desto öfter konnte ich sehen, dass Stacys Blick nicht glücklich ist.

Ihre Lippen haben gestrahlt, doch ihre Augen waren stumpf. Jetzt stehe ich in einem luxuriösen Badezimmer und setze mir Kontaktlinsen ein und eine hässliche braune Perücke auf. Ich hasse die Dinger, aber zuerst wollte ich, dass Stacy mich sieht und nicht meine Verkleidung, zu riskant, dass sie ausgeflippt wäre. Langsam gehe ich zurück in ihr Zimmer, auch sie hat sich angezogen, so wie ich es von ihr verlangt habe. Ihr dicker Bauch sticht mir sofort ins Auge und ich weiß, dass für alles, was geklärt werden muss, noch später Zeit ist. Aber mir brennt diese eine Frage auf der Seele. »Ist es meins?« Mit schief gelegtem Kopf sieht sie mich an, ein kleines Lächeln zuckt an ihren Mundwinkeln.

»Du bist zurückgekommen, obwohl du dir nicht sicher bist?« Zur Antwort nicke ich, das hat vorwiegend mit ihrem verlogenen Vater zu tun, aber das klären wir gleich.

»Ich konnte es kaum glauben, als ich davon erfahren habe, aber dann erklärte man mir, dass auch die Spritze nicht sicher ist.« Zärtlich streicht sie über ihre Rundung, ehe sie mit erstickter Stimme weiterspricht. »Nachdem es mir immer schlechter gegangen war, wurde ich untersucht. Meine Eltern haben erst nach dem dritten Monat davon erfahren, weil ich wusste, dass ich es behalten will, das Wertvollste, was ich von dir bekommen habe. Also kämpfte ich, deswegen muss ich heiraten, obwohl ich das gar nicht will.« Erleichterung flutet mein Herz, auch wenn ich mir schon gedacht habe, dass sie nicht freiwillig diesen Kingston heiraten will. Mit Tränen in den Augen gehe ich zu ihr herüber, angespannt mustert sie mich. »Du siehst wirklich fremd aus.« Ich grinse und beuge mich zu ihr runter, um ihre Stirn zu küssen. »Wenn du willst, verkleide ich mich zuhause auch mal.«

Sie lacht und ich spüre, wie sehr ich diesen Ton vermisst habe. Wie sehr sie mir gefehlt hat, ihr Wesen und ihre Art. »Ich liebe dich, Stacy Cunningham und ich möchte dich an meiner Seite haben, mit dem Baby, mit allem, was dich ausmacht.« Wieder treten Tränen in ihre wunderschönen Augen, dann flüstert sie rau. »Ich liebe dich auch, Talon, nimm mich bitte wieder mit.« Lächelnd nicke ich, doch es wird nicht noch einmal so einfach werden. Für sie, nicht für mich. Aber Stacy hat nicht nur die Wahrheit verdient, sie hat auch Gerechtigkeit für ihre Freundin Jill verdient. Die sie gefunden hat, mit aufgeschlitzter Kehle.

»Weißt du, wo wir deinen Dad finden?«

Gemeinsam schleichen wir über die Flure des Weißen Hauses. Es ist schon beachtlich hier drinnen, das muss ich zugeben. Trotzdem ist der Präsident ein Arschloch nach meinen neusten Erkenntnissen. Stacy glaubt, er sei in seinem Büro und ich hoffe, sie hat Recht damit. Vor einer großen braunen Tür bleibt sie stehen und klopft vorsichtig an. »Herein.« Bingo! Aufmunternd nicke ich ihr zu, obwohl ich weiß, dass die Nummer hier ihr Herz brechen wird, aber ich werde sie heilen und wieder ganz machen. Liam und mein Team haben die Sicherheitsanlage angezapft und sorgen dafür, dass alles normal aussieht, damit uns keiner erwischt. Auf eine Schießerei kann ich gut und gerne verzichten, auch weil ich nicht will, dass der Prinzessin etwas passiert und dem Baby auch nicht. Es ist meins. Stolz blicke ich auf ihre Rundung herab, als sie die Klinke herunterdrückt und eintritt. »Dad? Können wir reden?« Noch bleibe ich hinter der Tür versteckt und höre, was er sagt. »Natürlich, was ist los Stacy?« Das ist mein Stichwort und auch ich betrete das Büro des Präsidenten. Mit großen Augen sieht er mich an. »Wer ist das?«

Er springt auf und will losbrüllen, aber ich bin schneller und erkenne die Gefahr für uns sofort. Hastig ziehe ich eine Waffe aus meiner Hose und richte sie auf ihn. »Dir wird nichts passieren, Dad, das ist ein Freund von mir, er wird dir ein paar Fragen stellen.« Stacy ist verdammt ruhig für diese Situation und sie zeigt mir mal wieder, wie anders sie sein kann. Stolz rauscht durch mich hindurch und ich weiß, dass ich richtig gehandelt habe. Dass es richtig war, wiederzukommen und sie mir erneut zu holen. »Setzen, sofort.« Ich schließe die Tür hinter mir und drehe den Schlüssel im Schloss herum. Mit einem lauten klack, ist das Ding zu und der Schlüssel landet in meiner Tasche. »Stacy, wwaass ist hier loooss?« Der Präsident wirkt nervös, doch meine Prinzessin bleibt ganz cool. Noch weiß sie nicht, was auf sie zukommen wird, aber ich habe ihr gesagt, was sie anfangs zu ihm sagen soll. Sie räuspert sich und fängt dann mit kräftiger Stimme zu sprechen an. »Ich werde Alec Kingston nicht heiraten, Dad. Das wollte ich von Anfang an nicht. Ich habe mich auf diesen Mist nur eingelassen, weil Mom gedroht hat, mich auf die Straße zu setzen.« Heiße Wut lodert in mir auf. Was für eine Bitch, dabei ist sie nicht einmal ihre richtige Mutter.

Erschrocken schaut er seine Tochter an. »Aber Stacy, die Medien, die Leute, das kannst du nicht machen.« Sie nickt und ich beneide sie für ihre Ruhe. Ihr Vater stellt deutlich seine Interessen über ihre, damit er gut dasteht. »Ich kann und ich werde.« Er schüttelt fassungslos den Kopf. »Wo willst du leben, wie willst du das mit einem Baby schaffen?« Endlich kann ich mich einschalten. »Darüber reden wir später Mr. Cunningham.« Grinsend schreite ich durch den Raum, als ob er mir gehören würde. »Und Sie sind?« Wütend schaut er mich an, aber das ist mir egal. »Das tut nichts zur Sache.

Alles, was ich will, ist, dass sie ihrer Tochter endlich mal reinen Wein einschenken.« Fragend sieht er mich an und schüttelt nun hilflos den Kopf. »Erzählen sie ihr doch bitte, von ihrer kurzen Affäre mit Debbie Carlson.« Noch immer halte ich die Waffe in der Hand, falls das hier eskalieren sollte, doch ich lasse sie locker an der Seite meines Beins runterhängen. Stotternd weicht Nigel Cunningham mir aus.

»Ich wwweiß beim bbessten Willlen nicht, wwwasss sie meinen.« Mein Blick schießt zu Stacy herüber, die mich nun auch entsetzt anblickt. Es tut mir leid Prinzessin, aber das hier wird noch viel härter. »Nicht? Soll ich ihnen auf die Sprünge helfen?« Drohend gehe ich auf ihn zu und stelle mich genau vor seinen Schreibtisch. Dann hole ich, aus meiner Hosentasche mein Handy, auf dem Liams Hacker alles gespeichert hat. Ich drehe den Ton auf und spiele eine uralte Aufnahme ab. »Oh Nigel bitte, ich muss dich dringend sehen, ich habe Neuigkeiten.« Wir hören ein genervtes Seufzen, dann spricht Cunningham. »Debbs, das geht so nicht weiter, Rebecca ahnt, glaube ich, schon etwas von uns.«

Seine Stimme ist deutlich zu erkennen, auch wenn die Qualität nicht die Beste ist. »Stoppen sie das sofort.« Der Präsident lässt sich in seinen Stuhl zurückfallen und blickt verzweifelt seine Tochter an. »Es tut mir leid, Stacy.« Dann schweigt er wieder. »Erzählen sie weiter Nigel, seien sie nicht so schüchtern, denn das ist ihre letzte Gelegenheit, ihrer Tochter die Wahrheit zu sagen.« Erschrocken schaut er mich an, während ich grinse. »Sie kommt danach mit mir, das da.« Ich deute auf ihren Bauch. »Ist mein Kind und ich habe ein Recht dazu, es groß werden zu sehen.« Auch wenn es ihn einen Scheiß angeht, das konnte ich mir nicht verkneifen. Fassungslos schaut er seine Tochter an, die nickt.

»Ist das der Kerl, der dich entführt hat?« Stacy nickt wieder und schaut ihm stur in die Augen, dann wird Cunningham laut. »Du hast absichtlich falsche Angaben bei der Polizei gemacht?« Staunend sehe ich sie an. Meine Angst, dass sie Liam und mich in die Scheiße reiten könnte, war groß. Auch noch nachdem ich meine Entscheidung sie gehen zu lassen getroffen habe, doch ihre Sicherheit war mir wichtiger als alles andere auf der Welt. Selbst, wenn ich im Knast gelandet wäre.

Aber dass sie absichtlich falsch ausgesagt hat, das lässt mein Herz höher schlagen. Fuck, diese Frau ist perfekt für mich, ganz so, wie ich es schon immer wusste. Nur haben sich meine Grenzen verschoben und nun liebe ich sie. Noch immer will ich sie besitzen, aber sie ebenso lieben und ihr alles geben, was sie braucht. Sie nickt und ich unterbinde diesen Mist. »Bei allem Respekt Mr. Cunningham, es geht hier nicht um ihre Tochter, sondern um sie. Fangen sie lieber an zu beichten, sie haben eine Stunde Zeit.« Fies grinse ich, doch er nickt mit zusammengepressten Lippen. Immer behalte ich ihn im Auge, weil ich keine Lust habe, dass er seine Wachmänner verständigt, aber er packt aus.

Stacy erfährt alles über die Affäre von Nigel und ihrer leiblichen Mutter. Niemand wusste davon, doch dann hat Cunningham Rebecca eingeweiht, weil Stacy unterwegs war. Zusammen schmiedeten sie einen teuflischen Plan, der auch in ihre Zukunft passen würde. Schon immer hat Nigel eine höhere Position in der Politik angestrebt und konnte sich deshalb keine Skandale erlauben. Seine Stimme klingt ganz nüchtern, als ob er nichts sonderlich Schlimmes getan hätte. Widerlich! Und das denke ich mir, der Mann der seine Tochter entführt hat.

Das heißt schon einiges. »Sie musste aus dem Weg geräumt werden, weil ich Angst hatte, dass sie irgendwann alles auspackt. Spätestens, wenn ich wirklich eine höhere Position erreicht hätte.« Er schluckt und schaut betreten auf seinen Schreibtisch. »Rebecca kann keine eigenen Kinder bekommen, das wussten wir schon durch eine Untersuchung früh genug, aber sie hat sich unbedingt welche gewünscht. Also schlugen wir mit der Ermordung an Debbie zwei Fliegen mit einer Klappe.« Seine Stimme fängt an zu zittern und ich kann dadurch wenigstens ein wenig Menschlichkeit an ihm erkennen.

»Unsere Spuren haben wir gut verwischt und niemand hat etwas geahnt.« Wieder mische ich mich ein. »Scheinbar nicht gut genug. Warum die Polizei nicht auf die Aufnahmen gestoßen ist, frage ich mich bis heute. Aber sie sind davon gekommen, wahrscheinlich weil es nur eine Frau gewesen ist, die in einem kleinen Trailer hauste.« Der Präsident nickt, während Stacy Tränen über die Wangen laufen. Schon jetzt sieht sie fertig aus, aber das war es noch nicht, doch plötzlich fragt Stacy ihn etwas. »Sollte ich auch so enden? Hättet ihr mich auch einfach kalt gemacht, wenn ich nicht nach eurer Pfeife getanzt wäre?« Nachdenklich sieht sie ihren Vater an, der vorerst schweigt und scheinbar eine Antwort sucht. »Ich weiß es nicht. Vielleicht, wenn du dich nicht auf eine Hochzeit eingelassen hättest.«

Erschrocken schluchzt meine Prinzessin auf, am liebsten würde ich Cunningham, als Sandsack benutzen. Dieser Pisser. Da sind wir wieder bei dem Thema mit den Preisen, einige Menschen kosten Geld, anderen ist ihr Ruf am wichtigsten. Er ist definitiv von der zweiten Sorte Mensch. »Halten Sie die Klappe, Cunningham, ansonsten vergesse ich mich gleich. Erzählen sie ihrer Tochter, warum sie vertuscht haben, dass sie Jill gefunden hat, mit aufgeschlitzter Kehle.« Mit großen Augen sieht Stacy mich an. »Es tut mir leid, Prinzessin, aber du hast verdient, die Wahrheit zu kennen.« Drohend hebe ich meine Hand mit der Waffe. »Machen Sie schon Cunningham, die Zeit ist gleich um.« Panisch sieht er mich an.

»Ich kann auch wieder eine Tonaufnahme vorspielen, wenn sie unbedingt wollen.« Er schüttelt den Kopf und atmet dann durch. »Nein, das ist nicht nötig, bitte. Ich werde alles erzählen, aber in meinem Tempo.« Bittend sieht er mich an. »Tick tack.« Mit dem Zeigefinger deute ich auf meine Uhr. »Was meinst du damit? Dad, was will er damit sagen?« Ungehalten steht Stacy auf und stützt ihre Hände auf dem Schreibtisch ab. Cunningham seufzt tief, dann lässt er mit einem Satz die Bombe platzen. »Ich bin für Jills Tod verantwortlich und ich wusste auch, dass du sie finden würdest.«

Geschockt über das Geständnis, setzt Stacy sich hin. Ihr Gesicht wirkt noch blasser als vorher. Heulend sieht sie mich an und es zerreißt mir mein eigenes Herz, sie so zu sehen. »Wusstest du davon? Bevor du mich geholt hast?« Ich schüttle den Kopf. »Liam konnte nicht damit abschließen, dass ich dich gehen lassen habe. Er hat dich im Auge behalten und erneute Informationen ans Tageslicht befördert. Deshalb bin ich hier, weil ich Angst um dich hatte und weil du die Wahrheit verdienst.« Noch immer völlig außer sich schaut sie ihren Vater an.

»Wieso?« Locker zuckt er mit den Schultern. »Jill hat sich verändert, sie hat Dinge getrieben, die nicht gut gewesen sind. Ich hatte Angst, dass du auch solche Sachen machst. Dass du dir ein Beispiel an ihr nimmst und irgendwann rauskommt, dass du auch so pervers bist. Ihre Leiche diente der Abschreckung und der Sicherstellung meines guten Rufes.« Laut saugt Stacy Luft in ihre Lungen, dann brüllt sie los. »Du bist krank. Sie war meine beste Freundin, mein Halt, mein Ein und Alles. Ich habe Albträume gehabt und geglaubt dieser Rus, hätte ihr die Kehle durchgeschnitten. Mein ganzes Leben habe ich deshalb geändert, bin in die Kirche gegangen und habe mir geschworen niemals so zu werden wie sie.«

Verzweifelt sieht sie mich an, am liebsten würde ich sie beschützen, vor alldem hier, aber sie muss es wissen. Sie muss wissen, was für ein Schwein ihr Vater ist, dass sie hier nicht wirklich sicher ist und dass sie zu mir gehört. Mit kalter Stimme spricht sie weiter. »Knall ihn ab, Thief.« Entsetzt springt Cunningham auf. »Stacy, bitte, das kannst du doch nicht ernst meinen.« Hysterisch lacht sie und blickt ihrem Vater dann in die Augen. »Du hast mein Leben versaut, du bist schuld, dass meine Mom und meine beste Freundin tot sind.« Plötzlich stutzt sie, dann spricht sie weiter. »Ihr habt gar nicht nach mir gesucht, oder?« Kopfschütteln. »Ihr seid froh gewesen, dass ich mich bis jetzt aus den Medien rausgehalten habe, oder?« »Ja, weil du Debbie mit jedem Tag ähnlicher wurdest, deshalb kann Rebecca deinen Anblick auch nicht mehr ertragen. Außerdem hatten wir Angst, dass jemand eine Verbindung sieht.« Immer wieder fordert Stacy mich auf abzudrücken, aber das werde ich nicht tun. Dann bin ich nicht besser als er und das möchte ich sein, für sie und unser Baby. »Ich habe einen anderen Vorschlag.«

Aufmerksam sehen mich die beiden an. »Ich werde Stacy mitnehmen, ohne dass uns jemand folgt, sie werden nicht nach ihr suchen oder nach mir. Lassen Sie uns in Ruhe leben, ansonsten werden die Beweise an die Öffentlichkeit gehen. Sie werden ihren Ruf und die nächste Wahl verlieren. Wir werden hieraus spazieren, sie werden vergessen, dass sie jemals eine Tochter hatten, und ich lasse sie leben.« Mit großen Augen sieht er mich an. »Aber die Hochzeit, die Medien und all die Leute …« »Das ist ihr Problem, Nigel, wählen Sie das Leben oder den Tod?«

Zusammen mit der Prinzessin packe ich Klamotten in einen Koffer. Sie ist noch immer sichtlich geschockt und ich wünschte mir, ich hätte ihr das ersparen können, aber die Wahrheit ist wichtig auch damit Wunden heilen können. Jetzt haben wir uns. In ein paar Wochen werden wir schon zu dritt sein und uns um ein kleines Baby kümmern. Bei dem Gedanken ist mir noch immer nicht ganz wohl, aber ich weiß, dass ich anders bin als meine Eltern.

Gemeinsam verlassen wir das Zimmer und warten auf Cunningham, der uns bis vor das Tor bringen wird. Er hält sein Wort, das ist sein Preis, mit dem er käuflich ist, sein Leben und sein verfickter Ruf. Am Tor angekommen steigt er mit uns aus und nähert sich Stacy. Sofort bin ich in Alarmbereitschaft. »Stacy, ich hoffe, du kannst mir vergeben. Ich liebe dich und wollte immer nur dein Bestes.« Trotzig schaut sie ihn an, dann spuckt sie ihm vor die Füße. »Du meinst wohl dein Bestes. Such nicht nach mir, denk nicht mal an mich, denn ich schwöre, das wird Konsequenzen haben, für dich und für andere.«

Fast muss ich lachen, weil sie meine Worte benutzt, die ich ihr nach ihrer Flucht an den Kopf geknallt habe. »Ich hoffe, wenn du irgendwann stirbst, dass es langsam und qualvoll für dich wird.« Mit diesen Worten lässt sie ihren Dad stehen und nimmt meine Hand in ihre. Vertrauensvoll blickt sie zu mir auf und ich werde alles dafür tun, dass dies so bleibt. Stacy Cunningham gehört mir, mit Haut und Haaren.

* * *

KAPITEL 23

Auch Tage nachdem ich zurück bei Talon bin, habe ich noch einen Schock. Die Geständnisse meines Dads hallen immer wieder in meinem Kopf nach. Besonders das mit Jill kann ich kaum fassen. Zerfressen von meinen schlimmen Gedanken und den teils dunklen Erinnerungen sitze ich vor einem Kamin im Keller. Zwar befinde ich mich in einem der vielen Folterräume, aber das Feuer entspannt mich etwas und spendet sanfte Wärme. »Hier bist du, ich habe dich überall gesucht.« Thief kommt zu mir und setzt sich hinter mich. Fest schlingt er seine Arme um mich und gibt mir Halt. »Ich kann einfach diesen Horror nicht vergessen.«

Zärtlich küsst er meine Schläfe und nickt verstehend. »Das denke ich mir, es ist immer schwer, weil es so unfassbar ist, wie skrupellos manche Menschen sind.« Fragend blicke ich über meine Schulter in seine zwei Eiskristalle. Zwar weiß ich von ihm, dass auch er ein schlechtes Elternhaus gehabt hat, jedoch nicht, was es damit auf sich hat. Leise fängt er zu erzählen an. »Meine Eltern waren drogenabhängig, alle beide. Es war der klassische Verlauf. Zuerst haben sie keine harten Sachen konsumiert, sondern sowas wie Gras oder Tabletten, aber mit den Jahren wurde es immer schlimmer. Meine Mom fing an, für Geld ihren Körper zu verkaufen, und machte das nicht mal heimlich. Ihre Freier gingen bei uns ein und aus. Meinen Dad hat das wenig gejuckt, denn die Kohle bedeutete auch immer neuen Stoff.«

Er atmet kurz durch und ich schiebe meine Hände zwischen seine und drücke sie fest. Das, was er erzählt, klingt schrecklich.

»Wie alt warst du, als du es bewusst mitbekommen hast?« Talon vergräbt seine Nase in meinem Haar und atmet tief ein. Diese Nähe zu ihm tut mir unheimlich gut und sie heilt auch meine Wunden. »Sieben.« Entsetzt hole ich Luft und versuche, mir den kleinen Talon vorzustellen, und wie er immer wieder mitbekommt, was seine Eltern da treiben. »Ihnen war das Zeug, was sie konsumiert haben, immer wichtiger. Je mehr sie nahmen, desto weniger kümmerten sie sich um mich.« Ich lehne meinen Kopf auf seine Schulter und küsse zärtlich seine Wange, bevor er leise weiter erzählt. »Als ich dreizehn war, wurde es noch schlimmer, weil es kaum noch Typen gegeben hat, die mit meiner Mutter für Kohle pennen wollten. Das Geld wurde knapp und zum Teil hatten wir kaum etwas Essbares im Kühlschrank.«

Ungläubig schüttelt er den Kopf, als ob er es noch immer nicht fassen könnte, wie es damals gewesen ist. »Eines Tages kam ein Kerl, er war schmierig, ungepflegt und unfreundlich. Jedenfalls hat er mich gesehen, weil ich gerade durch Zufall auf die Toilette musste. Sonst bin ich oft in meinem Zimmer geblieben, um die Realität auszuschließen. Er bot meinen Eltern lächerliche fünfhundert Dollar, damit er mich mitnehmen durfte.« Aufgeregt pumpt mein Herz in meinen Brustkorb und ich halte gebannt die Luft an, weil ich nicht glauben kann, was ich da höre. Gleichzeitig befürchte ich, schon zu wissen, was kommt. »Sie schlugen ein und ich musste mit dem Kerl mit, ohne zu wissen, was mich erwartete. Von da an gab es keine Schule mehr für mich, keine Freunde und keinen Halt, der mich hätte stark gemacht für diese Zeit.« Gott, wie fruchtbar. Deswegen ist er so dunkel, deshalb sagt er immer, dass jeder Mensch käuflich ist, weil er selbst diese Erfahrung machen musste, und das am eigenen Leib. Er ist verraten worden von Menschen, denen man bedingungslos vertraut, die einen lieben und die man zurück liebt. »Ich bin irgendwann abgehauen, habe mich mit kleinen Diebstählen durchgeschlagen und bin auf Liam getroffen. Er ist aus dem Heim abgehauen, weil es dort genauso beschissen gewesen ist. Also taten wir uns zusammen.«

Wenigstens haben die zwei sich gefunden, wobei das nur ein kleinerer Trost ist. »Wo habt ihr geschlafen?« Talon streicht scheinbar gedankenverloren über meinen Bauch, als er weitererzählt. »Meist in leerstehenden Häusern oder anderen Gebäuden. Im Sommer war das kein Problem, aber im Winter, war es meist arschkalt. Trotzdem haben wir es geschafft. Dann sind wir irgendwann auf Tia gestoßen und haben sie unter unsere Fittiche genommen. Sie war ebenfalls erst dreizehn, als sie vor ihrer Pflegefamilie geflüchtet ist. Zusammen haben wir es geschafft und begingen immer größere Einbrüche und Diebstähle. Das Klauen an sich bräuchte ich gar nicht mehr, doch mich packt immer dieses Kribbeln, die Gefahr doch erwischt zu werden und das kickt mich bis heute.« Seine Geschichte ist wirklich mehr als traurig und auch schockierend. Wie kann man so mit seinem eigenen Kind umgehen? Ich verstehe es nicht, das werde ich auch nie.

»Was habt ihr eigentlich mit Tia gemacht?« Noch immer hatten wir keine Gelegenheit in Ruhe miteinander zu sprechen, weil Talon damit beschäftigt ist, meinen Dad zu beobachten. Er hat Angst, dass er sein Wort bricht und doch nach mir suchen lässt, was ich nicht glaube, denn dann hätten sie es schon das erste Mal getan und das haben sie nicht. »Sie ist tot, Liam hat sofort auf sie geschossen.« Entsetzt sehe ich ihn an. »Sie ist zu weit gegangen, Prinzessin und hat völlig die Realität verdreht. Vielleicht hat sie deshalb nicht den Tod verdient, aber Liam blieb nichts anderes übrig, nachdem sie auf dich eingestochen hat. Stell dir vor, sie hätte es noch mal gemacht, dann wären wir jetzt nicht hier.«

Kurz lasse ich seine Worte sacken, doch irgendwie schockiert mich das schon etwas. Sie haben für mein Leben einen ihrer Leute ausgelöscht. Ich schließe die Augen und genieße die kurze Stille zwischen uns. »Hast du dich deshalb nie gebunden, wegen deiner Eltern?« Sein Nicken kann ich deutlich an meinem Hals spüren, doch dann erklärt er mir, was all die Jahre in ihm vorging. »Ich habe weder Vertrauen zu jemandem gehabt, außer natürlich zu Liam, Tia und manchen Männern in meiner Organisation, noch habe ich an die Liebe geglaubt. Wenn du von den Menschen hintergangen wirst, die dich am meisten lieben sollten, dann verlierst du einfach alles.« Das kann ich verstehen, der Verrat meines Dads nagt noch immer an mir und ich befürchte, dass ich nicht so schnell einfach so alles ablegen werde. »Die Dunkelheit ist in meine Seele gezogen und hat sich dort festgebissen.« Sein raues Wispern verursacht eine Gänsehaut bei mir.

»Doch dann bist du gekommen und hast mit deiner Art irgendwas in mir berührt. Ich will nicht mehr ohne dich sein, Stacy Cunningham und auch, wenn ich Angst habe, dass wir Eltern werden, will ich das mit dir.« Seine Angst, Daddy zu werden, kann ich jetzt viel besser verstehen. »Du wirst nicht wie sie, Talon, wir werden das nicht. Weil wir wissen, wie es ist, enttäuscht zu werden.« Zärtlich küsst er meinen Kopf und fragt dann.

»Das heißt, du bleibst bei mir und wir werden glücklich bis ans Ende unserer Tage.« Ich muss kichern, weil wir uns nicht in einem Märchen befinden und ich keine Prinzessin bin, genau wie Talon nicht der Prinz ist, weil sein Inneres noch immer zu dunkel dafür wäre. »Ich will bleiben und mit dir zusammen sein, unter einer Bedingung.« »Und die wäre?« »Meine Freiheit.« Jetzt lacht auch er laut auf. »Alles, was du willst Stacy Cunningham.«

Nach weiteren Tagen wird Talon endlich ruhiger, was meinen Dad betrifft. Trotzdem ist er weiter auf der Hut, weil er mich beschützen will. Das ist auch der Grund, weshalb er mich nach Tias Angriff zurückgebracht hat, weil er glaubte, dass ich hier nicht sicher sein könnte. Zusammen mit Lisa richte ich das Kinderzimmer ein, weil es nicht mehr lange hin ist bis zur Geburt und ich alles fertig haben will. Ich erzähle ihr, wie Talon mich aus dem Weißen Haus geholt hat und was dabei alles ans Tageslicht gekommen ist. »Ich meine, kannst du es fassen? Da denkt man immer, deine Mom ist auch deine Mom und dann erfährt man von seinem eigentlichen Entführer, dass es sich dabei nicht um deine richtige Mutter handelt.« Fassungslos schüttelt Lisa den Kopf. »Mir tut das alles wirklich leid, auch das mit deiner Freundin und deinem Dad. Aber ich bin froh, dass du wieder hier bist, Stacy.« Fest umarmt sie mich und auch wenn ich solch eine Scheiße durch habe, muss ich zugeben, dass sie Recht hat. Auch ich bin froh, wieder hier zu sein, bei ihnen allen.

Im achten Monat der Schwangerschaft bin

ich an einem Punkt angekommen, an dem ich nachts nicht mehr schlafen kann. Die Positionen sind zu unbequem und überhaupt fühle ich mich fett. Sex darf ich auch keinen mehr haben, weil ich das große Glück habe, dass mein Gebärmutterhals verkürzt ist. Dabei haben Talon und ich uns erst wiedergefunden und uns unsere Liebe füreinander gestanden. Sex bindet einen doch enger. Um drei Uhr nachts habe ich die Faxen dicke und schleiche mich aus dem Bett. Talon liegt friedlich schlafend da. Er sieht dabei so entspannt aus, dass ich in unter keinen Umständen wecken will. Leise verlasse ich unser gemeinsames Schlafzimmer und gehe in die Küche.

Am Kühlschrank angekommen bediene ich mich fleißig. Orangensaft, frische Erdbeeren und Schokocreme landen auf dem Tisch. Nachdem ich alles Süße in mich reingestopft habe, will ich plötzlich was Saures und finde eingelegte Gurken. Mann, dieses Fressen muss endlich aufhören, sonst werde ich die Pfunde nie wieder los. »Was machst du denn hier?« Erschrocken schreie ich auf und halte mir die Hand aufs Herz. Liam steht grinsend im Eingang und sieht mich fragend an. »Essen.« Langsam kommt er näher und setzt sich zu mir auf die Bank, dann schaut er über den Tisch und lacht laut. »Ich dachte immer, dass es sich um ein Klischee handelt, dass Frauen ekelhafte Kombinationen in ihrer Schwangerschaft essen.« Beleidigt sehe ich ihn an und jammere. »Ich bin nicht ekelhaft.«

Frech zwinkert er mir zu und tippt mir auf die Nase. »Das habe ich nicht gesagt.« Er schnappt sich eine Erdbeere und fängt auch an zu essen. »Danke.« Kauend schaut er mir in die Augen. »Wofür?« Seufzend nehme ich meinen Mut zusammen. Wir konnten noch nicht viel sprechen, weil er Talon dabei hilft meinen Dad im Auge zu behalten und er viel mit Amber zu tun hat. »Dass du mir das Leben gerettet hast und dass du Talon ein solch guter Freund bist, dass du mich nicht aufgegeben hast und dafür gesorgt hast, dass Thief mich zurückholt.« Er lächelt und zieht mich dann in eine Umarmung. »Das habe ich gern getan, Stacy, ihr wärt doch beide sonst todunglücklich. Außerdem bin ich froh, dass er mal jemanden hat, der ihm die Stirn bietet und nicht nur ja und Amen sagt.«

Wir lachen und schrecken dann beide

hoch, weil eine dunkle Stimme durch den Raum hallt. »Das wünsche ich dir auch irgendwann, glaub mir Bruder.« Thief steht nur mit Jogginghose bekleidet im Durchgang zur Küche. Er sieht verdammt sexy aus und ich darf ihn nicht haben. Seufzend fährt mein Blick über seine definierten Muskeln und will über jede Furche lecken, doch dann frage ich mich, wie er mich gefunden hat in dem großen Haus. Ich hätte überall sein können. Auch er kommt rein und setzt sich zu uns. »Wie hast du mich so schnell gefunden?« Fragend sehe ich in sein blaues Eis. Er grinst wie ein kleiner Junge und streicht dann zart mit den Fingerspitzen über mein Armband. »In deinem Anhänger ist ein Sender drin, den hast du schon seit deinem ersten Besuch hier.« Verdutzt blicke ich auf mein liebstes Schmuckstück und kann es mal wieder nicht fassen. Liam lacht laut auf und auch ich muss grinsen. Der Mann ist unglaublich. Seine Berührung löst ein Prickeln in mir aus und ich will ihn verdammt nochmal. Hier und jetzt. Fuck! Liam scheint den Stimmungswandel zu spüren, denn er steht plötzlich auf.

»Gute Nacht und desinfiziert die

Küche, wenn ihr es hier drin macht.« Dann ist er verschwunden und ich mit meinem dunklen Prinzen alleine. »Stacy, wir dürfen das nicht tun.« Ich weiß und das ist mehr als frustrierend. »Es ist so schwer, verdammt.« Jammernd klettere ich rittlings auf seinen Schoß und spüre seine Härte an meiner Mitte. Zärtlich küssen wir uns, auch wenn mein Bauch etwas im Weg ist. Das Kribbeln wird doller und ich will unbedingt einen Orgasmus haben. Zu lange ist es her, dass wir uns nicht mehr berührt haben.

»Baby, bitte mach es nicht schwerer als es eh schon ist.« Flehend sieht der hübsche Mann mich an, aber ich will nicht aufgeben. »Man sagte uns keinen Sex, aber was ist, wenn wir alles anlassen.« Frustriert stöhnt Talon auf, macht dann aber mit und wir reiben uns aneinander gegenseitig zum Orgasmus. Ich liebe diesen Mann, meinen Entführer und ich bin sicher, dass es für immer ist.

* * *

KAPITEL 24

Noch immer kann ich mein Glück kaum fassen. Die Prinzessin haucht meinem dunklen Inneren Leben ein und macht mich unglaublich glücklich. Dass es so laufen würde, damit hätte ich niemals im Leben gerechnet. Inzwischen warten wir jeden Tag darauf, dass unser Sohn das Licht der Welt erblickt, doch er lässt sich Zeit. Stacy hat keine Lust mehr darauf und hat jetzt schon klargemacht, dass sie kein zweites Baby will. Darüber bin ich auch ganz froh, weil eins mir schon Schweißausbrüche bereitet. Ich weiß nicht, ob ich ein guter Dad werden kann, aber ich werde alles versuchen. Den Präsidenten lasse ich nicht aus den Augen, weil ich ihm zutraue, doch noch nach uns zu suchen. Zwar werde ich mit jedem Tag, der vergeht, etwas entspannter, doch ich bleibe wachsam. »Talon?« Stacys panischer Schrei hallt durch den Flur, bis in meine Bibliothek. Sofort renne ich los und finde sie in unserem Schlafzimmer auf dem Bett liegen. »Was ist los?«

Ihr Gesicht verzieht sich zu einer Grimasse voller Schmerz. »Ich glaube, es geht los, verdammt.« Die Vermutung hatte sie schon dreimal und jedes Mal war noch alles in Ordnung. »Bist du sicher?« Wütend blickt sie mich an und ich muss fast lachen, als sie mich in die Hölle wünscht. »Ja, verfickt nochmal, ich bin sicher.« Ich gehe auf sie zu und nehme ihre Hand in meine, um für sie da zu sein. Gleichzeitig hole ich mein Handy heraus und funke Lisa an. Sie wird zusammen mit einem anderen Arzt die Geburt überwachen. Auch ein Team wird bereit sein, falls ein Kaiserschnitt nötig ist. Ich habe nichts dem Zufall überlassen. »Wem schreibst du da verdammt? Ich sterbe hier halb und du chattest in Seelenruhe.«

So fuchsteufelswild habe ich die Prinzessin noch nicht erlebt. Selbst nicht, als sie mich mit der Glasscherbe abstechen wollte. »Baby, ich habe Lisa Bescheid gegeben oder willst du das hier ohne einen Arzt machen?« Meine Stimme ist ganz ruhig, doch scheinbar regt das Stacy am meisten auf, weil sie sofort weiter keift. »Ich will das hier gar nicht machen. Schon mal daran gedacht?« Oh heilige Scheiße, das wird lustig. Ob andere Frauen auch so sind, wenn sie gebären? Keine Ahnung, aber meine Prinzessin, nimmt die dreckigsten Wörter in den Mund.

Endlich ist er da. Stacy ist völlig fertig, weil es Stunden gedauert hat, bis der kleine Mann endlich da gewesen ist. Sie hat nie schöner ausgesehen, aber das sage ich ihr besser nicht. Stundenlang hat sie mir gedroht mich zu erwürgen oder mir mein Ding abzuschneiden. Dabei hat sie mir fast die Hand gebrochen, weil sie unglaubliche Kräfte entwickelt hat. Doch sie hat unseren Sohn zur Welt gebracht, der gesund und wohlauf ist. Glücklich schaue ich auf das kleine Bündel in meinen Armen und kann nicht fassen, dass wir so etwas Schönes zustande bekommen haben. Sein Name ist Nox, was so viel bedeutet wie Nacht oder Finsternis. Darauf hat die Prinzessin bestanden, weil sie diesen Namen schon wollte, als sie erfahren hat, dass es ein Junge wird. Wie sie mir erklärt hat, passt er damit perfekt zu seinem Daddy.

* * *

SPÄTER...

KAPITEL 25

Heute bin ich Mrs. Knight geworden. Talon und ich sind jetzt ganz offiziell Mann und Frau. Ich kann mein Glück kaum fassen, doch es ist wahr. Nach so einem merkwürdigen Anfang haben wir beide trotz aller seelischen Schmerzen und einer beschissenen Vergangenheit zusammengefunden. Unser Altersunterschied ist zwar beachtlich, doch das stört niemanden von uns. Unsere Herzen wissen, dass sie zusammengehören, dass wir uns gegenseitig halten und wir immer füreinander da sind. Außerdem hat mein Mann mir beigebracht, dass es vollkommen okay ist etwas Dunkelheit in sich zu tragen. Seine Besitzansprüche leben wir gemeinsam im Keller aus, weil ich ihm bedingungslos vertraue.

Dafür habe ich alle Freiheiten, die ich brauche, um glücklich zu sein. Außer das Armband darüber hat er nicht mit sich reden lassen. Er kontrolliert mich nicht, sondern will nur sicherstellen, dass ich gut aufgehoben bin. Murrend habe ich das über mich ergehen lassen, denn ich kann hingehen, wo ich will und wann ich will. Abstriche muss jeder machen, damit es funktioniert in einer gesunden Beziehung. Mein Dad hat den Wahlkampf nicht gewinnen können, auch hat er sich eine interessante Lüge zu meinem plötzlichen Verschwinden ausgedacht. Angeblich sei mir alles zu viel geworden und ich hätte mit einem Abschiedsbrief klargemacht, dass ich mein Leben anders leben möchte.

Die meisten Leute haben das komischerweise geschluckt, doch leider muss ich wieder mein Aussehen verändern, um wirklich frei zu sein. Durch meinen Auftritt mit

Alec kannte jeder mein Gesicht, doch auch dafür haben wir Lösungen. Bisher arbeite ich, wie Talon es oft macht, mit verschiedenen Kontaktlinsen und Perücken. Trotzdem werde ich mir wohl bald die Haare färben, weil alles andere lästig ist. Nox strampelt glücklich auf meinem Arm und strahlt mich an. Er ist jetzt sechs Monate alt und hält uns ganz schön auf Trab. Mein Mann ist ein toller Daddy, auch wenn er das am wenigsten erwartet hätte. Doch ich wusste, dass er das Zeug dazu hat und ich kann jedes Mal erkennen, wie stolz er ist. Wir sind glücklich und das ist alles, was zählt. Zusammen mit den Leuten aus Talons Organisation und natürlich Liam, Amber und Lisa feiern wir unsere Hochzeit auf dem großen Grundstück. Strahlend kommt mein Mann auf mich zu und küsst mich um den Verstand. Knurrend zieht er meinen Körper näher an seinen und blickt mir tief in die Augen.

»Warte ab, Prinzessin, später werde ich dich in meinem Keller übers Knie legen.« Lachend sehe ich zu ihm auf. »In deinem Keller? Du meinst wohl unseren.« Er grinst und küsst mich kopfschüttelnd erneut. »Stacy Knight, du bist unglaublich und deshalb liebe ich dich.« Seine Stimme ist voller Emotionen, als er auch Nox auf sein Köpfchen küsst. »Ich liebe dich auch, mein Entführer.« Wir lächeln verliebt, dann kommt Liam an. »Bitte keine Nacktszenen vor meinem Patenkind. Ihr wollt doch wohl nicht, dass er mal so schlimm wird wie sein Daddy, oder?« Liam nimmt mir den kleinen Mann ab und lacht dabei. Auch Nox ist glücklich, er liebt seinen Onkel über alles und ich muss sagen, Liam macht das wirklich gut. Niemals hätte ich gedacht, dass er solch ein toller Patenonkel wird, doch er kann mit Kindern gut. »Verzieht euch ruhig, das merkt sowieso keiner.«

Wie immer zwinkert er und verschwindet dann mit unserem Sohn auf dem Arm. Kopfschüttelnd schaue ich ihnen hinterher und breche erst den Blickkontakt ab, als ich ein Ziehen an meinem Handgelenk spüre. »Na komm schon, er hat gesagt, wir können uns verziehen.« Mit loderndem Blick schaut Talon mich an und ich folge ihm, so wie ich es immer tue. Weil ich weiß, dass es okay ist, seine Sexualität auszuleben, weil ich ihm vertraue und das, was wir tun, nicht pervers ist.

Schwitzend sitze ich auf meinem Mann und kämpfe darum nicht zu kommen. Meine Hände sind auf meinen Rücken gefesselt, auf meinen Nippeln sind Klammern angebracht, die bei jeder Bewegung nicht nur Schmerz auslösen, sondern auch ein Feuer in mir entfachen. Stöhnend wippe ich auf und ab und spüre den nächsten Schlag mit der flachen Hand auf meinen Hintern brennen. »Nicht kommen Prinzessin.« Verzweifelt blicke ich Talon in die Augen und fange an, zu betteln, in der Hoffnung, dass er weich wird. »Bitte, ich kann nicht mehr lange, bitte lass mich endlich kommen.« Doch er schüttelt stur seinen Kopf.

Hier unten hat er das Sagen und ich nehme das nicht nur so hin, sondern akzeptiere es bedingungslos. Seitdem Nox auf der Welt ist und ich wieder Sex haben kann, haben wir viel ausprobiert zusammen. Wir haben entdeckt, dass ich auf leichten Schmerz stehe und auf Talons Dominanz reagiere. Ich liebe die Welt voller Dunkelheit, die nur er mir geben kann. Mit seinen Händen an meinen Hüften stoppt er meine Bewegungen plötzlich und zieht die erste

Klammer von meinem Nippel ab. Stechend fängt das Blut wieder an zu zirkulieren und schickt weiteren Schmerz durch meinen Körper. Sofort saugt Thief meinen Nippel in seinen Mund und schenkt mir bittersüße Lust. Meine Wände spannen sich fest um seinen Schwanz und ich verliere fast die Kontrolle.

»Baby, halt durch. Du weißt, was dir sonst blüht.« Seine Drohung schickt ein weiteres Prickeln durch meinen Körper und lässt mich aufstöhnen. Von unten stößt er zärtlich in mich, während er auch die andere Klammer löst. Wehrlos sitze ich auf ihm und will am liebsten nur eins, Kommen. »Bitte Talon, ich kann nicht mehr.« Böse grinsend sieht er zu mir auf und beißt dann in meine Brust. Es fällt mir immer schwerer, die Kontrolle zu bewahren, weil ich über alle Maßen gereizt werde. Mit einem Arm um meine Hüfte biegt er mich etwas nach hinten und stößt nun tiefer in mich. Mit seiner Spitze trifft er meinen inneren Punkt und lässt mich kleine Sternchen sehen. Auch er ist kurz davor zu explodieren, das spüre ich genau, trotzdem reizt er mich weiter, bis endlich die erlösenden Worte über seine Lippen rollen.

»Komm für mich Prinzessin. Schrei es raus und lass dich gehen. Melk meinen Schwanz mit deiner süßen Pussy.« Fuck! Stöhnend lasse ich los und erlebe einen sehr intensiven Orgasmus. Nur am Rande bekomme ich mit, wie auch Talon seine Erlösung findet und sich heiß und stöhnend in mir ergießt. Ausgepowert lehne ich mich an ihn, suche seine Nähe und brauche diese Geborgenheit, die nur er mir geben kann. Langsam löst er meine Fesseln, reibt über meine Gelenke, damit das Blut wieder fließt, und hält mich fest. »Ich liebe dich, Prinzessin.« Glücklich grinse ich vor mich hin. »Ich liebe dich auch.«

* * *

SPÄTER...

KAPITEL 26

Alles ist ruhig geblieben. Auch Monate nach unserer Hochzeit hält Stacys Dad die Füße still. Damit habe ich nicht gerechnet, doch scheinbar, weiß er, dass ich sein Leben beende, wenn er sich zwischen uns stellt. Was er getan hat, geht eindeutig zu weit. Er hat seine Tochter, wie eine Schachfigur benutzt und ebenso andere Menschen, die ihm unbequem gewesen sind. Doch er wurde nicht nur gestraft, indem ich

Stacy mitnahm, sondern auch dadurch, dass er die Wahl verloren hat. Also hat sich für uns alles zum Guten gewandt. Ich schreite über den ruhigen Flur, weil ich Stacy noch ein besonderes Geschenk machen will. Sie ist nicht nur eine tolle Ehefrau, sondern auch eine tolle Mom für unseren gemeinsamen Sohn.

Nox hat meine Augenfarbe abbekommen, genau wie meine Haarfarbe. Die Bedeutung seines Namens passt wirklich super zu ihm. Auch an das Daddysein habe ich mich gewöhnt und erinnere mich jeden Tag selbst daran, wie ich nicht werden will. Glücklich schnappe ich mir das edle Stück, was ich für Stacy ausgewählt habe, und gehe sie in unserer Etage suchen. »Baby?« Unsere Schlafzimmertür steht auf, was so gut wie nie vorkommt, deshalb vermute ich sie hier. Leise trete ich ein und stelle ihr Geschenk auf eine Kommode. »Baby?« Im Badezimmer finde ich meine wunderschöne Frau, die mittlerweile hellbraune Haare hat, weil sie die Perücken leid gewesen ist. Die Farbe steht ihr ganz ausgezeichnet, wie ich finde. Stacy sitzt auf dem zugeklappten Klodeckel und hält panisch ein Plastikstäbchen in der Hand. Auf der Ablage am Waschbecken kann ich eine Pappschachtel erkennen. »Was ist los?« Mit Tränen in den Augen sieht sie mich an. »Ich bin schwanger.« Sie steht auf und hält mir das Stäbchen unter die Nase, auf dem ich zwei rote Linien erkennen kann. »Aber das ist doch gar nicht möglich, ich nehme die Pille und die ist doch sicher und und und… Oh Gott Talon.«

Aufmerksam sehe ich meine Frau an und ziehe sie in meine Arme. »Schsch, alles wird gut. Beruhig dich.« Doch Stacy schubst mich von sich weg. »Beruhigen? Beruhigen? Wir wollten kein weiteres Baby mehr. Ich habe dir tausendmal gesagt, lass dich sterilisieren. Jetzt ist es zu spät und das, obwohl ich die Pille nehme.« Aufgebracht wirft sie den ganzen Müll in den Eimer neben der Toilette. »Okay, beruhig dich jetzt mal. Alles ist gut. Nox wird ein Geschwisterchen bekommen, daran ist doch nichts Schlimmes.« Ärgerlich schaut meine Frau mich an und kommt lauernd auf mich zu. Da ist es wieder, ihr Feuer, ihr Temperament, was ich so sehr liebe. »Nichts Schlimmes? Wir wollten kein Baby mehr.« Kopfschüttelnd verneine ich ihre Aussage. »Du wolltest kein Baby mehr.

Ich kann mir das, um ehrlich zu sein, mittlerweile richtig gut vorstellen.« Zornig blickt sie mir entgegen. »Sag mal, hast du sie noch alle?« Aber bevor sie mir weitere Sachen an den Kopf schmeißen kann, greife ich in ihr Haar und presse meine Lippen auf ihre.

Mit ihrer Gegenwehr habe ich gerechnet, deshalb fange ich ihre Handgelenke mit meiner anderen Hand ein und halte sie fest. Zufrieden schiebe ich sie in Richtung unseres Bettes. Aber als ich meine Lippen von ihren löse, flucht sie bereits weiter. »Wag es ja nicht. Wenn du mich jetzt anfasst, Talon, dann hast du wirklich verkackt.« Belustigt schaue ich auf sie herunter. »Ist das so? Weil du neuerdings die Regeln machst, Prinzessin?« Sie will etwas sagen, tut es dann aber nicht und wird rot im Gesicht. »Dachte ich mir doch. Zieh dich aus.« Trotzig tut sie, was ich sage und auch ich reiße mir die Klamotten runter. Ich liebe es, mit Stacy zu ficken, wenn sie sauer ist. Es wird nie langweilig mit ihr.

»Leg dich hin, auf den Rücken, Beine auseinander.« Auch das tut sie, ohne zu zögern. Zufrieden blicke ich auf ihre glatten Falten und knie mich vor unser Bett, ehe ich sie näher an den Rand ziehe. Mein Mund landet auf ihrer Knospe und Stacy stöhnt sofort auf. Jedes Wimmern, das über ihre Lippen kommt, ist Musik in meinen Ohren und facht mein eigenes Feuer an. Irgendwann dringe ich ungeduldig in sie ein, nehme sie in Besitz und schaue ihr tief in die Augen. »Wem gehörst du Baby?« Ganz außer Atem antwortet sie mir. »Ich gehöre dir.« »Dann komm für mich Prinzessin.«

Ruhig und ausgepowert liegen wir beieinander und streicheln uns gegenseitig. Zärtlich küsse ich immer wieder Stacys Dickkopf. »Ich freue mich auf das Baby.« Fragend sieht sie mich an. »Es läuft doch gut mit Nox, wir sind tolle Eltern, da werden wir doch wohl mit einem Zweiten fertig, oder nicht?« Nachdenklich nickt sie und stützt sich dann auf. »Aber die Geburt, das schwanger sein.« »Schsch, vielleicht wird es ganz anders Baby. Warten wir ab.« Leicht nickt sie, dann fällt ihr Blick hinter mich. »Was macht die Vase hier unten?«

Oh das habe ich ganz vergessen. »Die ist für dich, weil du sie schön findest. Du kannst sie hinstellen, wo du willst.« Mit aufgerissenen Augen sieht sie mich an. »Aber, … aber die ist mehrere Millionen Dollar wert.« Ich nicke und küsse dann ihre Schulter. »Genau wie du.« Wir lachen. »Ich liebe dich Stacy und das mehr als irgendwelches Geld.« Ich sehe genau, wie sie schmilzt, bei meinen Worten. »Ich liebe dich auch, Talon. Danke.«

Neun Monate später werde ich Vater von der kleinen Saphira. Ihr Name bedeutet Feuergöttin und ich glaube, der wird perfekt zu ihr passen.

* * *

ENDE

EPILOG

Ich hoffe sehr, die Reise von Thief und Stacy hat dir gefallen, falls ja, freue ich mich über eine Bewertung von dir!
Die beiden Protagonisten haben mich viel Schweiß und schlaflose Nächte gekostet, aber ich liebe sie und bin froh, die beiden erschaffen zu haben. Mit solchen Dickköpfen habe ich eher selten zu tun, aber gut, sie haben eben ihre eigene Persönlichkeit. Genau wie wir.
Danke das du bis hierher gelesen hast!
Besuch mich gerne auf Facebook oder Instagram. Auch auf TikTok bin ich ab und an, zu treffen.
Stay strong,
Samiah

BEDEUTUNG DES NAMENS TALON

Talon bedeutet im Altfranzösichen “die Ferse”, im Englischen “die Kralle”.

BÜCHER DIE DU LESEN SOLLTEST!

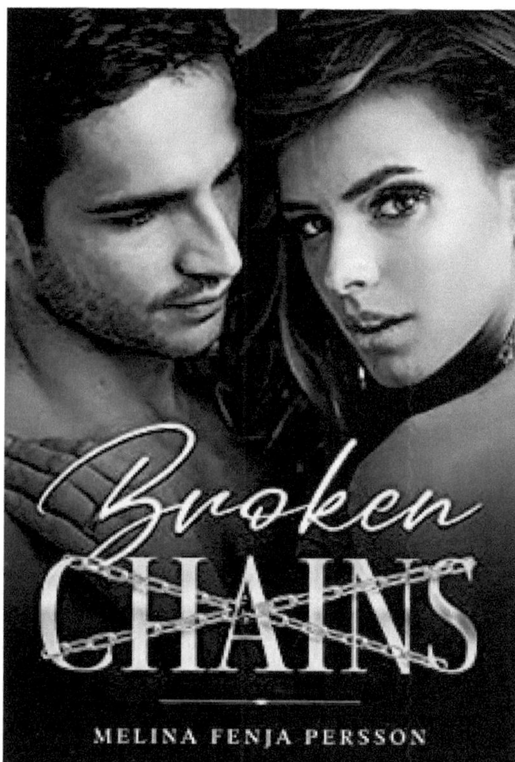

Fucking
L.A.
ROMANCE
SAMIAH STONE

Samiah Stone
Ink. Brother's
Teil 1

Stepbrother
forbidden Love
Samiah Stone
Melina Fenja Persson

Printed in Poland
by Amazon Fulfillment
Poland Sp. z o.o., Wrocław

89429007R00212